送給少年鐵儒

孔建華　著

袁浦記

人說江南好風光，
我說，
好看不過袁浦。

中華書局

長安沙東南角

（二〇一六年四月四日十時三十二分）

袁浦三江口

（二〇一六年四月四日十一時十一分）

紅廟舊址西北角

（二〇一六年十月四日十時二十四分）

杭州六號浦入江口

（二〇一七年一月三十一日七時三十五分）

目　錄

有個地方叫袁浦

至真至愛之文章

建華是我表弟，小舅的兒子，小我十歲，離開老家袁浦已有二十幾年。去年開始，寫回憶老家的文章，陸續在全國報刊發表，今年十月，結集為《袁浦記》。

那天，建華寫好《天可憐見》，發給我，我正坐公交車，讀着讀着，流下了眼淚。

我住麗水。老家在蕭山，江對岸是錢塘沙上，也叫袁浦。母親十九歲，坐渡輪過江，嫁給父親。如今，聞家堰的渡口還在，父親還健朗，母親不在了。母親叫桂花，建華喊「妮娘」（袁浦方言：姑姑）。

從前，我們隔江而住，母親帶我坐船去看外婆，外婆帶建華坐船來看母親。這是三十年前的事了。

建華說，用一棵樹來形容，故鄉是枇杷樹。這棵樹，長在小舅草舍的西南角。草舍搬遷時，小舅用鋼絲車把樹拉到江邊，二叔用船運過江，種在小木樓前。前年春，建華去找那棵樹。我住過的屋子和村子，已拆了，樹不知去向。

《袁浦記》中的人，大多是我熟悉的親人。我的外公個子不高，但結實，走路輕快穩健，從小吃素，愛笑，眼睛瞇成一條縫，和藹可親，像個佛。外公菜園籬笆上掛着的苦瓜，老了紅了，像一盞盞燈籠，至今還亮在我夢裏。

我的小舅，高個，挺拔俊朗，秉性耿直，不卑不亢，為人豪爽，講情義，是種田能手。稻子灌漿，我隨小舅去田裏，眼前綠油油的一片，長得又壯美又清爽，小舅開心得像個孩子。

我的外公、外婆、母親、舅舅，他們是我最親愛的人，他們又是普通的種田人，他們走了，一切都歸於沉寂。二三十年後，建華拿起筆，滿含深情地寫他們，記下他們的名字，對晚輩來說，這是最有意義的紀念。

現在，建華最牽掛的是母親——我的小舅媽。舅媽高高大大，二十二歲嫁給舅舅，話不多，活兒樣樣能幹。小時候，建華給母親送飯，見到母親粗糙的手，心疼得不行，寫道：「老繭密佈在掌和指的接合處，不規則的劃痕，經了年，是雀白的，新添的，是赭紅的，還有一些黑的紋，是沾了機油之類褪不掉的。」這是一雙勞動的手，一雙真正的母親之手。

對於母親的疼愛，建華至今充滿感激。那年，舅媽送建華到杭州上學，從學校出來坐車。建華回憶道：「母親用些氣力，擠上車去，我透過門縫，只能見一抹背影，藍色的，是母親上衣的顏色。」讀到此，我想起朱自清的《背影》。父母的背影，常常叫兒女銘記一生，因為背影裏有着父母真摯的愛。

建華總是記着母親的話，做人要記人家的好，要感恩圖報。在建華的書裏，沒有一句怨言、一句記恨，有的只是對家鄉人的一片真情、一份真愛。

小舅朋友的兒子浩哥，是個木匠，在瓦舍裏彈墨線、鋸圓木、打眼、刨花，做門窗，木香芬芳。後來，騎摩托時，出車禍去世。建華很悲痛，說每回坐火車，總會想起浩哥那年進城買回的車票。

還有，建華搭乘二姨夫的腳踏車，隨手扔出一個煙頭，不巧

落到人家衣領裏，讓姨夫賠了一包煙。我勸建華將這段文字刪去。建華説，那時還小，同姨夫接觸不多，姨夫年紀輕輕走了，幾十年裏，這件事常在心頭。去年春，建華又爬上貓頭山，去祭了姨夫一回。

建華深愛着家鄉人，也深愛着家鄉這片土地。

袁浦，位於錢塘江、浦陽江、富春江交匯處，江面開闊，風景優美，是難得的好地方。建華用他飽蘸詩情的筆，寫下校園湖邊那片草地：「白茅點點，迎風招揚，柔韌兀立，漫塘遍野，連將起來，一年一生，守望袁浦，一片茫茫白。」寫下長安沙上那場春雨：「軟軟輕輕，散散淡淡，伏在臉上，泥人得很，彷若兒時冬日早起，母親順手一抹的雪花膏，黏裏透清涼。」

當然，寫得最多最富深情的，還是袁浦廣袤的田野，筆下文字流露的感情，充滿對莊稼萬物的讚美。那些生長的水稻、麥子、油菜花，還有夏日的雨、冬日的雪、四季的風，無不呈現出一種詩意，一份溫情。建華説，田野裏春暖花開，我們的童年在田野，我們的少年在田野；田野，是我們見過的最美、最愛。

建華寫這些散文，大多在深夜，萬籟俱靜，一片空明，這是普天下遊子最為想念家鄉的時候，每著文字，常懷感激。我讀這些散文，大多也在深夜，默默地讀，一遍一遍地讀，隨了那優雅純淨的文字，一次次夢回少年，夢回故鄉，我的心裏充滿思念。

建華囑我寫篇序，我嘮嘮叨叨地寫了這些，既表達我對建華結集出書的祝賀，也是對他的真情付出表示謝意。

華赴雲

二〇一六年十二月二十七日

序二
一個人的袁浦

　　至今還記得初讀建華文章時的驚歎，我不敢相信一個整日與公文為伍的人，竟能寫出如此至情至性的散文。其後建華凡有散文，都會與我分享，有時還會在發表前讓我提一些建議，這讓我十分感動。這次邀我為《袁浦記》作序，雖然感到很大壓力，但還是欣然領命，以一個中學語文教師的身份，寫一點兒讀後的感受。

　　《袁浦記》是一本關於故鄉的書，是作者在人到中年之時回望故鄉的記錄，也是對晚輩娓娓道來的講述。許是因了回望的緣故，又許是因了晚輩這一心中特定的讀者，這本書讀起來讓人感到十分安靜，不知不覺中便擺脫喧鬧塵世而進入作者的「桃花源」。每每捧起，都不禁讓我想到沈從文的《湘行散記》《邊城》，想到汪曾祺的《故鄉人》，悠閒恬然的節奏，朦朦朧朧的美感，不疾不徐的述說，以及文章中那不可或缺的水，簡直像極了。作者雖不能常回生活了二十年之久的故鄉，而且故鄉也即將因拆遷而消失，但是，它卻會永駐於作者心中，歷久彌新。書裏的人、事、物，一定會喚醒曾經生活在這裏的人們的共同回憶，可是，那獨特的經歷與豐富的感受，卻是屬於作者個人的，這個叫袁浦的地方，是作者一個人的袁浦！

　　從一名語文教師的角度去看待這本書，有許多精妙之處正是現在的學生所缺乏的，而這些也是我在教學過程中要引導學生重點練

習的地方。

作者對細節的洞察和表述是獨特的。現在學生們寫作文，基本上都知道立意要高，但就是寫不出好的文章，根源就在於缺少對生活的發現，缺少對細節的觀察，缺少生動豐富的詞彙。《草舍雀白》與《田野父親》兩篇，早在前年就讀過。那時我正在教高三，帶着學生練習記敘文，進行描寫的練習，愁眉不展之際，讀到這兩篇「範文」，激動而又興奮，徵求作者同意後，印發給學生暢談感受。幾乎所有學生都注意到了《草舍雀白》中作者寫穀袋背在母親身上的那個片段：「讀中學前，我做母親的助手，揪住穀袋兩頭，半蹲以膝頂袋，拔起麻袋，借腰和肩的力量抱起。母親把身子彎下，我把穀袋架母親身上。」作者用「揪」「蹲」「頂」「拔」「抱」「彎」「架」七個動詞，如慢鏡頭般將這一瞬間形象清晰地呈現在每位讀者面前，如臨其境般，厲害！有的學生甚至現場模仿了起來。這與其說是作者描寫功力之深厚，不如說是對生活觀察之細緻，體驗之真切。書中這樣的文章、這樣的細節隨處可見，真是學習描寫的好範本！

作者的語言，質樸自然，乾淨洗練，近於白描；喜用比喻，且比喻別致而精準，如《天可憐見》中描寫燭光：「燭芯的光焰，是兩枚菩提子，圓圓的，底端像金黃的花萼；頂端圓潤的光焰收起來，用墨筆勾勒一下，是寫意山水的餘韻，繚繞在屋頂。」我彷彿看見一個少年出神地凝望着那微微搖動的燭光。再如，《歸兮浮山》中描寫父親的手：「左手大拇指彎四十五度，骨節像山一樣挺立，消瘦的手背，血管像輸油管道自然延伸，四指蒼白、無澤。」寫出了父親一生的勞碌，也寫出了父親去世前的瘦削，以及作者的心疼。比喻這一修辭，除了讓描寫對象更加生動形象外，我認為，它本質上還

表現了一個人內心的感性與詩意，恰如作者是一位性情中人！

作者的語言還有一個很重要的特點——簡短，多用四字句。如《田野父親》中「小青蛙揉揉眼，把了方向，飛躍而起，勁射出去。螞蚱一蹦老高，像個皮球，連彈幾下，終於停住。菜花蛇動動腦筋，吐下舌頭，昂首伸頸，找好去路，一溜小跑，遊蕩開去。……一眾生靈，各持己見，競相發聲，忙碌起來」，四字句排列其間，節奏短促，不失生機與歡快。作者說要將一種老的形式復活，這是一種極高的理想，可見作者內心對傳統事物的熱愛。說到這兒，還要提到一點，這是我在現當代作家中很少見到的一種表達，作者在提到時間時，很少用西曆，多用天干地支紀年法，如乙未年、丙申年，讀來古樸文雅，這是否也表明作者內心深處對古物、對傳統文化的一種追求呢？一如作者喜歡讀中國古代經典著作。

此外，如果你細細觀察，會發現作者的文章無論篇幅長短，在結構上很少有五行以上的段落，而是以三到四行居多，這種結構，猶如閒暇時的散步，輕輕地，緩緩地，悠哉遊哉……我想，這也是此書讀來讓人安靜的原因之一。

說實話，我並非因為這些特點而喜歡作者的文章，而是喜歡作者的文章才發現了這些特點。愈發感覺，任何一個文學寫作者，都不會先確定哪種結構或哪種語言風格再寫文章，一定是心中有話想說，有情感要表達，才會為這些話、這些情感穿上合適的衣服，與人見面。

《袁浦記》這本書於我而言，最寶貴之處，首先，在於它在我今後的語文教學，尤其是寫作教學中，為學生們提供了很好的閱讀素材與學習範本，也為我提供了一份真實而獨特的教學資源。其次，作者與這本書，讓我對作品、作者、生活這三者的關係有了清晰明

確的認識與感悟，所以，當我再為那群即將成年的中學生講評作文、和他們一起分析作品時，我一定會和少年鐵儒們首先交流這些內容。

　　作者自稱是「一名人到中年，仍有那麼一點熱情的老中學生」，《袁浦記》的成書，「熱情」起了至關重要的作用。有了這份熱情，一個每天忙得不可開交的人，才會用短短一年的業餘時間，完成了《袁浦記》四十餘篇散文的寫作。這份熱情，有作者對讀書寫作的熱愛，有對故鄉永不忘卻的紀念，更有一位父親對兒子的無言大愛，扉頁上「送給少年鐵儒」六個字，意味深長！

　　歸根結底，這份不老的熱情，是熱愛生活，是詩心不泯的體現。願我們每個人都能如此生活，詩意地棲居，從繁雜單調的生活中突圍，尋找屬於自己的詩和遠方。

申英利

二〇一七年一月二十六日

自 序

《袁浦記》問世，一塊石頭落地。

從前，袁浦是一個鄉鎮，錢塘江、浦陽江、富春江環繞，是我的出生地，二十歲前在那裏生活。

和許多地方一樣，現在這個名字和建制都沒有了。而我的整個少年，都同這個名字連在一起。

這個名字和錢塘、紅廟、六號浦、紅星小學、小江村、黃沙橋、袁家浦、袁浦中學等一大堆名字，都是故鄉的名字，每個名字都是故事。

我想以袁浦作名，記下故事，為了不可忘卻的故鄉。

和許多人一樣，我遠離故土，在千里之外的地方工作與生活。每年的年三十，急着回鄉。每年清明，匆匆回鄉掃墓。

年三十和清明節回了鄉，這一年的心就很靜。沒有吃上老家的年夜飯，沒有去給親人掃墓，這一年心就慌慌的。

二十年前，我是袁浦的一個農民。一九八二年，杭州鄉下分田到戶，父親名下有兩塊「號子田」，一家六口，四畝八分。我有力氣拉鋼絲車，能背穀袋，也是割稻、插秧的一把好手。

我的母親，讀過一年書，填表時寫高小畢業。母親對現在的生活是滿意的。從六十歲起，每年農曆八月十五，村裏發一百元。這幾年她反覆講兩句話，一句是我們趕上一個好時候，一句是現在的人坐着就有飯吃。前一句說出了我們「七〇後」長身體的時候，大

多數人吃穿不愁，也有機會上學。後一句說我們不種地了，不用頂着烈日、冒着嚴寒幹農活。這也可想見，那個時候鄉民的辛苦。這段辛苦，我經歷了，把它記下，它是故鄉的一段歷史。

我的老師，大多也是種田人。有的中學畢業，從代課老師做起，教得好的，慢慢轉正，像小學老師袁彩華。有的唸了大學，又回到鄉下，像中學老師張萬兵。袁浦的不少老師，已是地方精神和文化的一座山峰。已去世的老師鄭玉英、袁永泉、陳周耀，和袁浦這個名字一樣，常駐錢塘人的心中。我記下來，他們是故鄉的一筆財富。

我的親人，有着明朗的信念。姑父年近九十，滿面紅光，腰板筆直，熱情爽朗，像七十幾歲。母親說，姑父心善壽長。我的小舅，二十五歲，輕生走了。我很傷心，母親一滴淚未掉，說活着是真勇敢。這話，我一輩子忘不掉。

我的親人大多以務農為生，鄉間盛行佛事，不少老人相信菩薩。菩薩裏出名的，有端午菩薩，這一天家裏包粽子；有年菩薩，農曆十二月廿七這一天，家裏煮肉吃；還有灶君菩薩，這個菩薩是女的，每年農曆十二月廿三，送回娘家，除夕十二點，又接回來，她一回家，奶奶給我一碗甜餡湯圓吃。

每年清明、七月半、冬至、年三十，不少人家延續民俗，中飯或晚飯前，舉行家祭，恭敬行禮。這是我在少年時，印象最深的。奶奶和爺爺去世，我很傷心，也很掛念。逢年過節，爺爺奶奶回家享用家祭的飯菜，我又覺得故去哀而不傷，不過是在兩個信息不通、彼此十分掛念的世界罷了。

離開故鄉，我的八分地沒有了。居京二十幾年，我的生活同袁浦的不同，是種的「田」不一樣，但也還是種田人。我站在中

年的界線，四十五歲前，用自己的筆，愉快地記下，此刻，我心寧靜。

在我的序裏，我要感謝兩個人，一個是樓超先老師，杭州「最美教師」之一。在我唸初中時，老師啟迪我去他鄉；又在我人到中年時，啟迪我望故鄉。一個是兒子孔鐵儒，一所中學的初中生，他啟迪我真實地寫故鄉。

我的袁浦，得以成記，所有的靈感，來自袁浦的老師和孔鐵儒。

孔建華

二〇一六年十二月二十五日

草舍雀白

糧站，站一群連綿的大穀倉，倉壁刷了字——深挖洞，廣積糧。解糧的車一到，先驗糧，着公家制服的操一根鐵杵，任性一刺，抽拉出一行稻穀，我的心懸起。驗糧官摸出兩枚稻穀來，往嘴裏拋，舌尖接了，推給門牙，咔嚓兩下，眉頭一展，驗過了。我的心垂直落進深井，歡實像一股暖流從井裏緊着逸出。（《草舍雀白》）

奶奶跟妮娘告別，拽了袖子不撒手，總是叮囑千遍，還來一次，臨別走出數十米，回頭又來一次，快轉過彎去，瞧不見了，用眼睛再矖一次，眼角分明掛着小樓的燭火星。（《天可憐見》）

石墓村的人，像貓頭山上的石頭，活着的，是塊石頭，死了的，雖然碎了，也是石頭。母親說，活着，是吃苦頭，真勇敢。還說，丟了東西，切勿傷悲，忘了，就好了。（《貓頭山腳黃泥屋》）

草舍雀白

一

這一處小不起眼的草舍，坐落在田野間的土墩上，舍是住所，草是稻草，就地取自杭州鄉下的稻田。

晨起，草舍醒來。晴天，太陽從東側打光，一點一點，調整到直角，再擺渡過去，從西側打光，萬年不變，不多不少一百八十度。雨天，水汽凝聚在大地上空，化作雲雨，傾盆倒下，沖沖洗洗，想刷多久刷多久。

日照雨淋，蟲咬鼠嚙，草舍經年，稻草由綿軟金黃，腐蝕糜爛，轉作灰白，間雜棕褐色。麻雀鑽進穿出，共草舍一色，叫人難以分辨。我把這種顏色叫雀白。

雀白，是古中國文明的遺產，鳥類的至少一個物種，將它作了保護色。雀白之下，庇護先民，繁衍種族，傳承文化，這雀白，是這片大地的本色。

母親生我，在雀白草舍。我的兄弟，降生在雀白草舍。這雀白草舍，是童年的搖籃、金貴的家園。

二

草舍骨架所用毛竹，取自外婆家後山。山上石頭多、墓地多，往上走，毛竹趁勢拔節成林，把山包抄起來，淺山沙土沖刷堆積，

爬滿蔓枝繁葉，疊堆成雜木蓬林，遮天蔽山、鬱鬱蔥蔥。

竹林清幽，百鳥鳴聲此起彼伏。認準一棵碗口粗的竹子，看好倒的方向，掄起柴刀，猛砍幾刀，喊一嗓子，毛竹抖幾抖，順勢往地上躺。削枝去梢，光光的一支毛竹，沿着山坡，就勢往下順。

春分之後、清明之前，竹鞭漫山潛行拱土露臉，毛筍一支支彪悍有力地揚起來。母親摸摸這支，拍拍那根，挑嫩的、相好的，拿起鋤頭，一鎬下去，毛筍跳起來，圓嘟嘟的，像初生嬰兒的小屁股。

山上澗澗急流，湍了萬年，合了脾性，叮叮咚咚，圓潤動聽。攀急了，歇一歇，掬第一捧水洗手，掬第二捧水解渴，水清冽而甜，從喉嚨到胃底，彷彿冰刀劃過，驚起一個寒戰。舅舅將細竹劈兩半，敲掉竹肚，貫通上下，一片搭一片，把一泓山泉引入大水缸。

砍一通毛竹，趁間歇時，母親攀到遠處，揪下幾枝映山紅。石墓村後山上的映山紅，瘋野地開着，你的心一下被它抓住了，你的魂早飛上了花萼，去聞映山紅的清香。

我抱一把紅花小蠻枝，帶着歡暢，往下滑，往下蹚，鳥兒撲棱飛揚起來。順到山腳的毛竹，也已積了十來支。我們往身上斜搭了繩套，抬起板車槓，拉着推着護着毛竹，往袁浦吱吱呀呀偷笑着歡實地出發了。

三

母親是山民，也是「力士」，能扛起穀袋，一袋一百二十到一百四十斤。

讀中學前，我做母親的助手，揪住穀袋兩頭，半蹲以膝頂袋，拔起麻袋，借腰和肩的力量抱起。母親把身子彎下，我把穀袋架母親背上。六畝地，四十多袋稻穀，一麻袋一麻袋往路口背，裝上板車。母親是大牛，我是小牛，拖着板車往家邁。

我第一次自主背起穀袋，是一九八六年秋天。這一天，母親笑得多麼不同，她就這樣，坐在收割後青黃相間的稻草堆上，笑呀笑，背着穀袋笑，拉着板車笑，只是笑。這一天，天空是湛藍的，雲彩就像抽出的一團一團棉絮，南下的雁陣，瞰着這片收穫的稻田，擺出一個「人」字。

稻子曬乾裝袋，交公糧的時候到了。一麻袋一麻袋的稻穀，往板車上壘。壓力作用下，芒尖輕屑從麻袋裏激揚出來，甩起一陣稻穀香塵，在陽光下飛舞，鑽進你的脖子、你的鼻子、你的眼睛。

穀袋壘好碼齊，拿兩根粗繩，壓住抽緊，抬起車槓，把重心調校到輪上，受力均勻了，兩根繩左歸左、右歸右，牢牢繫緊車槓。母親輕抬車槓，往前頭拉，我在後頭推。

我抬得起、壓得住車槓的時候，母親斜拉一根繩，一手護槓，一手用肩膀的力量拉車。滿載稻穀的車，一路扭盪着往糧站走。從農舍中、泥路上拖出的稻穀車，三三兩兩接入大路，車與車相接，人與人相引，甩出去幾里地。地舞穀浪，路馳穀象，杭州鄉下沉浸在繁榮的歡笑裏。

糧站，站一群連綿的大穀倉，倉壁刷了字 —— 深挖洞，廣積糧。解糧的車一到，先驗糧，着公家制服的操一根鐵杵，任性一刺，抽拉出一行稻穀，我的心懸起。驗糧官摸出兩枚稻穀來，往嘴裏拋，舌尖接了，推給門牙，咔嘣兩下，眉頭一展，驗過了。我的心垂直落進深井，歡實像一股暖流從井裏緊着逸出。

把穀袋拖將過去，一袋一袋碼起來，全部力氣，也都化掉了。從穀袋山上跳下來，汗珠從背脊滲出，連成一串珠，沿脊柱滑過，就像一縷清泉，撒出的水霧，遇到山岩，化作一股涼水不經意地淌下來。撐實稻穀的麻袋，在穀倉裏山一樣豎立着，氣勢雄偉。

領了數目字，就往糧站會計室跑，取出早先備下的戶主章，哈口氣，對準窄而長的框，豎直戳下去，一沓鈔票從窗口遞出來。趕緊抽出兩手在褲上蹭一蹭，在歡喜中接過來，和母親對着點一遍，數目合上，舉起錢衝着窗口揚一揚，喊一聲——糧錢「齊嘚兒」（袁浦方言：結清）！

交夠公糧，餘下是自己的。地頭收成好，穀櫃盛滿，草舍一角再起一個穀堆。有了糧，家境慢慢殷實了。

四

水稻收起，脫粒分家，稻與草各奔前程。稻草一草多用，做牧草，收了去，成了牛馬的食料；做墊料，踩爛了；做燃料，燒成灰，都回歸田野成了肥料。

柴鍋炒菜做飯，用的是稻草。母親抽出一束稻草，手腕般粗，撋一圈壓緊了，兩頭一拗成橢圓，頭尾相架，拿兩根稻草繞幾圈，撋一撋，別住了，一條「稻草魚」（即「草結團」）就捲好了。

把稻草魚塞進灶肚，溫暖的火苗，輕輕撫摸稻草，炊煙升起來，起初是一團灰煙，然後是一朵朵泡泡雲，漫無邊際地接起來，給晚霞掛上了一簾輕紗。

田野換完衣裳，鄉民們由農忙轉農閒，母親從地裏騰出手。

杭州鄉下時興織草包。草包十八道麻筋、三十六個麻陀，架在

雙槌上，雙槌間距兩厘米，對刻十八道坎，槌頭各縛一繩，掛將起來。其實是鞦韆的變種，盪鞦韆供人娛情，織草包卻是拴人勞作。

母親抽出一小束稻草，三兩根，左手摁稻草，右手翻麻陀，翻一隔一，連翻三個；又抽一束草，再抽一束草，照例各翻三個；從左到右翻過的，從右到左隔過；左來右去，一邊抽稻草，往草包架上嵌，一邊翻麻陀，架子下垂直吐出齊整密匝的稻草席。

陀線短了，提起放一段。線陀是雜木做的，拍打新生草席，就像朋友見面輕拍肩膀。如同長程遠行閉目塞耳、被子蒙頭，你聽到的火車行進聲。這連綿不絕、一韻到底的聲音，是草舍不眠的夜曲。

<h1 style="text-align:center">五</h1>

勞動的手生出金子。鄉下頭腦活絡的，相中這一點，從城裏包了活兒，轉給鄉民做，按件付酬。

母親學起編織，端坐着，把藤、木、竹合製的框架，調至入手處，左手握架，摁住藤篾的一頭，抽緊了一圈一圈扣緊了繞，上半身弓着，像是給孩子洗澡。用完一根藤篾，三兩下扣緊，和下一根接上，這是力氣活，也是技巧活。母親做藤藝，每個動作都使了實勁，成品出來時像女孩穿上旗袍，小清新、討人喜。

母親起早摸黑，活兒不多時，又進了「線廠」（袁浦方言：棉紡廠）上班，接起一個又一個棉線頭。大紗錠架上織機，分流到線陀，成千上萬個「永動陀」轉起來，母親和她的姐妹們三班倒，守在織機前，用線頭拼出新世界，標準名稱是「中國製造」。

我給母親送飯，站在車間門口，連喊帶比畫，找到母親。母親

照例笑一笑，接過飯盒，擦把臉，坐一紗箱上，大口吃起來。放眼看去，紗廠裏地上堆的，織機上轉的，都是白色的紗線圈，隆隆的織機聲充滿耳朵，淡淡的機油味滲透鼻孔，我震撼了，文明工業將席捲草舍、摧毀菜園，把我們丟進同一個村。

母親把空空的飯盒遞給我，在一百瓦的白熾燈下，我第一次注意到母親的手。

母親的手，是鄉下常見的勞作的手，厚實有力，手指張揚開來，每一根潮潤飽綻，帶着麻絨蟹腿的光澤。老繭密佈在掌和指的接合處，不規則的劃痕，經了年，是雀白的，新添的，是赭紅的，還有一些黑的紋，是沾了機油之類褪不掉的。

這些時尚之紋和初始掌紋一起，進了高中作文。葉老師在語文課上，唸了我的一段話，至今記得「皲裂」二字。杭州高級中學，在我少年時代，肯定了我母親的雙手，熱烈地擁抱了我一下。這一天，我和新夥伴們近了，因為母親的手。

六

雀白草舍，何時立舍，其間翻新，已不確記了。

我住草舍也不長，如雀兒鑽進穿出，五六年光景。我素以為草舍頂上有一塊玻璃，光就從這裏透射開來。母親說，她二十二歲遇到父親，舍內白天也是昏暗的，屋頂並沒有玻璃，是我的想像吧。

從外婆家後山伐的一車毛竹抵達，木工上手，立起骨架，外圍用碎稻草拌黃泥夯牆，舍內用竹篾編的立壁隔出房間，草苫自牆頂到屋頂層層覆上。

新屋立起，柴鍋點火，歡慶上樑，一個灶炒瓜子、花生、番薯

片，一個灶油豆腐燒肉，盛一桶自釀米酒，開一壇封泥老酒，站屋頂上，把舅舅挑的「擔腳」（袁浦方言：賀禮）—— 蘋果、橘子、荔枝、大棗、桂圓、甘蔗、水果糖、饅頭 —— 往人群中扔，大家搶着、笑着，在春暖花開的土墩上。

我把這說給母親聽，母親卻這樣說：

三間草舍，父親堂哥、堂姐各一間。爺爺、奶奶、父親、母親、我和弟弟共用一間。前半間，一張桌子一張床，後半間置爺爺、奶奶的床。前後間用絡麻稈隔開。草舍後身，搭一小草棚，用泥坯壘起灶台，把柴鍋擱上頭，這便是我印象裏的三間草舍，其實為一間。

杭州鄉下雨水多，草舍是泥地，雨連綿三日，生起苔蘚，地濕而滑。草舍牆下部是泥牆，上部是絡麻稈，透風，雨常飄進來，直灑倒漏。沒有像樣的鞋穿，更沒有「套鞋」（袁浦方言：雨鞋），多數時候穿「腳叉」（袁浦方言：草鞋），腳上手上「凍結塊」（袁浦方言：凍瘡）不少。洋油燈芯是棉紗，火勢微弱時，拿剪刀絞住拔出一節，瞬間照亮稻草屋。

母親說，草舍到了我心裏，是一個童話。童話裏的情節，也都是發生了的，我見過，母親見過，就在袁浦，在杭州鄉下，把印象串起來，這就是故鄉了。

新近三十年，文明中興，材料革新，這片大地模樣一新。草舍在杭州鄉下，近乎絕跡了。但雀白草舍，念念想想在我心裏。

二〇一五年十一月二日

田野父親

一

東方第一縷陽光出地平線，杭州鄉下種田人已幹完一工生活。

種田人侵晨踏進田畈，公雞還在昏睡。秧子從秧版起出，浣洗乾淨，苗青根白，握攏縛緊，像敦實的孩子，背起手，呆笑着成群站起。

太陽舉起來，光線射在水田裏，映出父親身影。我的父親，高我一頭，髮黑而密，額高而寬，鼻直而挺，面頰清臞。翻連環畫時，我曾想，父親剛毅，可做古代將軍帳中的持戈軍士。

父親教我中規中矩，做個專注的種田人。父親不在了，我想做杭州鄉下的種田人。每逢清明，長跪墳頭，想想淘氣和頑皮，把錯認了。

二

杭州鄉下分田，父親不要菜地要水田。人均八分，一家六口，兩塊號子田，四畝八分。一畝雜地，父親把表土鏟了，蓄水作水田，這樣置地五畝八分，號稱六畝田。

擁有土地，就是這片大地純正的農民家庭，父親是戶主。龍生龍，鳳生鳳，農民生農民。填身份表，我虔誠地寫下「農民」二字。

六畝地，種兩季稻、一季麥。農忙時節，刻不得息。

袁浦記

長腿紅冠高頭大公雞，向東方肅立，拖一口南宋王朝官腔，用五言、二二一結構，悠長地咯五聲，太陽抖擻精神慢慢升起。這個時候，秧子拔起，落腳水田，離它抽苗勁長的窩不遠了。

秧子終其一生，只此一次壯麗的旅行。這一段出走，秧版到水田，通常在人們晨起前完成。父親擔着秧，一腳一腳踩實了，鄭重邁出小腿，腳趾抓地，一手護扁擔，一手抓秧捆，對準了拋出去，秧子井然而立。秧捆甩起的水，拉起一道水簾，激射到水田，濺起一陣鼓點雨，這便是穀物世界的成年禮。

插好秧，攏繩線，蓄水、耘田、除草，就等開花結穀了。

稻穀抽穗、孕育、飽綻、堅殼，嫩翠青轉琉璃黃，同太陽輕舞，同月亮吟唱，由一個燦爛走向另一個燦爛。長成的稻頭，黃燦燦、沉甸甸、顫巍巍，令我想起南朝後宮妃子的步搖。

父親彎腰，左肩高聳，體側右前傾，耕牛般雍容沉靜前行。左手反抓兩窩稻，右手用新磨鐮刀一掃，稻子齊茬下挫，往左形成倒勢，不待稻頭貼上下一窩，左手輕輕一攏，稻腳並攏，鐮刀補緊一勾。重複這一動作，左手腕旋轉下壓九十度，手和小臂形成側弧彎，呈耙狀，將六窩稻勾至左前側，衝外碼齊，兩串動作行雲流水，兩行十二窩稻安然「落位」（袁浦方言：落座）。在這渾厚稠密的稻海裏，闢出筆直的稻帶線，水青透金黃，父親背影輕輕搖擺着，勻而堅定地挺進。

父親帶我們早四時起，菜泡飯填肚，連續割八個鐘頭，中間略歇，吃飯喝水，兩塊號子田的稻穀，把這個生命的季節收起。

公雞唱詩前，父親佈完電纜，架好打稻機，支起機篷，合閘開機，稻輥散佈筷子粗的鐵「冂」字，自下而上，由近向遠，飛轉起來，歡叫開去。

公雞們被熱鬧聲響驚醒，找不見太陽，不知誰家雞清一下嗓子，東西南北雞鳴一片，牽引出更大嗓門的犬吠。太陽初升，露水睜開眼，田野亮晶晶，天空的清澄，遠處的朝霞，一起呼應起來，把鄉下動物世界喚醒了。小青蛙揉揉眼，把了方向，飛躍而起，勁射出去。螞蚱一蹦老高，像個皮球，連彈幾下，終於停住。菜花蛇動動腦筋，吐下舌頭，昂首伸頸，找好去路，一溜小跑，遊蕩開去。老鼠拍拍手，東跑西顛，聞這聞那，自己嚇自己，吱的一聲閃沒影了。一眾生靈，各持己見，競相發聲，忙碌起來。

稻輥的震盪聲，動物世界的歡騰，用暖色渲染「雙搶」（袁浦方言：搶收搶種）大忙。每人抱一大攏，約莫八九窩稻，壓住捏緊，往稻輥扣，稻穀歡跳起來，彈射到機篷上、機櫃裏，集滿一袋，連拔帶推將打稻機往前送。

新收稻子潤而潮，尋平整透氣見光處，把篾席捲推展開來，攤了稻穀來曬，一塊塊「穀子地」，面向天空，綻放純美笑顏。

父親持一大竹箠，待表層稻穀稍乾一些，給穀子地一遍遍梳頭，見得陽光，讓風吹到，稻葉逐漸抽水變枯，再持大笤帚掃，去大長葉。架起風車，鼓起風輪，殘葉和芒尖由風洞呼嘯而去，稻粒輕輕下落，收入穀袋。

一年三季糧，季季得籌謀。天時、地利、人和、己合，一樣不齊整，一年不暢快。秧子拔晚，日頭一高就蔫，種下活不好。秧子拔多，不落根活不成。抽穗、灌漿時雨水多，不成穀，稻稈不硬，倒伏了，或是得了紋枯病之類，都會影響收成。最愁收割後太陽不舉，雨水滔天，稻穀發熱生黴，糧站不收。

我的父親，小心地侍弄他心愛的禾苗，每天到地頭轉，看看長勢，摸摸稻頭，點藥放水，維持了好收成。天有不時，地有不測，人有不虞，着急過、憂慮過，也終於做了一個本色地道的種田人。

三

家中有穀，心也歡起。收起兩季稻，就到種麥時。父親大步地在田溝裏走着，左肩扛布袋，右手抓麥種，且走且撒。麥粒接了地氣，找好位子，趕緊鑽被窩、扎下根、深呼吸，等待嚴冬和冷雪的到來。

霜冷袁浦，年糕冒蒸汽。糕姓了年，乃是盛事。打年糕需壯勞力，父親喚上「小弟兄家」（袁浦方言：朋友），蒸熟稻米粉，端放石臼裏，高舉木槌，一下一下夯，一刻鐘工夫，一甑年糕打好，取出來攤平、壓齊，像放大的孩子笑臉。

年糕氣味由草舍間隙浮游出去、升騰起來，這是粗壯的木頭和禾苗的貢果熱烈相擁，石頭作證，千年歡愛的體香。

切一小塊，扭一扭，玩一會兒，才捨得放嘴裏，慢慢地嚼動，米香和米乳一起甜蜜了舌，撐暖了胃。我家大黃狗，睜着兩眼看我，想說，給我咬一口！

穀倉豐滿，撮一簸箕，近處稻穀失了靠背，一順跑過來，把倉抹平了。我想起豬，有豬在圈裏跑，世界是圓的。

餵豬不難，難的是從小到大養成一頭豬。父親抱兩頭小豬，一手一個，豬嬰兒般你啼我喚。豬一日三餐，和人一樣。人吃米，豬食糠，共享一枚稻穀。人吃，豬餓，就叫。人吃，豬吃，還叫。和豬處熟了，豬會逗你，用眼直勾勾眺你，不時甩過耳朵遮了眼，一下兩下三五下，你就樂了。豬把你當朋友，就有了犬的精神，你一出現，豬就起立，走攏來拱身子蹭木欄，蹭幾下看看你，和氣地、癡癡地看着你，和你一起打發這有涯之生。

父親把餵豬這事交給我。上小學，一日三餐，我餵牠，列「學

生守則」第一條。糠出身穀殼，與米一室，營養豐富，把糠放木桶加開水，相當於煮咖啡、泡藕粉，逸出濃烈的穀殼香，和蒸飯香摻和，我便有一種舀一勺喝的衝動。

放學回家，挎一竹籃割草去。杭州鄉下的青草，種類繁多，把籃放下，一手捏草莖，一手拿鐮刀由外而內一抄，一株株青草完美落籃。一籃青草拎一程，歇一歇，回到豬欄，一把一把遞給豬。豬咬草，我不放；豬用力拉，我才放。豬很開心地玩着吃着哼着。

我家的豬，是我童年、少年的伴。到年關，賣一頭、宰一頭。賣豬時，豬頭挨尾、尾接頭，擠在一角打轉，誰也不肯走。兩個壯年，一個把豬耳，一個提豬尾，推推搡搡上了路。殺豬的上門來，我總是站屋裏，不忍看豬的下場。豬被生提起來，架倆長凳上，大聲地叫喊着，把年根也叫醒了。

四

我六七歲離開雀白草舍，遷離土墩三里地。新闢瓦房地基一百三十一平方米，西側開一條浦，北接錢塘江水，橫承田溝水。挖出浦土，墊高築了路。雨或雪天，泥濘成澤，水汪塘連片，深一腳、淺一腳，不小心摔一跤，成了漿泥人。

紅星大隊社員，陸續往六號浦兩岸集結。父親設法造房子，走進瓦房時代。夯地鎮宅，砍樹伐竹，架樑起牆，木匠、泥水匠上陣，隔出三間兩弄。南牆和隔牆用沙灰壘黑色煤渣磚，山牆下部為黃泥拌「紙筋」（半寸長的稻草段）的厚牆，上身壘鵝卵石和雜色石塊。北牆夾板套夯黃泥，抹了石灰，窗兩個一大一小，西窗略大，廚房需要大光明。瓦房擱層木頭架，叫「閣刹」，堆放稻草用。

北身三間，東間貼牆擺大穀櫃，近北牆放我和弟弟的床，中間是爺爺奶奶的床。西間廚房，鐵鍋兩口，湯罐兩個，大水缸一隻，碗櫥一個，盆架一個，搭了毛巾。南身三間，左間貼牆擱一具棺材，兼作工作間。中間堂屋，方桌一張，長凳四條，方凳兩個，正中貼虎嘯松林圖，滿堂正氣。右間是父親和母親的臥室。

屋頂蓋灰瓦，安了一塊玻璃，透過日月的光，我們有了亮而大的房子。

瓦房正面居中兩開大門，左右齊腰高各一木框，框裏裝十根鋼筆粗的圓木棍，外開式窗門，釘了塑料布。

蓋房時從地基跑出一隻大鱉，叫父親逮個正着，鑽進了趟城，換回些糖果。

瓦房擋風遮雨，是我中學和大學時的家，爺爺奶奶均故於此。北牆廚房一側牆根浸水，颱風天，餵完豬臨進門，後腳剛收回屋裏，牆轟一聲坍了出去，我躲過一劫。

瓦房正門，我每日開合，是最熟悉的了。時隔三十年，問起時，母親告，原是錢塘江上游發洪水漂下，小弟兄家們撈起的無主棺材板。

我的父親，一個杭州鄉下的種田人，三十年前造房子，使盡了全部的氣力。

五

子曰：父母在，不遠遊，遊必有方。甲申年十一月，我從東半球顛到西半球，跑得匆忙，未稟告父親，心空不設防，遠在萬里知悉父親病危，一路惶恐不安，坐大巴從柏林到巴黎，由戴高樂機場

乘機回京轉杭，重症監護室見到父親。兩天後，父親在杭州鄉下的家逝世。

霧鎖袁浦，父親七時出殯。六號浦兩岸水杉植有近三十年、三層樓高，是日霧濃不見枝葉，沒有陽光。

站在斑痕大地，我聽見父親的心跳，強壯有力，響徹在出喪路上。

我在左一槓，弟在右一槓，紙棺八人抬。阿哥富榮舉幡，只見手握一節長竹，不見幡動。撒紙錢，只見手臂揮灑，不見錢飄。經事長者，喊起號子，我跟着吼。只記了「腳踏實地」四字。

一通凌厲莊嚴前行，四步四步向前開，一氣呵成，到了村口，才發現後面除了家眷，父親的小弟兄家們都來了。

一個杭州鄉下的清苦種田人，就這樣出了村，踏上來時的光明路。

父親火化時，我跪在爐膛前。透過風洞，我見到愛撫的火苗。我腦袋叩地，把最後一句話稟告父親：一路走好，下輩子還做父親的兒子。

我把父親送上山，不到二十年間我抱爺爺、抱奶奶、抱父親，同歸了浮山去。

子曰：父母之年，不可不知也。我的父親叫華金，一九四六年農曆十月初十生。若健在，丁酉年七十一。父親離我，已十三年矣。

六

我持有最早的一張家庭合影，是一九九〇年一位高中同學拍

的。父親在左，母親在右，我和弟蹲前。瓦房階沿側臥板車，鄉下叫鋼絲車。

照片人齊的最後一秋，我們在一起。

這生命絢爛的秋天，父親一直陪伴我。

大學開學，父親每月寄生活費。讀了一些書，沒打一天工。父親說，打工，回杭州鄉下種田來。

高中開學，父親去杭州高級中學，見過班主任，領了心法。父親高小畢業，無常師，請教了，施行於我。

初中秋遊，父親怕我餓，跑到黃沙橋，車動前從窗口塞進四個醃菜豆乾餡的青糰子。但凡變天起雨，父親早早地把油紙傘送到袁浦中學，託老師交我手。

小學放學，父親怕我挨揍，在半道坐沙牆上，遠遠地迎我回家。

從浮山東眺，是平靜地舒捲而去的稻田，父親的田野。面向稻田，華枝秋滿。

二〇一五年十一月四日

故鄉紀事

一

我的家，在錢塘江邊，田間地中。爺爺奶奶這一輩，經了難，着了火。火是鬼子放的，燒的是瓦房，新搭的是草舍，架在斑痕大地不起眼的土墩上。草舍三間，其命維新，坐北朝南。枇杷樹長在西南角，稻田在風捲雲舒裏展開，見到樹，起個坡，就到了我的家。

屋子前後，各有一個小菜園。園裏頭常見的有青菜、芹菜、芥菜，棵小、性野、味濃。冬寒覆壓，撥開梨花雪，連根拔起，抖掉碎土，到小池塘裏洗淨，用菜籽油炒了，青菜是甜的，芹菜是脆的，芥菜是苦的，一律新鮮翠嫩噴香。

爺爺在菜園四周豎起竹籬笆，隔出了他的世界，一半在前園，一半在後園。阿哥富榮說，外公彎下腰，默默勞作，動作遲緩，身影佝僂，垂老的樣子，至今未忘。兩個園子，兩圈籬笆，把家禽隔在了桃源外。

後園竹籬堆滿瓜類，纏纏繞繞，難分難解，南瓜、絲瓜、苦瓜、葫蘆，舉起藤，撐開葉，枝枝蔓蔓，爭相開花，比着結果。

老了的南瓜，赭紅透墨綠，是園子裏的大塊頭，沉甸甸地，把籬笆壓得喘不過氣來。熟透了摘下剖開，是橘紅色的，去掉籽，撒點糖精，架在大鑊子裏蒸，「蜜酥絕倒」（袁浦方言：甜軟可口、無與之儔）。

苦瓜聞了這香，做起追瓜一族，老了竟也是橘紅色的，嵌在籬柵上。阿哥説，像一盞盞燈籠。這橘紅，是童年裏夢的顏色。

絲瓜在鄉下，是園子裏的長個，集眾瓜之美，黃瓜範，西瓜紋，冬瓜絨，菜瓜香，配一小把黃燦燦的芥醃菜，是鄉下湯中極品。老了的絲瓜，曬乾去籽，用來刷碗、刷筷、刷鑊子。

葫蘆是一道正菜。鄉下管它叫藥葫蘆。葫蘆老了，呈淡青色。拿剪刀鉸斷秧藤，摘下掛透氣處，晾一年取下，搖一搖，發出沙沙聲，是童年的玩具。

二

前園竹籬套插一圈木槿。爺爺剪枝修葉，堆砌出厚實的圍牆。

木槿花開時節，綠葉簇擁繁花，是鄉下的厚道，繁花牽引綠葉，是鄉下的善良，朝開暮落，撞個滿懷，把我的童年點得透亮。

園子裏種了扁豆、茄子、蘿蔔。扁豆苗一出頭，竹架立起來，豆秧往上攀。鄉下的豆角嫩而脆，一支一支掛起來，遇秋風起，在稻香裏盪鞦韆。茄子素來性急，緊挨茄葉往下結果，紫紅中翻出白肚皮。蘿蔔苗淡青中透着淚光，往上舉，縱向抽，把上半身憋得通紅。蘿蔔拔出敲掉土，一半是火焰紅，一半是奶水白。

木槿籬邊，植有蠶豆、毛豆、月季。毛豆結果，成群結隊，把葉子都擠下去了。蠶豆爆芽，力頂土兮，衝冠一怒，冬去春來。月季執槿之手，與子偕老，紅的，粉的，追追鬧鬧，醒目提神。

這兩個小菜園，百花千草次第綻開，蓋地擎天，各盡其才，驚羨了漫天飛鳥、一地昆蟲，做了蟲鳥樂園。蟲子吃葉細嚼慢嚥，看花走神，常常不小心被雀兒叼了去。

爺爺每天拾掇菜園，侍弄着他的新世界。爺爺兄弟五個，排行第二，叫慶正，三歲吃素，喜食豆品，蔬菜炒出來，滴兩行麻油，偶爾喝口五加皮酒。

三

穿過前園，是小池塘。鄉下雨水多，土墩是集雨器，草舍地勢略高，菜園次之，雨水沿菜畦匯集，嘩嘩地推起浪來，一瀉到池。一眾池塘生物，上躥下跳，一齊歡騰起來；一眾稻田生物，則狼狽地在這萬頃碧水裏，浮游起來，逐流開去，漂到哪裏是哪裏。

大多數時候，菜園前的池塘是平靜的。微風輕輕一吻，水面漾起絲絲羞澀。魚兒擺尾一馳，水面捲起層層細浪。天空中的小飛蟲，想照鏡子，不小心被水沾住，在水面上打起轉來，誤入魚的嘴，獻身做了魚的茶點。

池塘裏常見的有鯉魚、黑魚、汪刺魚、草條兒、泥鰍、田螺、螞蟥，伏翔淺底，身手矯健，競其自由。鯉魚健壯有勁兒，悠然游弋，大口呼氣，是水中的力士。黑魚潛伏一角，養精蓄銳，靜若處子，像看護家院的良犬。汪刺魚擺着鬚子，若有所思，伺機捕食，是勇決的兵士。草條兒就是一支箭了，架在弦上，隨時射出去，這樣的速度和激情，常讓我心生緊張。

池子裏的泥鰍不張揚，只求做好自己，每日巡視池塘，多數是在邊防線附近。若是遇了別的物種，主動讓對方先走，偶爾曲圓彈直練幾個「瑜伽」動作，也是一種才藝展示。

池子裏的田螺，蹲態可掬，總是持一種姿態，俯着身去親吻大地，嘴上磨出血結了痂，山嶽不能移其志，江海不能變其心。田螺

走得慢，篤實敦厚，路遙知螺力，日久見螺心，做了感動池塘的年度生物。

池子裏的螞蟥個頭不大，披着虎豹的絢爛皮袍，是池塘的貴族。螞蟥且行且舞，和着小曲，一伸一縮，腰段性感，很是吸睛。我的少年夥伴和鄰家的水牛，一不留神被牠咬，吸了血留個洞，癢癢中帶點刺痛。

這一墩雨水，澆注一池清水，滋養一眾生靈。彼此脾性各異，卻同處一池，相濡以沫，形同一家，伴我快樂童年行。

四

杭州鄉下田野中，土墩之上草舍邊，兩園一塘，是我年少時的家。

門前的枇杷樹，是西遊的泥猴，拔根毫毛變的，標識了草舍，怕找不見來時的路。我們常在樹下玩，也攀爬到樹上摘枇杷吃。

枇杷樹的葉子茶綠色，果子杏黃色，茶綠配杏黃，背襯草舍，雀白色打底。把鏡頭推出去，前面是稻田的青綠色，猛烈地向左撇出去，向右捺開來，來回拖幾次，我的家，安靜地坐在土墩上。

風穿過枇杷樹，心飄向遠方去。奶奶靜靜地站在樹下，一邊看顧我，一邊瞰遠處，囡囡什麼時候到？囡囡，是我的桂花妮娘。

奶奶的世界在東方，一角在龍頭，舅公家，一角在義橋，妮娘家，一角在袁浦，我的家。一個世界，三個角，就在一條青天大路上，前頭一程在龍頭，後大半程在義橋。

我的家向東走，要麼是一片接一片的稻浪，要麼是一茬挨一茬的麥浪。一年兩季稻子，早稻晚稻，田野由灰變青轉黃，再插一季

冬小麥，田野由灰變青轉黃。灰是午夜灰，青是竹葉青，黃是蒼狗黃。土地衣裳換幾回，鄉下的一年就勾走了。

正月十五，跟着奶奶去舅公家幫忙，俗稱洗「家櫥」（袁浦方言：碗櫥）。龍頭阿母端出老魚，分了大肉，我夾倆肉圓塞嘴裏，一邊一個，鼓起腮幫揚起眉，一路跳着往回走，春天就開鑼了。

從舅公家出來，繞過白茅湖，一直向東走，坐聞家堰的渡船，再向東走，就是去桂花妮娘家。一條斑駁石板路，鋪了幾百年，一直接到妮娘家。

漫漫義橋路，我緊緊相隨。頭幾年我在右，奶奶在左，牽我手，慢慢地挪步。後兩年，我在前，奶奶在後。塘路遇到山彎一彎，見不着我，奶奶趕不上，在後頭喊：大孫子，等一等！

這一小一老，一條彎彎旱船，就在青石路上、蘆花香裏，一直搖到妮娘家。桂花妮娘站在村口塘上，一句：姆媽，儂來啦！

我從出生起，和奶奶住，一張大木床，睡到十一歲，兩年後，奶奶在平靜中離世。

奶奶叫阿金，大名袁金花，唸阿彌陀佛，恭敬有禮，哺育兩代。我常在夢裏聽奶奶說，囡囡耶噢！

二〇一五年十月二十九日

天可憐見

一

　　義橋民豐村，漁浦發祥地，今存古碑一座，古村西臨浦陽江，站村頭可一覽漁浦夕照。

　　桂花妮娘住的屋舍村莊，已從大地抹平，插上秧子，還歸田野，四十年前的村貌影像也已湮沒消逝。

　　穿過古老的石板路，塘路彎彎，到了村口，汪汪一池塘，與田野齊。這一口塘，是殘年的一絲妝痕，有情人垂的一滴淚，念想的一面花鏡，依稀照見妮娘勞作的身影。

　　桂花妮娘挎一青布包裹，繫一條湖藍圍巾，庚子年嫁到義橋。

　　娘家是雀白草舍，離家時有風乍起，正是錢塘沙上油菜花開得又蠻又野的季節。渡過江來，季節一樣，風味一樣，花間飛舞的蜜蜂也一樣。

　　夫家低矮草舍三間，地是泥地，四周疊的是石頭，糊一層泥巴，上頭蓋了厚厚的稻草，煤油燈光將柱影投到泥牆上，結實、溫暖、亮堂，妮娘笑了。

　　義橋和袁浦，大唐年間，同屬小涇湖，千年後滄海桑田，隔條深邃的錢塘江。一邊叫錢塘沙上，一邊屬蕭山地界，錢塘江連着浦陽江，同飲一江水，同頂一爿天。

二

聞家堰老渡埠，牽着夫家和娘家。

夫家的公公，妮娘沒見過。冬日的錢塘江，風大浪急，公公從杭州回來，乘船過江，船沉了，游到聞家堰，岸上站的是鬼子，上岸即叫鬼子捉了，說是共產黨。

婆婆託人去問，一說「通共」活埋，一說被殺扔進江裏，從此人間蒸發。三十多年後，婆婆領了兒子、兒媳、孫子、孫女，跑到聞家堰，在江邊豎起白幡，做起道場，叫回魂來，做了衣冠塚。

夫家的婆婆高大壯實，眉宇間透着經歷磨難的剛毅和堅韌，一頭銀髮向後攏起，挽一個髮髻，將方正端莊的臉拔擢得神清氣爽。

婆婆信佛，樸實善良，篤信一條：做人好上天堂、見親人，做人惡下地獄、見厲鬼。每到清明、冬至、過年，安坐在南廂房，誦經唸佛，祭祀先人。

三

夫家十一口人，早先也是苦人家。公公走時，志林姑父十一歲，有兩個兄弟，一個八歲，一個兩歲，一個妹妹六歲。婆婆養活了三個，最小的幾乎餓死，只好送了人。

姑父在臨平上班，一個月回一次家，每次住一兩天。妮娘一人在家，埋下頭，起早摸黑掙工分。

夫家兄弟和睦，妯娌感情好，相互幫襯，安頓十多年後，拆了草舍，合力蓋起兩層小木樓，三間兩弄。

小木樓的大樑、柱子、瓦椽、門窗全是木頭，沙牆用夾板套

夯，填滿摻石灰的沙石，隔間用灰磚砌起，灰瓦白牆，冬暖夏涼。這是那年月鄉下一處上好的房子。

早起，站在小木樓窗前，迎着朝陽，瓦藍的天空下，是泛着鄰光的浦陽江。傍晚，順着斜暉，千萬道金光染紅天空，漁浦夕照勾勒出妮娘圓潤的臉龐。

四

娘家在袁浦公社紅星大隊，一九七六年建新農村，搞園田化，削平土墩，鄉民集中搬遷到六號浦兩岸。

妮娘惦着雀白草舍西南角的枇杷樹，請二叔搖了村裏的船，到對岸運樹，種在小樓前的菜園裏，每天開門，抬頭見枇杷樹。

枇杷樹種下去是四月，年底開了滿樹的花，翌年春結出成串的枇杷。陽光穿過葉子，照見枇杷細密的絨毛。摘下枇杷，在褲子上蹭幾下，一口半個，汁水豐沛，淡淡的甜。遠處鳥雀，嘰嘰喳喳，喧騰不休。

妮娘育有兩子一女，農忙一了，料理家務，拆拆洗洗，縫縫補補。晚上得空，燈下打草鞋，搓黃草繩。積夠了，遇到行日，一根扁擔，走十里路，挑到聞家堰賣了，貼補家用。

分田到戶後，妮娘名下有兩畝四分地。一年種兩季稻，一季油菜或麥子。田間地頭，「篤篤摸摸」（袁浦方言：耐勞、耐煩），種了甘蔗、芋芳、毛豆、韭菜、青菜，從不捨得拋荒。

小兒子到了婚齡，房子老舊，妮娘幫襯着，用承包田裏的收成和打零工的微薄收入，挨着菜園枇杷樹，蓋起兩層小平台，佔地四十平方米。平台蓋好第二年，把媳婦娶進門。

五

奶奶領我，遠遠地站在塘路上，一邊是蘆葦和白茅，拉伸出去的江灘和淺水，一邊是稻田和菜園，延伸到一家一戶自然堆砌的民居。一棵枇杷樹，一方池塘，一圈楊樹、柳樹，桂花妮娘舉起棒槌，正在捶打衣服哩。

這一老一小，被夕陽一拉，從塘路上刷出一塊延長的陰影，驚起池裏的魚蝦。桂花妮娘抬起頭，喊一聲：姆媽到咧！抬腿往塘路方向跑。

奶奶站着，看清跑過石橋的妮娘，一個顫巍巍地下，一個興沖沖地上，塘坡中間會了面，提了斜挎的青布袋，手拉手攀着往小樓走。

我跑前頭去，七跳八跳，冷不丁躥出一隻黃狗，對着我打招呼。我不領情，跑奶奶後頭去，過了一條狗，我往前頭去，又遇一條狗，我躲後頭繞了去，連避三條狗，進到小樓。

妮娘家也有三條狗，毛色純淨，每天聽誦佛，看燭光，不大叫的，起身過來，聞我的味，起先有擔心，我累了會尿床。這狗探聞一番，覺察我的心思，眼神裏竟是寬慰，也不叫嚷，扭過頭，帶轉身，去那常待的地兒趴好，半是好奇半是慵懶地盯着我看。

六

奶奶進門，和婆婆寒暄落座，接過一杯茉莉花茶。我得一杯糖茶，喝了一身熱，「調皮滑獺」（袁浦方言：精靈古怪、滑頭滑腦）的勁兒湧上心頭，喜上眉梢。

奶奶和婆婆說得最多的，大抵是佛事，小木樓的堂屋，像一間小廟。

堂屋案几上，立著兩根又高又粗的紅蠟燭。蠟燭的光，是柔軟的橘紅，摩挲著投射出去，遇有阻擋，便謙卑地退後兩步，低頷微笑，和氣地打量你，預備了聽你求願。若無阻擋，一波一波搖曳的光，用力地把溫暖投到遠處，常駐遠方來客的心。

燭芯的光焰，是兩枚菩提子，圓圓的，底端像金黃的花萼；頂端圓潤的光焰收起來，用墨筆勾勒一下，是寫意山水的餘韻，繚繞在屋頂。遇有人進來，帶微風起，燭光欠一欠身，濃烈地旺起，發出噗嗤聲，急落幾滴淚，便是同人行過見面禮了。

堂屋牆上貼著松鶴延年圖。圖上一棵松樹，九隻仙鶴，一輪紅日擠出雲濤。上聯「蒼松挺拔人皆壽」，下聯「白鶴騰飛氣自祥」，滿堂屋的吉祥喜慶。

七

妮娘回到灶間，忙起做飯來，奶奶生了火。十五瓦的燈泡，微暖的光，很快淹在灶間的炊火裏。奶奶秀氣雅致、潔淨清臒的臉，閃出黎明的霞光，就像清晨露水打濕的稻花，遇了升出地平線的朝陽。

妮娘在雲蒸霞蔚裏，步子輕盈，手勢靈動。或炒或煮或蒸，最是轉鍋清底時，將溫熱的水從鍋裏舀出，潑進牆漏去，用筅帚抄淨鍋，陣陣水煙起，伴著淡淡的菜籽油香。

妮娘盛一碗白米飯，奶奶接了，夾一筷黑亮的陳年黴乾菜，小口抿吃著。我愛義橋的醃魚、醃鴨、醃肉。這魚、鴨、肉，一般年

頭難能吃到，是豐年的饋贈。

第二天醒來，奶奶和妮娘，一刻不分開，妮娘做什麼，奶奶做什麼，說着說着便笑起來了。兩個人在一起，嘴裏不說時，眼裏噙滿話。在這話裏話外，我從一個屋竄到另一個屋，玩得興致勃發。

住兩晚一天，第三天中飯後回，斜搭的青布口袋，裝的是黴乾菜和蘿蔔條，它伴我一個噴香的童年。奶奶跟妮娘告別，拽了袖子不撒手，總是叮囑千遍，還來一次，臨別走出數十米，回頭又來一次，快轉過彎去，瞧不見了，用眼睛再矚一次，眼角分明掛着小樓的燭火星。

我的冬季造訪，奶奶在時，一起睡了妮娘紅漆的婚床，遺了童年的尿騷味兒。妮娘一次不曾怪我，連這被子褥子，來一次拆洗一次，掛在義橋小木屋外廊竿上，請煦暖的太陽公公賞臉，重新找回夜的溫暖。

八

一個秋日的中午，雨落得很大，地上滿是水泡泡。妮娘領了幾個穿蓑衣的人，抬了棺材，進門前做法事，事畢擱進西屋貼牆擺下。從此我家添了一具蕭山棺材。

棺材身子黑得發亮，前高後低，正面拱起，朱紅色。我家瓦舍左間和堂屋連着，只有一根柱子，每天都要見到它。起先略持戒心，也有幾分害怕，慢慢地，當作放貴重物品的櫃子，再以後心懷敬意，把它視為家中的一樣聖物。

袁浦記

一九八四年冬，父親中午回來，一家人吃飯，忽然冒出一句，政府不讓土葬了。奶奶聞聲色變，眼裏滿是驚懼。這天往銅手爐加些礱糠和未熄的草灰，早早地躺下了。

鄰居故舊，和奶奶相仿的，三個兩個，開始議棺材，也談怎麼燒化，説火燒疼不疼。一個故事，增添了恐慌，説人扔進爐子，給燒醒了，大叫起來，説快放他出去。燒人的講，「時度」（袁浦方言：時間）勿到，門勿開，燒完了，才開門的。

奶奶眼裏滲出淚水，我也害怕。心裏想好，備一把鉗子，偷放口袋裏，奶奶一喊，我就把門撬開。這事兒，終究未曾發生，也不會發生了。

九

我上初二，奶奶去世。眼目閉合，額頭光潔，面頰清臒，寧靜安詳，躺棺材裏。停放三日，慟哭中起出，把棺材蓋翻過當擔架，鄭重平放，裝解放卡車載走了。

那幾日，瓦舍點起一百瓦的燈泡，像一個太陽懸在屋子裏。妮娘靜靜地坐在奶奶旁邊，默默地點燃隔壁鄰舍、親眷、朋友送來的經和摺的元寶，小心地看護床底的一盞長明燈。

奶奶去世這一年，母親整理遺物時，得一把剪刀——妮娘送給奶奶裁黃紙的，從此也信了菩薩。勞作之餘，日日唸南無阿彌陀佛。看這淵源，奶奶唸阿彌陀佛，源自妮娘和婆婆，母親又接了信。從義橋到袁浦的緣分，教人向善，推己及人，便是人性明光。這些孩子的娘耶！

十

妮娘和奶奶生養作息的世界，於人世間，大都湮沒了去。唯一的遺跡，是六號浦沿的香杉瓦舍，瓦舍也罕見，香杉依舊在。

錢塘江上的橋越修越多，有一座由袁浦直通義橋，叫袁浦大橋，老渡埠也日漸荒涼了，雖然也還有船在走。這曾經來回擺渡的過客，不少也都作了古。

我的妮娘孔桂花，個子不高，身材適中，素喜整潔，衣着樸素，五官清秀，眼含憐愛，一臉的和順樸實，甲戌年去世，歸葬義橋虎爪山。

我的姑父華志林，一九二八年二月四日生，丁酉年八十九歲，腰板筆直，面帶紅光，記性也好。姑父將小區樓門前的花圃，闢作小菜園，侍弄幾樣菜蔬，一見到我，開懷暢笑。

姑父也信佛，唸的經和摺的元寶，攢到一處，過年過節，給妮娘燒了，這一燒，也有二十年矣。

十一

袁浦和義橋，一個世紀相守相思的深情厚誼，遠在天際，近在眼前。遠近之間，略掛一簾薄紗，待要模糊了去，夢便催人清醒。

袁浦是一根藕，半是踏實，半是虛空，齊摺兩半去，半是陰，半是陽，陰陽難解，藕絲相連，解不開，理不清，便讓這藕絲牽了陰陽，說說不了情話。

斑痕大地，精細了看，這繞着故鄉錢塘的江流，分明是嫦娥的造像！我猜想，中秋月圓之夜，嫦娥悄悄來到凡間，看袁浦和義橋

出了神，留戀錢塘，將秀姿刻上心動的波瀾，化作一條奔流的江，築起人間的蟾宮。

這蟾宮的模樣，像婀娜的飛天，她用優美的弧線勾出錢塘沙上和漁浦古村，長長的披帛飄揚出去，拖住千年的善感深情，把憐愛留給錢塘人。

妮娘住的村落，是蟾宮飛出的一隻蝴蝶。蝴蝶的頭，便是斑斕的花草樹木牽引出的小木樓，樓板間響起的篤篤聲，是蝴蝶振動翅膀的聲音 ── 我的桂花妮娘下樓來了。

二〇一五年十一月二十二日

歸兮浮山

一

錢塘有座山，叫浮山。一千年前，它不是山，是一個島，錢塘江裏的島。五百年前，沙泥堆積，拱成沙地，水退出去，島便成了山。

浮山是神往之地。我知浮山是山，聽奶奶說的。我第一次上浮山，是給奶奶上墳。

浮山有兩片，東片略矮，西片稍長。奶奶的墳在東片，站墳前山坡上，錢塘一覽眼底。

坡上墳塋錯落。上墳有「前三後四」之說，清明節前三天、節後四天，一路上山，我常聽得女人哀哀地哭，是喚其母親的，大抵是歎息生活艱難，訴說生活不如意，思念老母之慈愛。墳前的哭聲，每臨清明，總縈繞在耳畔，眼前浮現的，便是淒涼的雨絲、憂鬱的天色、慵懶的春日。

不知從什麼時候起，我把陰陽世界區分明瞭，山上是陰司，山下是陽間，山腳是兩界的線。

東片山上的墳，有一年集中遷移到西片山上。奶奶的墳安在半山腰，墳前有一棵松樹，山坡下一大片水塘。每年去祭掃，山上又多幾個新墳。

三十年間，我的爺爺、伯父、父親也都歸了山去。

奶奶在世時常說：該到浮山上去了！神情莊重恬然，像是參加一

袁浦記

個神聖的儀式，又像去辦一件大事。我起初聽了蕭然起敬，慢慢地傷懷起來，漸漸明瞭，這叫撒手，是隨那生命的規律，做了這一季的別離，就像花開了要謝，葉子入了秋要落，人陪伴一程也會散。

浮山，是錢塘的祠堂。它雖未有雕欄玉砌精美氣派的門庭，未有名人賢達題字刻石的牌坊，未有長長青石甬道連起的台階，卻有尋常百姓歸去後托身的一寸土，有晚輩後世拜謁的一片山，有世代相傳的精神的一點光。

二

生於錢塘，歸於浮山。歸，一如生。生，大抵有體面的儀式，來做嫁和娶。歸，更要以儀式的體面，來做了和祭。

奶奶的歸，是一個漫長的旅程。而我，從小和奶奶睡一張床，便是這歸的送行者。

我的父親，在三十三歲這一年，得了一場大病。醫生看了搖頭說，回去吧！桂花妮娘和志林姑父很傷心，花一百元，早早地割了一具棺材，雇了人，從蕭山抬到袁浦，進了我的家門。父親命大，棺材進門，病卻好了。

奶奶很高興。一個種田人家，奶奶的歸，也需一具棺材，這是一世體面必不可少的行頭。二十世紀八十年代，錢塘沙上，殷實的種田人家，凡有老人，都會早早地預備好棺材。鄉下作興土葬時，這棺材，是歸去的帆船。

這個行頭，父親沒用上，進得家門，安了奶奶的心。一戶清平的種田人家，擺着一具壽材，終也是一件有面兒的事。

政府改興火葬，奶奶憂慮過，害怕過，眼見大家都一樣，也便

坦然。

一世體面，由天不由人，鄉下老人的歸，這白髮人，得黑髮人來送才好。我的奶奶，生一女兩子，桂花妮娘，繁康伯父，我的父親。

奶奶的歸去，倘若列隊送行，伯父當是站在最前頭。可上蒼弄人，乙丑年，伯父未留甚話，說走就走。

一個秋日，母親提前替我請了假，不用去上學。一早起來，父親、母親、阿弟和我，坐車穿進灰雲籠蓋、雀鳥驚叫的杭州城，繞來繞去，終於進一大房子裏。

一個人孤零零地躺着，睡得從容，安詳無聲。一個人對面站着，拿兩片紙，說一席話，聲音哽咽粗硬。站着的人我數清八排，繞着躺着的人走一圈，大部分散去了，剩下十幾人推着躺着的人，繼續往裏走。又一個人，莊重地接過推車，轉運到從爐子裏拉出的架子上，推進爐子，關上爐門，門上有眼，我見到了火苗。這是我第一次去殯儀館，那時叫「火葬場」。

坐車回到紅星大隊路口，天已見黑。父親說，把黑袖套收起來，緩一緩再告訴奶奶。這一刻刻骨銘心，拂過我耳的冰涼徹骨的風，至今留在童年不安的記憶裏。

唸悼詞的人，叫慶堂，是我四爺，爺爺的阿弟。四爺曾是軍人，站姿筆挺，氣質儒雅，態度和藹，曾送我一支鋼筆和一個筆記本，本上寫了「三思後行」「名慚不具」這八個字。「三思後行」常常從腦海裏跳出來，提醒自己謹言慎行。「名慚不具」教我時時懷有一份謙卑心。四爺見過世面，是個主事的人。

這躺着的人，我的伯父，去世了。

這個葬禮，把伯父送到另一個世界。

袁浦記

三

伯父讀的是私塾，教書先生是奶奶的阿哥，叫永義，懂中醫。伯父從武漢糧校畢業，入了杭州城，是省糧食局機關幹部。伯父跳了農門，已不是種田人了，在匱乏、貧寒的鄉下，對爺爺奶奶而言，多一份生活的保障。

我和伯父接觸不多。阿哥富榮說，讀高中時，伯父到民豐村住過幾天。阿哥第一次到麗水讀書，武林門上的車，前一天在伯父家過夜，第二天一早伯父親自送到車站。

伯父清清瘦瘦，學者模樣，書卷氣頗濃，講話速度不快，條理清晰，很有修養，行事沉着幹練。這是阿哥眼裏的大舅。

我五六歲光景，在隔壁阿亨阿伯家瓦房裏吃飯，伯父給了我兩粒很香的剝殼板栗。我只記得板栗的樣子和伯父坐着的樣子，不知伯父站着什麼模樣，應和我父親一般高吧？

不幸的消息遞得快，終也透過空氣，傳到我奶奶耳朵裏。這一天，奶奶在廚房做飯，秋日的屋裏氣氛出奇凝重。吃完飯，收拾停當，奶奶找出銅手爐，添過草木灰，護一塊藍布，坐在門西側的椅子上。

突聽得一聲叫喊，我正驚悸間，奶奶斜倒下去，在地上打了滾，過去，又過來，我只聽奶奶不停地哭喊 —— 哎耶！長風啊！囡囡罪過呀！我命苦啊！

長風是伯父小名。母親把奶奶抱起來，拉過竹椅靠門坐下，一邊揉心窩處，一邊陪着流淚。白髮人送黑髮人，奶奶生活覆地翻天，話越來越少。

我放學回家，靜得只能聽見自鳴鐘響，指針上下轉一圈，光

影旋轉一百八十度。奶奶終日裁黃紙，用香蘸了洋紅，點一下誦一句南無阿彌陀佛！攢夠一些，點起兩支蠟燭、三根清香，把黃紙燃了，呼小名長風，來拿了去！

多年後，我曾想，奶奶是怎麼知道的？奶奶大抵也會問我，去了哪裏，見了什麼，雖然我未必講得清楚，奶奶未必聽得明白，她也從未參加過追悼會。

畢竟，奶奶已明瞭，這歸程的送行者，不會有他的大兒子了。原本，這鄉下的老母親，奶奶的歸，執事的該是伯父，伯父缺席了。

四

伯父的離世，奶奶更少歡顏。伯父把奶奶的心，從我身邊帶走了。

奶奶暈車，坐不得汽車，極少進城，進城也須有人帶。伯父的孩子、我的堂哥一出生，奶奶進城照看兩年。母親生我，奶奶回到鄉下帶我。

這進過一次城的奶奶，伯父去世後又進一回城。她要去看一看，眼見為實，或也為重訪伯父生活過的世界。

陌生的杭州城，奶奶熟識的人不多，這一次去了一個月，不知怎麼過的，想也是默默地在牆隅，在買菜的路邊，用衣角拭了淚去。

奶奶回到鄉下，我感到了這種變化，是傷心後的空白和迷茫。

從前，一張床，我睡這頭，奶奶睡那頭，各抱了一個熱水瓶子，我把奶奶的腳焐熱，奶奶把我的腳焐熱。在冰涼的錢塘冬天，

這溫暖深入骨髓，一直暖到現在。

奶奶說，她有氣管炎，我也大了，從此分床睡。其實，是奶奶想歸去，去追她心愛的孩子——我的伯父。奶奶擔心我伯父在那個世界太孤單。

兩年裏，奶奶說話不多，常抱了銅手爐在懷裏，坐門口竹椅上，從瓦舍看香杉底下南來北往的人兒。那凝滯的眼神，有時是一面模糊的鏡子，照見道地（袁浦方言：屋前平地）裏、浦沿上繁盛的物象。

我挨着一張桌子，每日寫作業，出神的時候，聽到一記沉悶的輕響：咚！隨後看到奶奶，奄拉下去的腦袋，從大門邊拖回椅背上。

奶奶要歸去了，沒有驚慌，沒有異象，沒有悲傷。一個靜而冷的夜，奶奶輕喚父親的名，說要走了。父親和母親起來，陪坐了一晚。第二天早起，緊着預備壽衣、壽褲、壽襪、壽鞋。桂花妮娘第一個趕到，坐床前竹椅上，一手握奶奶的手，一手抹撲簌下落的淚。奶奶的朋友、親眷，紛至沓來，悲戚問詢，悵然張望。奶奶已不能言。

奶奶平靜離世那一天，我走過大門口，太陽還未完全落下，斜暉裏，冰涼的風從外往裏灌，枯黃的燈輕輕晃動，好像一個人出去，不小心碰了一下。

五

奶奶離去，父親的朋友萬青阿伯，也是村裏的醫生，問切察看後，吩咐置辦後事。妮娘和母親張羅着，照鄉風祖約，擦淨奶奶的身子，換上壽衣壽褲。一旁幫襯的親眷說，這吃齋唸佛的老阿奶，

無病無痛，活着利索，走得乾淨！

父親帶着一幫小弟兄家，去掉蚊帳和架子，在床底下點起兩根蠟燭。先行趕到的親眷，見了善良恭敬的奶奶，大聲地哭出來。我和阿弟在懵懂中，輕喚着奶奶，想往常種種好處，悲從中來，哭作一團。

桂花妮娘、志林姑父，龍頭上奶奶娘家袁家門的人，母親的阿妹、阿弟，自尋職守，排好守夜者，安排次日早去報喪的人，一一列出生前故舊好友的名字。村裏的電工，將瓦舍裏的小燈，換作一百瓦的大燈。

哭喪的親眷，一個一個，一場一場，訴說奶奶生前嘉言懿行，祈求逝者庇佑生者安康，小孩順利成年。

父親的朋友們幫襯着裏外應對，將喪事的一環套了一環，樣樣件件落到實處。這一夜，我們守在床頭，父親給我的任務，是看好床底的蠟燭，快要燃到盡頭時，換上一根新的。我們度過第一個不眠之夜。

第二日，白天請和尚唸「十二生肖佛」。傍晚辦豆腐飯。入夜做道場，放焰口。

第三日，上午進棺，送龍駒塢火化。下午將骨灰盒捧回家，堂屋供祭。未時，送上浮山。從浮山下來，將奶奶衣物、棉被、篾席、床草等物，運到村頭焚場燒化。名曰「節煞」。

第七日，也稱「頭七」。下午四時許，做羹飯，擱一碗鹽。

第十四日，也稱「兩七」。下午三時許，做羹飯，一碗豆腐，一碗米飯。

第二十一日、二十八日，也稱「三七」「四七」。下午二時、一時許，各做羹飯，供以時令菜蔬。

第三十五日，也稱「五七」。中午十二時，搭「望鄉台」，台上安置一把椅子，擺了生前衣裳褲子和鞋襪，椅上綁一把大黑傘。白天請和尚唸佛，中午請幫襯的人吃飯。晚上做道場，放焰口。事畢，將衣物和寫有奶奶名字的木主牌，一併燒去。

第四十二天，也稱「六七」。上午十一時，做羹飯。這一日不吃家裏飯，燒飯的米，須從鄰里討來。

從「頭七」到「六七」，行祭禮、做羹飯時間依次提前約一小時，以示越來越好之意。祭禮每一個環節，都須恭敬。

「六七」之後，第一百天，三週年，逢五逢十週年，照例做羹飯，燒一些經和元寶。所謂經，是唸佛之人誦唸點紅的冥幣，也叫紙錢。元寶，象徵金銀，以錫箔紙摺疊成元寶狀，也有用棉線串接起來，火柴盒大小、一片一片的黃紙或錫箔紙。每回點燃經和元寶，父親叮囑我說一聲：奶奶拿去！我每次都很小心，一定先說了這話才點燒，燒的時候，也要再說幾遍，免叫「生人」拿走了。

六

伯父去世後，伯母遠在餘杭上班，一星期回杭州一次，爺爺進城幫助看管伯父的孩子。我讀的高中，離紅太陽廣場不遠。週六放學或週日回宿舍，也常繞過去轉一轉。

我的堂哥小青，愛好航模和無線電，整日弄一堆零件，一手拿一把焊槍，一手舉着露了玻璃眼的鐵帽子，夾住一根焊條，滋溜一下，冒一團青煙，又滋溜一下，冒一團青煙，將一間本也不大的臥室弄得煙氣繚繞，興味益然。他也曾帶上我，背了一條航模船，到

附近的小河裏，遙控着駛出去、轉回來。來勁的時候，帶上一隻臉盆，一個尼龍網兜，下到河裏去撈魚，這城裏的河，水量不大，淺淺的，倒也似鄉下的河清澈見底。沒有捉到一條像樣的魚，有幾隻小蝦，我在武林門附近的小河，找回幾分鄉下的豪邁。

爺爺蹲在小院裏，侍弄一小畦青菜，一盆青蔥，一蓬芋艿，七八叢草藥，我只記得一種叫「官司草」的，深綠色，帶了鬚，搗爛了能治牙痛。三棵葡萄，攀緣起來，有陽光的日子，也是一番洞天。樓上時有新晾衣物被單的，水悠悠地滴下來，落到葉子上，啪的一聲四濺開去。春夏秋冬便這樣一個接一個搖着走過去了。

堂哥不在屋時，我陪爺爺遛彎。爺爺中等身材，自小吃素，文靜得很，走路卻快，常在我前頭。

延安路上的梧桐樹長得敦實，樹幹和葉子在陽光裏活潑潑的，像個躍動的少年，陰天裏暖暖的，像要催人去睡，雨起時騰出一片濛濛水霧。我和爺爺常走一程，歇一陣，路邊有長椅，拉近了和城市的距離，多了幾分親切。我喜歡在報刊亭讀報，爺爺在長椅上坐着，點起一支「雄獅」煙，慢慢吸，或背了手在一旁看我。

我最末一次和爺爺散步，也是在延安路上。爺爺聽我說放學後從九溪走回袁浦，動了心，掇轉身說，不抽煙了，要攢錢為我買一輛腳踏車。後來，我從未見爺爺抽煙。

我上高二，省糧食局機關派車送回爺爺來。一個月後，爺爺在六號浦沿瓦舍平靜離世。眉鬚皆白，額頭飽滿，面相莊嚴，四體周正，躺棺材裏。停放三日，慟哭中起出，裝解放卡車載走了。爺爺講，此生遺憾，奶奶先走一步。遺言六字：儂歸儂，吾歸吾。

爺爺骨灰送上浮山前，伯父的骨灰從城裏帶回鄉下，披了一塊紅布，一起上了山，兩個墳挨着，中間隔了一支煙的距離。

丙申年初，我路過伯父當年住處附近的紅太陽廣場，精細地打量一番。夏日夜晚，納涼的草地已剩很小的一片，伯父的宿舍，也早拆了。

七

袁浦這片土地，但凡生於斯，不論走多長，走多久，漂多遠，也終要回來，定要落地，因這錢塘的神山、歸去的聖地——浮山在這裏。

甲申年，杭州市人民醫院重症監護室，父親病危。

我握父親手，父親左眼左角，流出一顆淒冷的淚，淡淡的，沿顴骨，極不願地，想要停住，卻還要走，遺了一條光明的淚痕。這顆淚，緩而靜地流，隔了急而鬧的年，駐在我心裏。

淚流到盡頭，父親忽然彎起四指，在我驚懼中，輕而定地握我手，這瞬間我體味到一種經久的顫來。這顫是父親的心和我的心相交，經手的傳遞，播出的一絲親人的波瀾。這一刻，是父親與我在這一季生命世界的別。

父親平靜地仰望天空，左手大拇指彎四十五度，骨節像山一樣挺立，消瘦的手背，血管像輸油管道自然延伸，四指蒼白、無澤。這隻手，就這樣一半在床，一半在我手，從此陰陽兩隔。

這一天是農曆十一月初一，錢塘沙上有風無雨，四野的白茅如騎士迅跑，陣腳慌亂。從醫院出來，救護車奔走着，我護着父親、喊着爸爸，叮囑每一條路、每一座橋、每一個彎、每一道坡。

長風吹白茅，野火燒枯桑。田野父親，依鄉風祖約，回到六號浦東二十九號，在小樓裏吐出最後一口氣。

八

清明時節，從浮山東眺，曾有油菜花海蜂起蕩漾。這些年，一幢幢洋房頂天立地，聳肩提臀，斑痕大地的天際線也變了，袁浦已是前塵往事。

明晃晃的水田，慢悠悠的耕牛，青簇簇的菜地，灰白相間的瓦舍，荷鋤而歸的鄉民，一切都變得凌亂，變得模糊，變得遙遠，種田的人越來越少。

我的爺爺、奶奶，我的伯父、父親，就降生在這浮山腳下，他們從清朝走來，從民國走來，各有各的快樂，各有各的不幸，經過無數不平凡的日子，把最後一口氣歎在了眼前這片土地上。我淒然地一個接一個把他們送上浮山。

山坡上，墳塋一個挨着一個，是一枚枚熟了的生命之果，而浮山，彷彿一隻籃子，早落的果子，晚掉的果子，都在這隻籃子裏；又彷彿一條渡船，早到的，晚來的，都坐在了一起。這隻籃，這條船，一直攔着，時時提醒自己，種田人的後代須腳踏實地、堂堂正正做人，才無愧於浮山的先人。

又到清明。從前父親帶我們去上墳。父親走後，母親帶我們去。

如今我輩中人，五男兩女，天各一方，遠的去了新西蘭，近的守在六號浦，都是純正的錢塘人。我們一起上山祭掃、點香、跪拜，心懷虔誠，心懷敬仰，心懷感激。

浮山青青，吾祖歸矣。

二〇一六年三月二十五日

貓頭山腳黃泥屋

一

我的外婆家在貓頭山腳，地處富陽縣新聯公社，從前這裏的日子很慢很靜。清明前後，貓頭山上的映山紅開起來，布穀鳥一叫，山民抬起頭看，滿山像是點起了燈。

貓頭山腳有村，叫石墓村，村前有溪，叫坑西溪，村裏有棵古老的桂花樹，長了八百多年，八月裏滿村都是馥郁的桂花香。

村裏的房子，大多是兩層的黃泥屋。黃泥夯牆，木門、木窗、木柱、木樓板，地面坑坑窪窪，家具不多，歸置整潔，冬暖夏涼。

遠遠看去，屋子掩映在一片又一片竹林中，刷了石灰的白牆，也刷了紅字的標語，脫落了石灰的，露出黃泥的樸素。

外婆家有黃泥屋三間兩弄，一樓進門是堂屋，東西兩側各一屋，南北各一窗，弄堂貼牆各一部樓梯。東側樓梯下有灶台，擺一家櫥。灶台南側有一石砌火坑，是冬天燒柴火取暖用的，上方屋頂的樓板被煙熏成漆黑一片。

樓梯可容兩人行，從東邊上去走到頭，二樓東側有木窗，衝內拉開。樓上三間房，每間向南有木窗。北側過道有三個小木窗、一張小木床。踩在樓板上，發出咚咚聲響，每天早上不用人喊，便早早醒來。

住在黃泥屋的人，一輩子都在「做生活」（袁浦方言：幹活），彎腰駝背，行進在田間地頭、山林湖澤。去世的，平靜而安詳，在

貓頭山上壘一座石墓，把棺材放進去，用石頭封上。在世的，憑了雙手，掙口吃的，積蓄財用，自力更生，過上篤實的日子。

二

我的母親是外婆的長女。外婆連生三個女兒，外公盼生兒子，續陶家香火，跑到杭州城隍廟燒香。廟裏的算命先生很講道義，算出來是好命的收一點錢，命不好的不收錢。對外公説不要錢，回去做件好事，就會有兒子。

外公回到貓頭山，二話不説，把後山上能用的樹一棵不留都斫了，就近在門前坑西溪上造了一座木橋，當年生下關根，排行第四。隔年又生祖根，排行老五。趁喜扎草舍，夯土牆，壘溪石，刷白灰，傍着貓頭山腳，造了黃泥屋。

母親説，黃泥屋是上好的房子。早年貓頭山腳大多是草舍，屋頂用蘆葦、茅草、稻草混編，舍內是爛泥地，一床薄被過冬，洋油燈一盞，用竹篾繞幾圈點旺了當火把。

貓頭山腳的路是石子路、爛泥路，山民多穿腳叉，冬日的腳叉包一層毛竹削的篾。

山民上山摘茶、下田種糧，吃的是玉米、番薯、蕎麥，玉米用石磨碾碎了，切棵青菜煮糊糊，番薯切片攔陽光下曬乾，和米一起煮，蕎麥蒸糕。這些都是日常的主食。這還是好的，有得吃就很滿足，往往吃了這頓憂着下頓，不知下鍋的米在哪兒。

每年外婆養一頭豬，過年宰了，賣掉一些，醃製一些，放飯鍋頭上蒸，豬吃草長大，肉質上乘，肉湯鮮美，常用來澆飯吃。

外婆來袁浦，我早早地到蘭溪口等候。外婆挎一竹籃，籃裏有

凌家橋的肉饅頭。吃肉饅頭的那一年，我六歲，外婆在貓頭山腳的地裏做生活，一頭栽在地上走了。

黃泥屋前，一眾人等，喊着號子，外婆身子用被裹緊，幾根繩子抬起來放進棺材，繩一節一節抽起來、扯出來。

外婆李桂鳳，一九二八年生，高個子，能幹力氣活，一九七八年去世。

外公陶承安，一九一九年生，一九七〇年去世。三歲無父，七歲無母，早年放牛為生，力氣頗大。世人常見外公袒露上身，光肩扛負幾百斤樹木。

外婆離世，小姨八歲。外公離世，小姨九個月。

外婆之前，外公有過一任妻子，石墓村人，姓李。傳聞是白天拿一大口袋搶來的親，不幸生孩子時難產，連大人帶小孩都沒活下來。每年清明，大舅給上墳，兩家至今往來。

三

母親姐弟六個，大舅關根屬虎，讀書最多。

一九七五年大舅入富陽新聯一中，讀完兩年高中，學費、書費三十四元，交不起，欠費，畢業證扣下。現在連學校也沒了。

石墓村分田到戶，大舅得山三畝三、水田一畝半、地半畝。之前不夠吃，有了田地，水稻長得好、收得也多，大舅一頓吃米飯一斤半。稻米多得吃不完，用車馱到糧站，換回票子，路過高橋街頭，吃下三碗麵。

有地種，有飯吃，大舅笑必露齒，像一匹快樂的馬。農閒時管山林、運石頭、賣棒冰，有工就做，不時露出半斤老酒落肚後醉意

蒙矓的憨笑。

一九八五年國慶節，大舅進杭州城排隊買腳踏車，從凌晨候到八時。這一天放了三十個號，前二十是「大雁」牌，後十是「紅旗」牌。大舅拿到第二十三號，付了一百七十元，騎回一輛新「紅旗」。

大舅生性耿直，有一是一，像腳踏車輻，一根不多、一根不少，與車結緣，在郹村路邊支起修車鋪，每一輛壞了的車，都設法修好，修了一輩子的車。

他坐在車鋪的小板凳上，眼見公社解散、建新聯鄉，眼見撤鄉建鎮，眼見高橋鎮沒了，改稱街道，唯鋪子堅挺，面積由四平方米擴到十五平方米，攔得下八頭牛。

大舅的雙手沾了機油，起身時像拎着兩個耙子外垂着，手背棕黑，透出掩不住的暈紅，翻過手來，手指如條條方石堆砌起手掌，上百道深紋橫豎切插，用粗而濃的墨線勾出，一塊塊淡紅鋥亮的皮肉綻放開來，力道十足。

勤快的手，創造生活。乙未年，這雙手蓋起一幢三層小樓，從樓頂拋下無數上樑饅頭。

大舅育有兩子。小兒子説，父親眼神嚴厲，掌心溫暖，背影寬寬的，鞋碼大大的。大兒子夭折，事起感冒，半夜發燒，抱到衛生所已是凌晨，醫生説，治得快點還是慢點？大舅説，那就快點吧。醫生給輸液，掛了兩瓶鹽水，早五時抱起看，嘴唇發青，手腳發直，急送醫院，

孩子已無呼吸。

去的去了，活着的向前走，便是大舅的生活。

四

母親説，石墓村的女人，出村不出村，都得把房子蓋起來，有新房住，心裏踏實，也就沒白走苦命的一輩子。

母親有妹子三個。大姨銀蘭屬猴，嫁到蕭山，做一本色篤實的鄉民，有水田一畝半、菜地兩分，農閒時在附近工廠幫襯燒飯。女兒玉珍生於石墓村，誇母親能幹，跟男人一樣去磚廠，挑一兩百斤的泥土，跟男人一樣上山去，砍了柴挑回家，割稻、插秧樣樣比別人幹得快。

大姨做得一手好菜。我喜歡吃扣肉，若是家裏起一股黴乾菜和煎肉的味兒，揭開餐桌上的紗網罩，必有一碗皮焦肉嫩的扣肉，曉得大姨來過了。握大姨的手有硬木質感，如勞動布手套的凹凸，手背雀白裏帶點紅，間雜一些淺色條紋，像太陽射在水牛背脊上淺淺的反光。大姨高個，肩背較寬，笑起來臉龐燦若一鉤銀月，嘴角上翹，帶點俏皮，眼睛明亮，如坑西溪水般清澈，帶着童話裏小公主的好奇模樣。

小姨正娣屬狗，嫁到漁山，有水田兩畝、山地半畝。小姨和姨夫都是富陽街上的清潔工人，早三時起上街打掃衛生，清理街面。小姨手指粗壯，手背黝黑，手指和掌接合處是黃色的繭。小姨長我兩歲，笑起來，如坑西溪水清甜，帶點青澀，我常把小姨當了姐姐看待。

二姨金娣屬豬，嫁在本村，從一間黃泥屋搬到另一間黃泥屋，做一地道的山民。兒子強斌説，母親上過一年小學，會寫自己的名字，歪歪扭扭，倒也能辨認。二姨平時一邊在村辦工廠做工，一邊

種田種地操持家務。二姨的手紅潤，十指粗壯有力，搭配結實的肩膀，扛得起一座山，負起石墓男丁的擔當。二姨笑起來，如坑西溪水般悅耳，未見水、先聞聲，站在跟前，儼若一朵玫瑰盛開，把甜美浸透整個院子，眼睛透着喜悅，是這生活的主人。

我記得，二姨騎車馱着母親，姨夫騎車馱我，一路兜風。我把他嘴裏的煙蒂掏出來，狠命吸一口，大聲咳起來，甩手把煙屁股扔了出去，竟落到反向騎車人的脖子裏，那人大叫一聲。好在也是抽煙的，姨夫給他一包煙，賠了不是。

丁卯兔年，石墓村報喪的上門來，説姨夫開的小車超大車，那路段正在清溝，路邊堆了泥，小車頭帶了姨夫捲下大車去。

姨父叫梁關法，這一年二十七歲。墓地坐北朝南，像一隻伏臥的知了，靜靜地注視着黃泥屋。姨夫沒了聲息，二姨拖兒帶女，靠水田一畝四分、山地四畝過日子。

前些年，大姨、二姨造了小樓，小姨在富陽街上買了房，都有了新房，安了居。

五

己巳年冬，大雪過後，農曆十一月十六日。一隻黑白相間的鳥兒落在梢頭，水杉梢兒彎彎，像蛇吐信子，預備撥過這個樸素的冬日。

正值晌午，我的小舅來了。小舅祖根，屬龍，時年二十五歲。石墓村附近石英砂廠的裘會計做媒，小舅有了對象，你情我願，好事將臨。母親已見過，説她蠻精幹，是過日子的人。

我得了確證，是小舅親口透露的。報這喜訊時，站在瓦舍前的

道地裏，小舅彎了眼、咧了嘴、掛了笑，看看這兒、望望那兒，興奮的心按捺不住，似要跳出胸口。

中飯後小舅離開錢塘瓦舍，到了浦陽江邊二姨家。心裏揣着一個願望，借到一筆錢。小舅沒有說出口，去了又走了，趁了夜色回到黃泥屋。

小舅和他對象，那年同在一家石礦做工。小舅用鋼絲車拉石頭。對象相中小舅幹活賣力氣的實誠，已定製嫁妝，她只要一台電扇，供銷社擺着，這筆錢相當豐年一畝地的收成。

小舅借不到錢。小舅的床上，有一把蛇年夏天的大蒲扇，豁了一角。

第二天，貓頭山上的太陽毫無表情地升起來，照在黃泥屋上，赤赤白白，慢慢地悄悄地往山頂蹭過去。

小舅去鎮上買了農藥，回到黃泥屋，未掩門，一仰脖，純的農藥，都給了胃；從水缸裏舀了一勺山泉水，咕嚕咕嚕喝下，一會兒嘴裏出些白沫。

這天下午晚些時候，石墓村來人報喪，說祖根喝了半瓶甲胺磷，不曾搶救過來，已辭了人間。

大舅是目擊者。一早從貓頭山上往黃泥屋搬運新斫的柴，見拴了的後門開着。進屋不久，小舅從樓上下來說：阿哥，我農藥已喝下去，不行了。表情肅然，一無所顧。

大舅慌忙卸了柴，喊上人用拖拉機載着小舅往高橋衛生院跑。距太陽升到正中還有一個時辰，小舅閉了眼睛，沒了呼吸。

我的小舅，石墓男丁，寧折不彎，心裏有坎過不去，過不去也罷，折了便折了。

六

石墓往事，如縷如煙。石墓村，偏安一隅，村以墓名，傳說山上曾有一巨型石墓，我從未見過。我只見過砌石墓，村裏一個堂娘舅，早早地在山上擇了一塊墓地，勞作之餘，前前後後修了二十年，砌起一個石墓，幾年前平靜地走了。石墓村不大，山民對生和死也都看開了。

從外公出生至今不足百年，至母親和我這一輩，親人裏非正常死亡五人。成人倆，一人難產，一人短見；未成年人仨，一個五歲，一個一歲，未出世者無名也無日子。

石墓村的人，像貓頭山上的石頭，活着的，是塊石頭，死了的，雖然碎了，也是石頭。

母親說，活着，是吃苦頭，真勇敢。還說，丟了東西，切勿傷悲，忘了，就好了。

母親的忘年交，一位八十多歲的婆婆，是外公同輩兄弟的女人。母親說，她一輩子都在貓頭山腳挑呀背呀，生了九個孩子，今天生完小孩，明天早起下地，到田裏拔一籃草，回來餵豬。婆婆命硬，至剛至韌，百病不侵。石墓之人，就是這樣。

七

貓頭山四季常青，白天的山林鳥鳴啁啾，大過坑西溪的流水聲。

山腳的冬天特別漫長。小時候，我拱着手，和村裏的老人一起，坐在牆角享（袁浦方言：曬）太陽，看着斜陽一點點從山的後

背挪過去。

　　山裏夜來得早，月亮升起來，星星似點起的燈。山民聚攏來，柴火燒得劈啪作響，圍坐火堆旁，説東説西，繪聲繪色，每個夜晚都和過年一樣開心。

　　夜深了，烤熱了，人散了，上樓去，一陣樓梯、樓板的踩踏聲後，鑽進被窠，聽着小木窗外潺潺溪水聲，慢慢睡去。

　　冬日過去，貓頭山上的茶樹吐綠，狼棘頭抽芽，野草莓紅了，黃番薯長得有模樣，各盡其態，各展其美。

　　黃泥屋大多已拆毀，泥土還歸山腳，木頭也都當柴火燒了。清明貓頭山上墳，母親去時，往往約了阿妹、阿弟，大大小小十幾人。

二〇一五年十一月十八日

種田人的學堂

一

鄉民稱袁浦和周邊一帶叫錢塘沙上，它是一個錢江潮托舉而成的地方。袁浦聚沙成地，一千年矣，以相對獨立的建制而存在，也就五百年，大概是北宋遷到江南，移民墾荒開發的產物。

袁浦不再是獨立的鄉鎮，也有不少年了。心中的袁浦，卻不肯走進故紙堆，每次想到它，也便想起袁浦中學，怎麼也忘不了，彷彿又回到二十世紀八十年代。

一九六七年，白茅湖圍墾造地，鄉民挑了爛污泥，在「白洋洋」（袁浦方言：白茫茫）的湖裏堆出一片平地，又建起校舍。

在這樣一個地方聚人成校，創建一所中學，是過去半個世紀的大事。

校舍臨湖，又分內湖和外湖，可說美麗不凡。一九六八年，白茅湖中學掛牌，它是一所為種田人服務的靈性學堂。

每年開學日，我總能想起故鄉的最高學府。

一經閉上眼，腦中便浮現在教室做眼保健操的形景。湖裏的魚，老跳起來，招招尾擺深處，甩起的水，濺到臉上，醒來時，一點一滴，順着一簾幽夢落下來。

二

白茅湖的中學生，清一色種田人的孩子，一隻腳在田畈，一隻

腳在學堂。我們的老師，不少也是種田人，生在錢塘沙上。

生物老師諸偉元家住轉塘，十四歲參加生產隊勞動。無論從正面、側面或是背面，你都可以認為，這副結實的身板，經受過鄉下勞動的錘煉。老師的外婆家在新沙村，實乃袁浦的外甥。

諸老師一九六二年生，半工半讀，一九七八年高考前幾個月，趕上採茶季，白天上課，晚上到隊上炒茶。

諸老師從山村走了出去。一九八一年從杭州師範學院畢業，是恢復高考後生物系的首屆學生，分配時一紙通知，榮歸故里，回到外婆家、母親的出生地，比父親的出生地距離城市更遠的地方。

分田到戶時，家裏得茶地兩畝，諸老師名下無地，也無村股份。

諸老師任校長兩年，面對的是怎樣留住人、怎樣找到錢、怎樣把教學抓上去。這三個問題的順序，透出外部世界的變革帶來的壓力。

二十世紀最後二十年，舊體制日漸融化，新體制正在焊接，鄉民摸着石頭過河，八仙過海各顯神通。這對教職十三年、已過不惑之年的袁浦外甥來說，感受到一份責任。

因為熱忱，多年以後，不經意間的一個柔軟場合，聽人叫一聲諸老師，心中不免自得。

諸老師跟我講過一件事，管理怎樣上去？全校二十四個班，每個班一個腳踏車方陣，車不上鎖，學生不會騎錯車。這雖是小事，可見校長管理重細節，治理有特色。

我的同學說諸老師平和。對諸老師教什麼，大家回答不一，又很奇妙。有說教數學的，有說教生物的，有說教政治的。諸老師說先教的數學，後教生物，也代課教過數學。不少同學認為教過政

治，而諸老師不記得了。

教了十五年書，離開校長崗位，依舊不失教師本色。諸老師真誠坦率，語調理性，點題透徹，有學者氣。

同諸老師交流時，我彷彿坐在一位敦厚的內科醫生面前。桌上泡了一杯山茶，茶香馥郁，產自西湖區，有時也叫龍井。

三

白茅湖邊若是座大森林，就熱情和活力而言，數學老師張萬兵大概是頭豹子。

張老師是地道的種田人，不過他不說，你看不出來。在激情燃燒的歲月，錢塘沙上，老師苦教，學生苦學。張老師印象最深的，是第一屆學生畢業升學會考，一百三十多人，平均分一百零二分。帶班參加杭州市數學競賽，一、二、三等獎都拿了。

張老師上數學課，右手捏一截粉筆，左手放在胸前，長袖捲到胳膊肘，生龍活虎，像隨時要撲下講台。張老師脾氣急，語速快，講解聲音頗大，且不許學生走神，看人的眼神也與眾不同，眼皮往往要微微耷拉那麼一小點，帶了質詢，眼底下是自信，目力所及，我常在這圓圓的眼睛的注視下心中無數、慌裏慌張。

張老師對學生很上心，一點點教，細緻講解，也很嚴厲，抓課堂紀律，一絲不苟，平日不常見笑。

一九八九年八月末的一天，天空下着小雨，張老師領我到貢院報到，在教務處註了冊，叮嚀幾句，笑得爛漫，挎一個小包匆匆地走了。那年張老師二十七歲。我看着老師的背影，想起老師的好，有些落寞。

袁浦記

張老師生活多趣味，愛好不少，練書法，彈吉他，畫國畫，也打乒乓球。

我曾心生一個念頭，這麼有趣的老師，省出一節數學課，教我們彈吉他，又有什麼不好呢？張老師教了十四年數學，常說要努力上進，我至今想起，有一點緊張，大概是小動物見到豹子時的條件反射，總下意識地自問，數學作業做了沒有，做對沒有？

張老師一九八三年教書，第一個月工資三十元。六年後任副校長兼教導主任，又過二年做了校長，兩年後又去了另一所中學當書記兼校長。

四

我在白茅湖邊見過的老師，一些退休了，一些至今仍堅守課堂，一些走上行政崗位，擔任過校長的不下七位，個個敬業，人人敬愛。

錢塘沙上種田人見到老師很高興，聽到喊老師的種田人也高興。

我以為，做種田人的學堂的校長，是老師擔荷的額外義務。這是種田人的使命，也是幸運。

五

二○一六年九月二十八日，白茅湖中學的創始人之一，陳周耀老師逝世，享年七十七歲。

兩週後，東江嘴村的趙民建給我一份生平簡介。上面說，陳老

師一九六五年十一月在袁浦農業中學參加工作，擔任教師，後擔任負責人。一九六八年一月調入袁浦中學工作，一九七八年九月起擔任黨支部副書記、校長。

參照《袁浦鎮志》，獲知袁浦中學掛牌後，一九六八年七月至一九六九年三月，陳周耀老師擔任學校臨時負責人。間隔九年後的一九七八年六月，成為袁浦中學第一任校長，任期到一九八三年十一月。

陳老師一九三九年二月生於杭州，畢業於浙江師範學院，擔任中學負責人時二十九歲，離開校長崗位時四十四歲，從教十八年。

對白茅湖中學這一段，這樣評價：擔任校長時，他忠誠黨的教育事業，全面貫徹黨的教育方針，以校為家，一心撲在教育上。他民主領導，帶領全校教職員工共同努力，制定可行措施，發揮各方作用，使學校的教育質量大幅提高。

「以校為家」「民主領導」「大幅提高」這十二字，是陳老師的寫照，也是白茅湖中學的精神。

我第一次聽到陳老師的名字，是在田間地頭割草時，從一個釣黃鱔的阿哥口裏知曉。這是三十多年前的事了。

十月二日，我在袁浦驚聞陳老師去世。童年的一點淚花，從眼角劃過，撲簌一聲，落在錢塘沙上。

我，終於，也未見到陳老師，只記得，四月裏，還有點涼，鐮刀、竹籃、青草，一個響亮的名字。

趙民建說，陳老師身材高大，氣度不凡，普通話有鄉音，為人平和正直。

他還說，從父輩到我們這個年齡段的袁浦人，都對這一輩老師心懷感恩和敬意，他們是袁浦的歷史。

六

在我少年所見的人物裏，袁浦中學所見，彼時令我眼前一亮。

這些人物，在我們這班十五六歲的少年面前，青春陽光，富有愛心，精力充沛，思維活躍，把教好書同服務鄉村的熾熱情懷，以及生命中最美麗最純粹的一段時光甚至全部，都獻給了袁浦。

若說已無建制的袁浦有什麼特別的遺產：一份是我們的父輩在這片泥濘的水田裏，用形同苦役的繁重勞動創造了經濟的自足和奔向康樂生活的奇跡；一份是這所中學和各村小學的教師，用種田人的腳踏實地，在一個需要文化觀照和精神激勵的成長期，給這個地方注入一種向外向上勇於變革的動力。

一份遺產改變了這片土地的形態，一份遺產哺育了這片土地的新人，一起構成不朽的世紀袁浦和錢塘沙上的袁浦時代。

袁浦時代，可以和同時期東方大地任何一個鄉村相媲美，不僅不遜色，實在是驕傲。作為千年歷史的生命共同體延續的一部分，這份自信和尊嚴，上無愧於天，中無愧於人，下不負於地。

由此上溯，自中學立校以來的袁浦，是精神的崛起，同物質的豐富一樣，歷千萬祀，共三光而永光。

說說這些兼任校長的教師，紀念一段旅程，護持一份情感。

《袁浦鎮志》載，袁浦未有中學前，一些小學畢業生去外地求學，單程一趟花時六七個鐘頭。一九七三年至一九八〇年，袁浦中學招收高中生，此後為初中編制。

每年建校日，是中學的生日，也是文化袁浦的生日。不妨在年年歲歲的這個日子，豎起大拇指，如果歷經世紀袁浦，是袁浦時代的人，便也曉得，這是來自遙遠的白茅湖的問候。

二〇一六年十月二十八日

種田人的學堂

孫昌建先生

一

第一眼見先生，以為在廟裏，耳目鼻嘴慈善如佛，未開口，先
送了彌勒的笑。

先生姓孫，名昌建，是我的初中語文老師。我給先生鑿個像：

大步流星，力道蠻足，手背如稻穀豐滿。後背寬綽圓潤，找不
出一隻角。先生聳聳眉，像夏天早稻收了，頑皮的天要擠出毛毛雨
來，抽抽定山鼻，從嘴到下巴帶動秋天的江水湧起浪，有時像作文
簿上打出改正號或增添號，向前面和兩邊排推開來。

先生眼神有妙處，和笑一般，彌勒久坐笑倦了，一時沒人，打
個盹，睜開眼來，球體遇午後三時的陽光，反射出淚光，淚未掉，
一如初生的嬰兒自然醒，睡足了，定定地看着你，你忍不住，挺想
逗逗他。這一誠意的臉，忍了性，安了我上語文課的心。

二

先生的語文課，鈴聲一響，速度快如乒乓球大力扣殺，進門時
帶起一陣風。我想起童年打三角「撇紙」，一下拍翻兩個；或是爭
上游，捉「兩二」「一貓」（撲克裏的「2」和「王」），也跟着快活
起來。

上課第一模塊，先生唸課文。班上慢慢安靜，除了聽，一齊

翻頁外，都不落忍。學「抑揚頓挫」這個詞，我一下記住，因為先生已抑揚頓挫許久了。我的中學語文，就在先生的琅琅讀書聲裏化開。

我一度有疑，先生唸課文，一唸十分鐘，究不會是頭晚跟我一樣田間草垛打紙牌，未備課吧？先生逢課必唸，或短或長，這便是癖了。後見《湖心亭看雪》作者張岱講，人無癖不可與交，以其無深情也。知這讀課文，露了先生深情。

彼時看來，先生唸得極準的，這是丙寅年。我們未從村言村語拔將出來。一個班，幾種方言，一樣事物，叫法不同，形容詞、副詞、介詞、連詞，各自言說。先生教語文，究竟是率先垂範，將敘說表達統一。

我們方言多，一個豬字，唸 jū，唸 zī，唸 niǔ zī，都有。這個鄉村聯合國，先生是秘書長，職責頭條，統一語言。我說話，是慢慢看了先生的嘴，把握了口形的。我的三級跳式注意力，也歸到這彌勒的嘴上。我等頑愚，至今未把普通話說利落，但注意力從此聚焦，聽人說話，既用耳朵，也看眼睛和嘴。

語文課最喜先生唸自然文字，邊聽邊看，聯想「豆苗蟲促促，籬上花當屋」，悅耳賞心，實乃快事。

三

初中語文課最讓我動心的，是先生借書。一日，先生喚我跟了去，說弄本書看。我想，這事大了，都用上「弄」字了，鄉下借你書是把你當讀書人，先生借你書，且用「弄」字，莊重之事。

教師宿舍緊鄰禮堂，過道上飄着醬油燉油豆腐和炒青菜味。

我記得抱書出來的欣喜，這是一陰天，我懷抱一晴天，燦爛到心跳欲奔。

借的「汪曾祺作品選集」，內有一篇《雞毛》。說的是一個院子，總丟雞，且丟得徹底。終有一天，院子裏搬走一人，床下三堆雞毛。這個故事，引起我創造的衝動，很想造句，說說鄉下事。立了志，起了頭，終因講故事要造各式句子，造到畢業典禮，也沒造出來。

我的初中語文課，長了神氣，是先生讓我採集民間故事。忽一日，老師抱來一泥瓷杯，還有一部《漢語成語詞典》，說我得了西湖區民間故事徵文比賽三等獎。抱這杯端詳半晌，後頭一同學喚我，一扭頭帶了桌子，杯子重重落下，啪啦一聲悶響，心跟着一起碎。我曾悔過幾次，碎了的杯，還是不是獎。

先生的語文課，植下一種興趣。語文，未必每天背生字詞組，背課文練作文，你有心去聽、用心去看、上心去想，就夠了。若還懷有一顆童心，你想的時候，會止不住地寫，忍不住去講。不要管寫成怎樣、有個甚用，想走筆就寫起，張口就說，想擲筆且擱下，閉目就歇。

四

先生是作家，也是詩人，教我們作過詩。先生的詩，是口語的，有民謠風。談情，這樣寫：

> 有好多好多的夢要說呀 / 不能說就偷偷地寫和畫 / 輕輕地哼小曲吹口哨。(《口吃的孩子》)

這種東西／我不能說出口／我也不敢寫在紙上／這種隱痛／不是關於愛情什麼的／在春天／愛情什麼的／跟晚上的貓叫沒有什麼區別。（《在春天》）

她火紅的風衣／是在給夜照明嗎／默默地跟着／默默地跟着／好像路還在走着／好像音樂還在繼續。（《旋律》）

說景，這樣講：

一場雨幾乎沒有任何預兆／就影響了一條江的情緒。（《開始》）

我們像一枝枝長在水裏的蘆葦／忍受暴風雨的搖撼／彎着身軀、望着漁火、追着流螢／想着太陽和月光下的彼岸。（《致同代人》）

為什麼老天不肯下雪／哪怕給我一夜的純潔／讓我吹噓浴缸的柔軟／我反對非要摟住了才說愛。（《反對》）

先生指導我寫過兩回詩。一回在白茅湖中學南側平房教室門口，葉子趨黃，秋風漸緊，我曉得寫詩就是一句一行，分出幾段，慎用、不用標點，一兩句反覆出現，憋一會兒氣，大呼小叫。詩原來是說心裏話，說短話，說真話，言志的。

先生又教一回，在北側教室過道裏，秋天快盯不住了，我用領悟的詩情，排出幾段，每段變幾字。先生笑笑說，也可以了。對《秋天》，先生這樣開頭：

我習慣在秋天裏沉思默想／對着藍天敞開胸膛／再也沒

孫昌建先生

有綠蔭能遮擋我的目光／只有光禿禿的樹枝／懸掛着我樸素的
思想。

我從此斷了作詩的癡夢，那時我同村學哥阿龍已寫出很妙的
詩，我不是作詩的人，但我居然離詩人很近。對詩有一份好感，願
意看、願意聽，保持了對這一文體的熱愛。

五

我的初中，形式上畢業，思想上未出門。這麼多年，身體不
動，腦筋轉動，一次次夢回袁浦，落在原點白茅湖。我的語文，不
曾爬出湖、走出中學，其間幾次交集，索性留在中學語文課堂。

癸酉年，我大二實習，工作單位和先生新換的單位在同一個院
裏，算是「隔壁同事」，在平海路《今日青年》編輯部相見，既有
點奇怪，更添些親切，心中滿是透徹。先生編發我一篇小文。高中
三年、大學兩年後，又相見，這如同一人求佛拜神，撞進一廟又一
廟，佛有先見之明，總是早一段投來，坐那兒等你呢，終是我喜聞
樂見的彌勒。

丙子年，我畢業實習，在安吉路二十一號上班，住文二路
一百八十八號，和先生不遠，我跑過去，先生熱情相待。彼時恍惚
不定，安吉、平海兩處大廟憐見，安吉路的樓老師、文老師，平海
路的邱老師均出手留我，文老師專門報請增一編制。我想着好男兒
志在四方，辜負好意，坐上火車，心急火燎地向北去了。這一年
二十四歲。

幾番交集，常念彌勒在杭城繁華處，把平海路六十一號做了高

廟。彌勒去了下一處廟，這笑仍在此處飄然，我經此處必順勢去一趟，進門看兩眼。

門衛已換過幾茬，每次問時，我說老師在這裏，問是誰，我說孫昌建先生，門衛疑惑，卻從不阻我。

我曾想，初中語文教會我什麼？是感知，發乎於心，是落筆，踐之於行。白茅湖邊，我的老師給了我生活的語文。

六

先生說：

> 冬天來了，冰淩長了／你我捧着一碗湯年糕／等着牆角的百子炮炸響。（《短章·四季》）

年末，我和鐵儒炸一通百子炮，在香杉瓦舍邊。想起這句詩，還特意看了看牆角。

先生長我一輪，也屬鼠。著此文時，先生五十六歲，我四十四歲。

先生長我阿哥富榮兩歲，這些年，不時想起，彷彿對面站着的是一位和順的長兄，但刻度線是清楚的，先生是先生，學生是學生。先生如同書架上的《新華字典》，想起時打開，不想時合上，卻總在書桌前，我可以夠到的地方。

二〇一五年十一月十一日

阿哥富榮

一

我家阿哥，長我十歲，姓華，本名富榮，現名赴雲，是桂花妮娘的心頭肉。

我的父親，喜歡外甥，常舉起來「騎馬拉哈」（袁浦方言：騎脖子上），用頭頂開兩腿，安坐到肩上。

我和阿哥是純正的杭州鄉下人，在錢塘江邊、田間地頭長大，離開家鄉求學，漂在他鄉謀生。不同的是，他在江對面，我在江這邊。阿哥很認真地説，一個浦陽江，一個錢塘江，我説是一條江，都連着，坐了船來回，也無阻攔。

我的父親在削平土墩前，把草舍前的枇杷樹挖出來，攔在鋼絲車上拉到錢塘江邊。阿哥家二叔，用村裏的小船，把樹運到民豐村前的浦陽江灘。阿哥坐船頭，二叔搖櫓坐後頭，水綠綠的、清清的，有點涼、有點甜，船過江心時，探身掬一捧水喝。

二

我第一次到阿哥謀生地，是丙申年春。阿哥已年過半百，走路像父親一樣堂正敦實。

阿哥家住麗水，古稱處州，也有江，叫甌江。江水綠綠的，更覺親切，我以為，這江大抵和錢塘江連着，從水路，曲曲彎彎經過

一片海，也過得去。

我說甌江很美，阿哥說江裏的石頭才美哩。沒有築壩建電站前，甌江綠水淺處，一床鵝卵石奇形怪狀，沒有兩塊是一樣的，在綠水裏泡久了，帶了麗水的靈性，撿起的每塊石頭，都是一個美麗故事。

有一段時間，阿哥每天一下班，便奔甌江去，孤獨一人，行走江灘，翻揀各色各樣的石頭。在甌江揀石頭，揀的是野趣，步步驚喜，騰挪俯仰間，近距離觸摸地表，這可真接了地氣。

阿哥來袁浦，是甲申年秋末，父親的葬禮。出殯日早晨，阿哥舉了幡，在前頭引路。那一刻，日色晦暗，霧濃而沉，只依稀見得阿哥沉重而緩慢的腳步。阿哥說，舅舅稀罕外甥，對外甥好，馱着一跳一跳往前走，還下池塘捉蟹撈蝦，讓外甥把玩一番耍夠了再煮了吃。

我們通信往來，是丙子年夏。我大學畢業留京，學校讓交「城市滯納費」，一筆五千元，這可把我難住了。那一天，我在西郊紫竹院公園轉了一圈又一圈，走累了，順勢躺臥草坡上，瞇了一陣，醒時開眼，見天上白雲朵朵悠悠飄動，想起阿哥富榮。弄來地址，寫了信去，阿哥寄了錢來。彼時阿哥添一對雙胞胎，又租房住，生活也不寬裕。我拿到工資後，留下夠吃喝的，攢夠一千元，寄一次，連寄五次。每次在百萬莊郵局填寫「麗水」兩字時，彷彿聽見家鄉的江河托起小船往前走的水聲。

從我成年謀生起，阿哥來一回袁浦，我去麗水聚一回，這樣一來一去，已二十年矣。

三

大年初一去麗水。進哥家門，站起兩個後生哥，是大侄兒。我

説，我們見過嗎？兩侄相視一下，毫無疑問地説：第一次見到你！我既歡喜，又疑惑。喜的是我們相逢一笑，竟也熟了，一起過年來，疑的是我們沒見過？那天晚上住麗水，連紫竹院山坡上空悠然而過的雲，都一片一片地翻了，就是想不起我們見過。哦，他們在麗水生、麗水長，沒去過袁浦，我沒來過麗水，大抵真的未見過。

這一對可愛可親的雙胞胎，從阿哥這裏，接了桂花妮娘的篤誠和厚道，一五一十地傳續了，落到心裏，浸在臉上。家裏坐了一位姑娘，一臉的純真和秀氣。我初以為是侄兒倆的同學，大年初一來串門？一個侄兒説：這是我老婆！哦，我們肯定是第一次見了！

我的侄兒，先出生的叫大咪，後出生的叫小咪。小咪先結婚，正在度蜜月。

四

鐵儒在日記中説：

大年初一，坐動車去麗水。麗水是浙江的一座小城，離杭州有點兒距離。

到那兒後有華伯伯和陳媽媽接待，因為伯伯家在火車站附近，所以我們便決定走過去。在火車站附近我還覺得比較荒涼，不知道傳説的美究竟在哪裏，當要過一座大橋的時候才知道美是什麼樣的。

不過美的並不是橋而是橋邊的風景。橋下是綠色的河水，河中有幾座長滿草的小島，河邊有幾個垂釣的人影。河岸上長滿高樹，有原始樹林的氣勢。遠方有很多山，雖然來的季節不

對，沒看到青色的山峰，卻也有不同的韻味。因為山峰的顏色是莊嚴又寧靜的墨綠色。山上還有幾座亭子，增加了視覺效果，感覺像置身於人間仙境。

爸爸與伯伯一家寒暄了一會兒，吃過晚飯後，我們便又出門溜達了。不過與來時不一樣，這次看到的是夜景。

麗水是一處淨土，這裏經常舉行攝影比賽，陳媽媽說，我們走的路叫「攝影之路」。

我還看到水面上有老式的烏篷船。江水清澈見底，遠方有幾座小島，島上有零星燈光閃耀，再往前走，是紫金大橋，不知是燈光的效果，還是橋本身的顏色，讓它看起來是金色的。樹枝上掛滿了燈飾，發着藍光，像在另一個世界。

這夜間的美景，放在一起，最好的畫家，用最好的顏料，也無法複製出如此美妙的景色。

鐵儒給這一天的日記寫了題目：《正月麗水》。

五

大年初二，阿哥領我看山看樹。

山是白雲山。爬上去，阿哥説，這是最好的山道，常來爬。上了山，意猶未盡，阿哥説，走南邊台階下去，可覽麗水城全貌，風景更佳。走了半程，阿哥説，不好意思，下山道沒選好，路「壁陡」（袁浦方言：坡度很大，直上直下），腿直抖。

山腳有塊碑，我知這坡叫步雲嶺，一千三百六十級哩。白雲山說矮不矮，說高也不高，山上摸不到雲，天卻很高，藍藍的，更高

處有一點兒白雲，悠悠地懸浮着。我們下山走得緊，路也陡，不敢大意。高天的那點兒雲，悄悄地看着我們一腳一腳蹬下去。

麗水山青青，水綠綠，江流和緩，空氣濕潤，一路走，補了水，也不累。阿哥說，來麗水得看路灣的樹。

什麼樹？古樟樹。阿哥說，這是甌江邊最大的樟樹，也是浙江境內第一古樟，生長於晉代，一千五百多年了，姿態優美，氣度不凡。

鐵儒在日記中這樣形容：

> 我們看的不是一般的樹，而是一棵上千年的老樟樹，可謂枝繁葉茂。樹幹非常粗壯，佈滿歲月帶來的滄桑感，上面掛滿人們許願的紅布條。枝條也非常好看，像龍、像根、像手……還有一些植物生長其上，讓人感覺樹有一顆包容心。再看周圍，一面是樹，一面是水，遠處又是青山，又覺老樹是一位將軍，滿山都是小樹兵。

我繞樟樹一圈，樹徑大如鄉下穀倉，樹幹遍佈青苔，可見這裏水分充盈，四季滋潤。樹下幽靜清涼，站得稍久，竟生眷戀，想坐樹下，靠着樹，好好瞇上一覺。

六

阿哥的家，在一棟樓的十六層，可以看到如黛遠山。站在陽台，甌江的一角收於眼底，抬頭可見天處，一色的瓦藍。我問，為什麼買這房。阿哥答：老家小木樓，望得見青山，看得見綠水。

袁浦記

哦，這不是把小木樓搬到麗水了嗎？

阿哥有個小書房。牆上掛着林湘、徐君陶的字畫。窗前一張小沙發，一個擱腳台，我忍不住坐上去。照耀江河的冬日陽光，也照進書房，暖洋洋的，抬頭可見一方精緻的藍天，手持一卷新開的書，一頁一頁細細地讀，這不大的一角，真是讀書的好去處。這哪裏是書房？分明是家鄉的大樹底下、稻麥田頭和油菜花地！

書架上有沈從文、汪曾祺、張中行、黃裳、孫犁的書，還有《史記》《世說新語》《聊齋志異》《陶淵明集》《杜甫詩選》《蘇軾詞選》等經典古籍。案頭桌下，也堆了沉甸甸的書。阿哥喜歡老先生的書，説他們學問好，見識高，文筆簡練老辣，文風高潔古雅，不浮不躁，從容淡定，讀了寧靜。

現而今，不少人圖清靜，到鄉野山間建個房子，阿哥卻住在鬧市裏，晴好的日子，攤開一本書來，世間萬物也靜靜地躺在書裏了。

阿哥走到哪裏，都不忘帶上一本書，在行進的火車上，或旅程的客房裏，一讀書，心就變得分外安靜。讀書，大抵成了阿哥數十年一種靜心修為的方式。

七

讀書之餘，阿哥也舞文弄墨，老家是其揮之不去的抒寫話題，滿紙都是濃濃鄉情。我認得的蕭山義橋，那些老家的人，一個個躍動在字裏行間；老家的景，一幕幕閃現於篇什段落，彷彿又回到少年時光。

阿哥寫了不少親人，有外公、奶奶、母親、二叔。至今仍記得

奶奶講的道理，説做人跟河裏的水一樣，做好人，就像水倒到酒缸裏，噴噴香；做壞人、惡人，就像水倒到糞缸裏，「蠻蠻臭」（蕭山方言：很臭）。

阿哥寫了老家的景物，有古井、小河、石橋，有洋槐樹、烏柏樹、楊樹、柳樹，還有生長着的水稻、麥子、油菜花……

我説，文集出版後，還寫嗎？阿哥説，寫，老家，放不下呢。順手從書架上抽出一本舊年的筆記本，唸出一首詩：

> 我心懷感激　在童年時代／可以常常用手撫摸那些幼小的動物／那是一些溫情脈脈柔情似水的小生命啊／在寒冷的季節　抑或黯淡的時日／瀰漫着永恆的溫暖、光亮和善意／因此當我告別童年　步入青年、中年／那暖如春風親如家人的感覺　仍然／無數次出現在我的心頭／我知道　即使躲到夜的背後／或者窗戶緊閉的幽室／牠們也會從時間的縫隙中／探出頭來　注視着我／悄悄抹去我心中的孤獨與憂傷／真的　哪怕到了頭髮凋謝、牙齒脱落的晚年／我仍會記得這些小動物／並用心感受牠們　曾經／給我的溫暖和美好

這首詩的名字叫《那些小動物》。阿哥説，兒時那些小狗、小貓、小兔子，溫柔、活潑、靈性，幾十年過去了，還記得，還那麼可親可愛。

這天晚上，我住在麗水，躺着時，眼前總是浮現這些小動物。半夜起來，忍不住看房間的四壁，是否也有那麼一隻兩隻小動物，溫柔地探出頭來注視着我。我身在麗水，心卻同阿哥一起回到了遙遠的浦陽江畔。

八

　　我的阿哥，離開家鄉，把家安在麗水。從前，由老家到麗水，坐車要一天。現在通了高鐵，也就一個多小時。

　　大年初一，我出車站，見到阿嫂。阿嫂是地道的麗水人，中學教師，大氣端莊，上得課堂，下得廚房，做了麗水特色的飯菜，純正的浙南味道。

　　踩在一地炮仗和百子炮開出的紅花瓣上，阿嫂和阿哥將我們送進車站，直到見不着，才往回走。

　　阿哥輕輕揮手，很慢很慢，微微笑着，作別的那延長的一瞬裏，我想起父親，麗水也彷彿在一日之間，是我親愛的故鄉了。

　　與我同赴麗水探親的鐵儒，十二週歲。他説：我還要再來！

二○一六年三月二十七日

小鬼頭們沒頭沒腦地跑，一會兒撞這女人懷裏，一會兒摔那男人腳下。女人喊一聲，摸摸小鬼頭，男人罵一句，斜伸一腳，小鬼頭不待起身，又摔跟頭，哇哇大哭，跳着對罵，引來小鬼頭的娘和爹，怨罵兩句，照例要補打一拳，或讓小鬼頭補踢一腳，破涕為笑，才肯罷休。(《香杉瓦舍六號浦》)

奶奶六十多歲，牙已全數脫落。我吃飯時，不小心掉地上，即便一粒飯，奶奶都恭敬地撿起來，一邊放進嘴裏，一邊說，浪費飯要天打殺耶!(《社舍散了》)

田塍路又濕又滑，稍不留意，不是滑一腳摜倒，就是一屁股蹲地，口裏哼着：喔唷喔唷。起來揉揉膝蓋、拍拍屁股，一瘸一拐負痛前行。遇到田塍路的缺口，不小心踏空，一頭摔下去，慌亂裏下了田、進了溝，沾一身泥漿水。(《錢塘雜憶》)

香杉瓦舍六號浦

一

我的故鄉袁浦，又叫錢塘沙上，大唐年間，沙泥堆積，元末明初，露出頭來，是由千百個錢塘小洲連成的一個美麗群落。

水鳥將此地做了憩息天堂，飛起落下，原生的魚蝦鱉蟹，隨着浪打沙洲，湧上岸來，水去時，帶腿的急速跑竄開去，魚蝦不及避，上了岸，慌了神，趕緊顛着跳起，七彈八躍奔江而去。

據爺爺講，五百年前，錢塘江裏的一條船翻了，一個人游到沙洲上，撿了條命，這人的名字已無從知曉，從此卻引來數百年的遷徙，開掘了一片新大陸。先人們一處處夯泥做高台，一個個土墩立起來，三五十、千八百，上頭搭起一爿爿草舍。

錢塘沙上產魚，又種水稻，是名副其實的魚米之鄉。江對面的跨湖橋，八千年前就有先民種植稻穀。千年袁浦説不上歷史悠久，還只是一個少年，江裏漲起的一條魚米之舟！

二十世紀七十年代，小江村連續兩個冬季，鄉民大動員，扁擔、「泥埭」（袁浦農具，竹或藤製，形似簸箕）、籮筐齊上陣，挖泥開浦，先通南頭，再接北頭，風掣紅旗凍不翻，蟲魚鳥獸都來到。

這新開的浦，在袁浦排到第六號，我們的新家安在了六號浦東邊。

六號浦鳧趨魚躍，好一派袁浦風光！水杉疏密有致地植在浦兩

邊，由南而北，由北向南，兩條並行線，長達三公里，隔起一堵樹牆，西風來護東片，東風來護西片，南風、北風引一引，排山倒海蔭庇六號浦沿。

杉陣如廊，杉蔭成路，浦沿之上，彌散着幽幽樹香。拾一片杉葉，揉碎在掌心，杉香馥郁。道旁是民居，一列一列，一排一排，井然有序，牆是一色的雪白、一色的土黃，瓦是一色的黑灰、一色的橘紅，家家戶戶敞了大門，清一色的香杉瓦舍。

二

六號浦兩岸，挖浦的泥，夯實做了泥路。春天到，水杉底下的「綠葆」（袁浦方言：柳條），生發出俏皮綠，一枝枝像舉着的釣魚竿，那細芽，便是魚鉤了，釣住一季的春風，拉出一蓬蓬翠綠的葉來。

綠葆這一蓬、那一蓬，織起密密的兩條護浦帶，沿六號浦縱貫到北塘小江水閘，和越拔越高的水杉一起，圈出一個長長的江湖。

我給六號浦沿取個名，叫「錢堤」吧！錢塘人之堤！錢塘人見縫栽樹種花，堤上散見精緻的景觀樹，四季常青，滋養了你的眼。

香杉瓦舍，彼時不設圍牆，柵欄也少。我們呼朋喚友，從一隊跑到又一隊，一家跑到另一家。白日裏，家家戶戶門大都開着，進門前大喊一聲，大伯！大媽！若無人應，再問一句，有沒有人呀？再不答，則講一句：沒人我走了！

一般家裏都有人在，即便不在，隔壁鄰居也會跑出來，告訴你去向。有時鄰居見我們玩得渴了，還未討水討茶喝，便嚷一句：小鬼頭，泡杯茶吃吃！我們一見這哥哥、姐姐、大伯、大媽隨和，茶

還未泡上，早跑水缸邊，舀一勺涼水咕咚咕咚幾口，也有調皮的，把嘴探進缸去學那牛、羊或豬飲的，還發出吧唧吧唧的聲音來。

一路跑，一路玩，春天的香杉瓦舍，是一塊塊積木，我的家，小夥伴的家，小夥伴的哥哥、姐姐、弟弟、妹妹的家。

錢堤上的兩行水杉，像兩排持戟的軍士。少年時，我說這杉那杉，是一個個騎馬的將軍，跑到錢塘，跳下馬背，看這稻海雪原，出了神、生了根，從此站在了錢塘沙上。

三

正月十五上元節，六號浦沿養蠶的鄉民，炒出蠶花年糕來，請左鄰右舍吃，來吃的越多，喻示蠶繭收得越多。蠶花年糕，有蒸了蘸糖的，有摘了青菜炒的，有放了芥醃菜加肉片炒的，一樣樣色澤誘人，綿軟可口，既解饞，又扛餓。

我最留戀青菜葉炒年糕，挖一勺豬油，在鍋裏化開，放進一把板油渣，擱糕片一起炒，軟香模樣和味道一出來，拋些菜葉進鍋，嗞嗞嚇嚇冒出陣陣香煙，勾起我的饞蟲，一起爬到灶台前。

我跟奶奶去蘭溪口姨奶奶家，也炒青菜年糕吃。一小姐姐同我一般大，每回吃年糕，端個碗爬梯子上閣樓坐着，甩着腿吃。我見了青菜年糕，便想起這小姐姐的模樣，目光裏帶探詢，深藏了小秘密。

放學回家，拎一竹籃或拐一泥埭，操一把割麥的鐮刀，去割豬草。臨出門，拿刀將年糕切成薄片，拿開水泡，放上醬油和味精，這是鄉下少年的美食。若是天色漸晚，抓緊出門，從水缸裏撈一塊，拿水沖沖，邊走邊啃，軟硬適中，極有嚼頭，練了牙了。

四

冬至後一百零五天，是清明節。年年此節，前三後四和正清明
八天裏，錢塘沙上先人歸葬浮山的，挎着竹籃，拎着袋子，舉着縛
了彩帶的竹枝奔那山去。

我知浮山，是奶奶歸山去。站浮山上，東望錢塘，油菜花斷
了魂地開放，一片接一片。清明的勾魂絲雨垂垂息息，空氣裏滿是
水，人的臉龐、鼻子、嘴、眉眼、額，也是水珠。趁了雨息，上山
祭祖，又急急地下來，躲過山雨去。我見那山上，女人哀哀地哭，
喊那悲凄的老母，邊哭邊訴，這訴連起來，是一首母親的史詩。後
來浮山遷墳，集中到西片，墳頭密密麻麻，人頭攢動，人聲鼎沸，
這哀唱的詩，也淹沒在喧響裏。

清明，一半是紛紛雨，一半是豔晴天。人們疾行着，孩子們臉
上掛起虔敬，蕭穆裏行了祭禮。程顥有詩云：況是清明好天氣，不
妨遊衍莫忘歸。趕緊在這山上跑一跑，到高處迎風四處看一會兒，
大人忙着招呼，吃一個清明糰子。清明糰子糯米做，餡依人喜好，
種類不少，我最愛吃兩樣，一樣鹹的，芥醃菜炒豆腐乾、細肉絲；
一樣甜的，是烏豇豆沙餡。

歸依浮山的錢塘先人，從這最高處，俯瞰斑痕大地。浮山，古
有「浪吞泗磐秋浮玉」之險，是錢塘的神山，山裏有諸神。

五

鄉下好吃的東西，同稻米攥得緊。立夏前後，燒偶米飯。從外
婆家往回走，母親往往帶一大麻袋，到祝家村下車。見有烏樹的，

袁浦記

得了允許，滿山尋樹勒葉，摘滿一石棉袋，背下山，搭上車，趕回家。將烏樹嫩葉浸泡，揉搓濾汁，和糯米一起蒸，叫偶米飯。紫黑間藍的偶米飯，閃着光澤，把香杉瓦舍染成暖色。

農曆五月初五，是端午節。六號浦沿的鄉民，把箬葉洗淨，掛出晾乾，預備包粽子。粽子的米是糯米，淘洗後瀝乾，按各家口味，弄些大棗、豬肉，拿箬葉摺出三角袋，將米和餡放入、壓實，持絡麻繩綁定繫牢。包粽子時，鄰居們聚一起，搭把手，有說有笑，煞是鬧熱。

新蒸的粽子，不待蒸熟，箬葉的清香沁人心脾，從鍋台的熱氣裏逸出，給屋子熏了一個箬葉浴。打開鍋蓋，粽子青綠的葉發着亞光，一個挨一個，柴鍋用柔和的黑亮架扶起一座粽山。捏住繫粽的繩，拎出一個，熱氣上揚，水珠滾落，抽開繩子，剝下箬葉，用筷子戳住，伸出一隻粽角，蘸一撮白糖，一口咬下來，甜甜的，軟軟的，露出去核的棗，或是豬肉條，緊着跟一口，追那香餡去。

夏日裏，天氣日漸燥熱，小鬼頭們開始長痱子。父親去道地或田間捉癩蛤蟆，剝皮刮肚，拿荷葉包起，糊一層泥，放灶肚裏煨，一餐飯做好，蛤蟆也熟了。敲掉烤乾的泥，小心撕開荷葉，露出冒白煙的蛤蟆肉。鄉下叫這蛤蟆帶個「癩」，大概是皮膚顏色偏灰、帶些疙瘩的緣故，我亦吃過田雞的肉，遠不如癩蛤蟆肉香。不曾沾過天鵝肉，我想好吃不過蛤蟆。

六

夏夜，放映員騎腳踏車，馱來拷貝，紅星大隊廣場上放露天電影，像《南征北戰》《地道戰》《地雷戰》這樣的戰爭片，引得周

邊村落鄉民成群結隊往大隊部趕。操場東邊兩根電杆間，拉起一塊白帆布的銀幕，八點五毫米放映機兩台，膠片盤架上去，吱吱嘎嘎勻速旋轉。電影裏的對白、歌唱、音響，轟開鄉村寂靜，撩動少年的心。

小鬼頭們沒頭沒腦地跑，一會兒撞這女人懷裏，一會兒摔那男人腳下。女人喊一聲，摸摸小鬼頭，男人罵一句，斜伸一腳，小鬼頭不待起身，又摔跟頭，哇哇大哭，跳着對罵，引來小鬼頭的娘和爹，怨罵兩句，照例要補打一拳，或讓小鬼頭補踢一腳，破涕為笑，才肯罷休。

後生家們，更大一些的少年男孩，剛長起身子，三五成群，佔一角落，避了家長，偷偷抽煙，雲山霧罩。女孩很少趕這鬧熱，錢塘沙上的女孩，中規中矩，家長管得極嚴，晚上不肯出來，不少還要編黃草繩、織草包，是過日子的人。

電影放起，我最喜歡跑銀幕後頭的操場去，一邊靜靜地看電影，一邊看鄉民鬧熱快活。男人們抽上煙，一支一支，閃着火星亮，冒着炊火煙，接續不上的，跑進大隊部小店賒一盒，是這夜的活神仙。

廣場上臨時搭起三兩個瓜子攤，鄉民撕一塊兒報紙，打個三角，包了二兩、四兩或半斤，舉着嗑。臨近的伸手抓一把，瓜子嗑下肉吐出殼，徑直往地上吹吐。有善嗑者，瓜子拋起來，嘴叼住了舌尖一推、牙一合，舌拉了肉進去，嘴吹出殼來，但見瓜子殼像落花一樣飄飛起來。一部放完，加映一部，鄉民意猶未盡裏散了去，遺了一廣場的瓜子殼。

月亮掛起在天空，六號浦沿，香杉瓦舍，號子田間，一種黑灰色，一種月白色，將斑痕大地分割塗色。夜風清涼，普吹眾

　　　　　　　　　　　　　　　　　袁浦記

生，去的路上欣喜，回的路上倦困，拉一角毯子搭背上，安然酣睡了去。

七

中元節，俗稱七月半，是秋收之際，鄉民照例祭祀先人，報告收成。雖餘熱仍續，但已走出炎酷。農作之餘，鄉民紛紛跳浦裏滗浴，或跑到大池塘裏游一會兒，至飢餓難耐，拖一身水出來，跑回屋換上乾淨衣褲。

秋天的瓦舍，稻草魚點起的炊煙，一串一串，冒着泡泡，空氣裏彌散了稻草香。柴鍋裏的米飯和蒸菜，煤餅爐子上的鋁鍋炒菜，一齊熱乎乎地端上來。

抬一小長桌到道地裏，夜飯四菜一湯。炒絲瓜，炒藥葫蘆，炒青菜，攤雞蛋，芥菜醃的「老菩頭」（袁浦方言：根）湯鮮而略鹹，解熱去暑，就勢添些毛豆、筍乾、蘿蔔條，是瓦舍的極品一湯。

鄉民們辛勞一日，舒坦地躺竹榻、籐椅上納涼，搖搖蒲扇，拉扯風涼，兼驅蚊蟲，看閃閃的星星和皎潔的明月。這左鄰右舍，遠近故交，常聚攏來，說東道西，將秋夜聊到深處，月籠銀紗，帶些涼意，四散了去。

八

冬至大如年，奶奶早早開始張羅，家祭祖先。瓦舍的稻米庫，平添一樣冬至湯糰，手工製作，糯米粉揉捏的皮，硬度適中，蔗糖的餡，甜度適宜。我去了不少地方，吃過的湯糰，要麼皮太軟，要

麼餡過甜，急急地咽下，敷衍了事。錢塘湯糰，慢慢咀嚼，末了連湯喝了，才算圓滿。

冷風嗖嗖，年成好，殺了豬，錢塘看家菜油豆腐燒肉登場了。這肉要用大柴鍋，弄些木頭在鍋肚裏，架起來燒。

洗淨柴鍋，將豬頭肉和五花肉切成火柴盒大小，置於鍋中。挑一擔六號浦的水，放大水缸裏，沉一沉，舀出來，和肉一起煮。煮到七分熟，往裏放袁家浦老街的油豆腐，倒半碗醬油，放一勺綿白糖，再煮四十分鐘起出，放到瓷質的大缽頭裏，加上木蓋，待這熱失了，凍成一體，上浮一層白色豬油，像抹臉的雪花膏。拿筷子挖一塊，連肉帶油、連泡帶凍，和着青菜年糕泡飯吃，和着新燒的熱米飯吃，這是杭州鄉下過冬的當家菜。

年豬宰了，留兩刀肉，用粗鹽醃上，半個月後，即可蒸食，也叫醃肉。我吃過浦沿上一些人家的醃肉蒸蛋，肉香可口，湯香不膩，至今記得。我問母親，母親說，年豬吃野草、吃礱糠，一年才長一百來斤，怎能不香？

九

快過年了，第一樣事是理髮。大隊部理髮室要排很長的隊。老塘的阿文叔叔開出一爿店，在家裏理。叔叔笑口常開，理一個頭，講一通笑話，把一屋子的人都逗樂了。我愛去那兒理髮，安靜地坐着。在台基廠或王府井理頭，我一坐下來，馬上想起阿文叔叔的理髮店——少則三兩人，多則七八人，那會兒，頭理得好，心理得也好。這叔這店，給了我童年少有的歡笑。理了頭跑北塘上轉一圈，看那大江奔流，又多幾分開闊。

　　　　　　　　　　　　　　　　　　　　　　袁浦記

年去歲來，從雀白草舍到香杉瓦舍，父親總是和紅星大隊、袁家浦街、八一大隊的小弟兄家們在一起，談天說地。我印象最深的是康伯，和父親交往五十年。阿伯一雙帆布般粗糙的大手，砌過石磡，做過石匠；一副猛虎的寬肩，拉過大車，做過縴夫；有好酒量，能吃肥肉。最憶寒夜裏，一海碗老酒，一缽頭凍肉，一布袋花生，阿伯喝到半夜踏雪歸去。最喜阿伯的豪爽、厚道，他是我童年的偶像。我曾想，做人要做阿伯這樣篤實的人。

六號浦沿，我最懷念的朋友是浩哥，時常想起。阿哥的話不多，我從哥手裏接過去北京的車票。阿哥是木匠，我家大門、窗子，是哥做的。阿哥是店主，我帶回北京的茶葉，是哥置辦的。阿哥站在瓦舍裏，憨憨地笑，這笑天真而又深邃，樸素而又輝煌。阿哥走的這一天，天上的雨忍着，未流下來。

十

六號浦的兩排水杉，大都已過不惑之年，它們有三公里長、四層樓高。飛鳥來了，棲於枝頭，松鼠來了，樂不思蜀，鄉民居此，耕讀傳家。

六號浦兩岸的瓦舍，從二十世紀九十年代起，陸續拆了去，瓦舍變新樓。我卻常想那瓦舍，瓦舍裏的人兒，瓦舍裏的事兒。

二〇一五年十二月十三日

香杉瓦舍六號浦

四畝八分號子田

一

《袁浦鎮志》説，一九七四年公社整飭園田，錢塘沙上錯落有致的湖汊河浜，化為園田齊整的新農村。

瓦舍前後對正，左右看齊。農田長八十米、寬二十米，一塊田兩畝四分，又叫號子田。

一九八二年分田到戶。我家六口，得號子田兩塊，四畝八分。有了田地，我們修成純正的種田人，一家子歡喜振奮。

立春。鐵耙高高舉起，叩響農耕的地扉。大鐵耙四根齒，齒尖呈蛇頭形，小鐵耙四根齒，像四根剛勁的豬肋。

赤腳下地，一股鑽心涼爬上小腿。我虔誠地從父親手裏接過小鐵耙，學鄉民的樣，吐口唾沫在手心，緊握耙柄，掄起來，速墜下去，勾拉一下，一塊泥土翻過，露出青灰條紋的犁底層。掘不得法，耙柄分離，連耙帶楔掉落下來。父親過來，默默地幫我裝好，找塊平整的石頭，將鐵耙蹾實，推到我手心。偶爾翻出幾條泥鰍，引了心頭的驚喜，撇開鐵耙，奮力去抲，添了動亂，把翻好的齊整地踩成一堆爛污泥。

父親、母親和我，間隔四米，一起往前掘進，一下接一下，連貫起來，從身體裏抽出勞力，闢出號子田的鮮灰色，揚起濃濃土腥味兒。

號子田間，原本繁花鮮草遍野，經年未爛透的稻梗或麥茬，一

小撮一小片，翻過身，輕喘氣，作別一季，平臥在泥土裏睡去。一些未壓實，露出頭來的小花小草，在風裏輕顫，像是遺落的使者、掉隊的雁兒，寂寥地訴說前塵往事，回味上一季的風語。

錢塘沙上一個勞力，一日翻地三四分，一塊號子田，翻六七天。我勉強夠三分之一個勞力。母親的鼓舞，給我信心，我往往使大勁，多掘一會兒，緊緊跟上。

二

年成好，手頭寬裕，父親請了趕牛人來犁。趕牛人套上犁鑱，調整好入泥的角度，抲牢犁梢，輕甩一下鞭，吆喝一聲，牛悠悠地往前邁開步。犁鑱解開濕潤土地，如一葉踏浪扁舟，航行在號子田上，捲起的泥塊線條流暢、刀工上乘，是速雕的海上花。

有牛來犁田，我們特別開心，站在犁過的地上，用鐵耙補一些未盡落實之處。待補翻過邊角地，一塊規則而又新鮮的號子田，向天空敞開懷抱，把新的季節攤開在了天光雲影裏，預備一個奇妙世界的降臨。

後又請手扶拖拉機手來犁。拖拉機大聲喘氣，以不容置疑的果決，碾過田塍路，邁進稻田，掛上犁耖，土地一綹綹連綿翻捲而去。這是絕美的歌者，號子田被吞沒在拖拉機的歡叫聲裏。

一塊地兩個壯勞力每天幹八小時，連幹三天。牛上場，只需幹一天。拖拉機手上場，約莫三小時，一塊地順從地翻過身，長長的泥花被子，舒展地仰臥着，並排鋪在號子田上。

拖拉機停在號子田頭，機頭頂一窩沸水，熱的水煙抖開來像一塊軟飄飄的白綢。趁這停靠間隙，我蹭過去摸索着坐一會兒，赤腳

摩挲着輪子踏板，緊握扶手，陡生一股前所未有的力量。

翻過地，在浸滿浦水的號子田裏，拖拉機篤實地跑起來，刨碎了土，爆破音驟起，叭叭叭叭，狂野地吹打水面。父親跟在後面，用推泥板平整田面。稻茬和雜草隨同生命的上一季安穩地入了土，在潺潺水流裏，歡實地沉浸，做了繁華的序，以全部的熱誠復活在新生季的百花千草裏。

平靜的水田，白洋洋一片，把藍天白雲擁入懷中。微風輕啟的素顏的唇，一下一下吻過，羞澀了天空，紅了季節的臉和脖子，一如快要上花轎的女孩。一頂浩浩蕩蕩的迎娶的大花轎，停在了號子田頭。

三

清明。育苗插秧時節，也是各樣生物競相攻擊之時。我最懼白天秧畈螞蟥的偷襲，傍晚半空蚊子密集的叮咬。

拔秧之時，螞蟥或蜷依秧根或踏波潛泳，一不留意粘人腿上。小腿下部沒入水的部分，泡久了麻木，一有痛感，半條螞蟥已鑽進去，吸足了血，撐圓腰身，像一個斑斕的果實，貼腿懸掛着。

我被這勇猛的「軟獸」攻擊過，失了些血，留下一處又紅又癢的圓斑。自此極為留神，預防被攻擊，拔一會兒秧，檢視一通。

秧田螞蟥數量極多，防不勝防，一經得手，鄉民也無報復之法，甩丟一旁，螞蟥得勝而去。

鄉下的傍晚，蚊蟲成群抱團飛舞時，又常是鄉民一日勞作、酸痛飢渴之時，蟲子得勢，脖臉手腿莫不受到叮咬，一波又一波。我掄起泥漿手，狠拍下去，身手快的蚊蟲飛跑開去，死了幾隻貪心的

瑣屑蟲。我的皮膚紅了一大片，又癢又痛，觸到心頭煩躁處，忙不迭地收工。

回家剝掉上衣，撲通一聲縱進六號浦裏，游一會兒，水淋淋地上岸來，換過衣衫，搬出竹榻躺下納涼，拿出大蒲扇，呼呼地扇風。

抹了花露水，蚊蟲仍不放過，叫起來如蜂鳴，這時已不易得手。那餓極的扇不走，非要叮吃一口再走，只好騰出手來，拍暈了牠，一吹了之。

四

秧子插下，月上杉梢，頭等事是放水灌田。

吃過夜飯，急急地奔田裏。鄉民們聚在號子田頭巡視田塍路，堵塞缺口，等活水來。用水量驟增，機埠抽的水一時供不上，溝渠水位又極低，各家拿了盆攡水。一蹲一提一揚，渾水籠了銀，嘩的潑出去，心頭一顫，好生快意。

秧子如鴨群，在清風裏，向着月亮，發出沉雄的抖翅聲，去夠天上的星星，彷彿要挽住黑不下來的夜。因為水，天上星，我的心，和這秧苗緊緊地貼在一起。

挹乾渠裏的水，跑到號子田另一頭泄水溝裏，一盆一盆往上提，舉過肩，倒進秧田。

月光經了水聲的濯洗，分外皎潔，鑽出洞眼納涼的黃鱔，呆呆地游弋，沉寂於所思，我怕牠醒神跑了，趕緊喊父親。父親下溝捉黃鱔，專注而嫻熟，一手握鱔頭，一手托鱔腰，鄭重其事，像捧了初生的嬰兒，放進盆裏，我端回家拋進水缸去。

再出來，四野的蛙聲此起彼伏，把瓦舍的窗子都喊了開來，起初一二、七八聲，是一堂午後的語文誦讀課。緊接着一陣高過一陣、一片賽過一片，像是頂起一隻會飛的大河蚌，歡天喜地地去吻那月光，向蟾宮裏的嫦娥和兔子示好。

平日秧田缺水，父親讓我找管機埠的阿伯請水。抽水泵又粗又長，瘦小個幾可鑽進去。

得了允許，先用盆從出水的泵嘴往裏擓水，一二十盆下去，引來哼哼唧唧的震盪聲。繼續擓水，引出一小水流，漸淌漸粗，擠滿泵嘴的三分之一、二分之一……

扔了水盆，直起腰來，用身子去堵出水口，水從泵嘴擠出來，頃刻把人推倒一邊，一股巨流順渠狂奔而去。

我沿水渠奔跑，把阻礙物撥開，將支流堵住，讓水快速溢滿水渠，流到號子田頭。

五

錢塘江畔出稻米。考古學家在江對岸的跨湖橋挖出先民種植的稻穀和一條獨木舟，距今八千年。

先民泛舟錢塘江，舟上一頭坐螃蟹，一頭蹲石蛙，一個嗞嗞，一個呱呱，各抒己見。先民笑着捕魚，一來二去數千年，從江中到河上，從河上到溝裏，從溝裏到田間，處處魚鮮。

我愛號子田裏的魚。最常見的，是鯉魚、鯽魚、鰱魚、鯿魚、草魚、汪刺魚、「肉托步魚」（袁浦方言：爬地虎魚），還有蝦、鰻、黃鱔、泥鰍。

清明，微涼，我放學路經一涵洞，聞聽嬉水聲，起了好奇心，

循聲跟過去。露了黑鰭的鯉魚安詳地游弋，「老闆鯽魚」（袁浦方言：大鯽魚）急切地逆水上躥，沉着的蝦十來隻，彈腰甩鬚，散佈其間。

我急急地跑回家，拿盆、桶、小鐵耙，喊上正在道地專注地玩彈子的阿弟，來到涵洞前。

我倆一頭把一個涵洞口，分頭築壩，兩頭一截，將水戽掉三分之二，露出洞口。阿弟鑽進去，將捉住的魚蝦條條隻隻往外遞，竟攢了小半桶。

油菜花開時節，鯽魚勁爆歡暢地疾行在壟間水溝。聞見花香，聽見水聲，扔了書包，脫了布鞋，我鑽進油菜花地，追那魚去。

鯽魚靈動而敏感，追到頭時，對峙一瞬，牠迅速擺鰭，掉過頭來，疾射而去，揚起一個水脊，帶起陣陣放射狀的弧紋。

三兩個來回，我便氣喘吁吁，一臉的汗水，一頭一肩一地的落花。壟上草青青，在夕陽西下裏，滿身滴翠，誘你忍不住揪一把嚼兩口，舌間唯餘淡苦和微澀。

稻田蓄水，冒失的鯉魚從溝渠一路折轉，躥入水田，不滿這淺淺的水，乘勢騰躍，橫衝直撞，弄出極大聲響。

我赤腳下田，循聲而去，看個究竟。魚聞人聲，哧溜一下，箭似的疾馳而去，脫落無尋。不遠處秧苗的晃動，露出魚的蛛絲馬跡，知這大抵是牠弄出的動靜。

號子田水面開闊，魚入水田，不易捉得。極高明而幸運的魚，趁泄水時游出田畈，進入水溝，回歸浦裏或江裏。

六

號子田頭有一片高地。説高，其實不過與田塍路齊，未積水罷

了。近水田的一頭，種了毛豆，毛豆圍着一畦地，地裏是瓜秧。

瓜秧出個頭，憨實直爽，無所顧忌，歡蹦着活潑潑地滋長開去，秧頭抬起來，脈脈仰望天空，盯着朵朵白雲出了神兒。

葉子往上托，搖青漾碧，承「天露水」（袁浦方言：雨水），一張葉一把傘，蔭庇這片地，護住身下土。

日色月光晝夜切換，悠悠碧空，枝蔓葉長，朵朵花兒順着瓜藤，向前向上開放，透過葉隙，結小青瓜，一週兩週三五週，變大變圓，通體翠青，讓人不捨移視。這翠青，見久了光，泛出魚肚白，起初淡淡的一點、薄薄的一層，像隔了重紗的一點燈火，慢慢衍成片，脫落出雪白，瓜皮凝脂如玉，偎靠在暖暖的地床上，日散獨一無二的雪瓜香。

錢塘當季雪瓜，不負碧空日色，香遠愈濃，熟到通體乳白，摘捧起來輕置竹籃，掛在屋間或簷下陰涼處，留給爺爺享用。正這一口，爺爺歡喜，掰一塊含嘴裏，笑着說好香哩！

號子田頭，高地中央，每年留出甘蔗地。早先排種青直細長的柴蔗，後改作粗壯脆甜的紅皮甘蔗。排種甘蔗時，先整飭好地，開挖長而直的坑，將甘蔗排放下去，節點帶芽的衝上，灌澆了水，用泥漿滲實了，半在泥裏半坦露。

甘蔗有柴木的蠻野陽剛，水稻的勁挺飽滿，油菜的溫潤光澤，長起綠芽之後，如竹筍般攢勁上抽，趁時培土，新生甘蔗的根鬚，像江上機帆船的桅繩，繃緊蔓扎下去，和泥土繫在一起，一如酣睡少年抱着枕頭的胳膊。

我常守在甘蔗地裏，坐着啃個夠，解了渴，前後左右察看一番，確信沒有蛇蟲出沒，乾脆躺在地上，從蔗葉的空隙，仰望藍天白雲和飛鳥。

一季的甘蔗，也辨不清是紅多一點，還是紫多一點，這一色的紅、一色的紫，逐日遞變，大紅大紫，是錢塘的喜色，少年的企盼。

甘蔗節節拔高，蔗葉如劍，旋舞着伸展開來，像仗劍欲擊、出手神速的劍客。蔗葉的色，先着亮青，漸作墨綠，隨圈拔高，鄉民上手，去了底圈的幾輪葉，露出淺紫或淺紅。紫色的、紅色的節，自下而上，漸長漸淡，淡到嫩青，在重重筍殼般包裹的蔗梢裏，唯餘一截白芯，帶點淺淺的綠影。

我家蔗林初長成，只短短的八行，坐在林邊看那長葉飄飄，穿過密枝繁葉的風，有一種滲了糖水的甜。咬一口，甜到心底，滿嘴的霜白，抖落下來的蔗霜，像撲棱的鳥兒沒入草叢中。

我的童年，順着蔗林甜甜的風，把夢想的線一寸一寸放手，在甜甜的天邊，抖曳起一面風箏，拖着長長的尾。我的夢，也曾趴在那嗖嗖輕響的風箏的尾上，從天上俯瞰着，一個圓頭圓腦的點。

七

交夠公糧，號子田頭慢慢沉靜下來，香杉瓦舍像是懷揣一隻兔子，騷動出鬧熱來。牛馬拉的大車，馱來「六穀菩頭」（袁浦方言：玉米棒子）、洋芋艿（袁浦方言：土豆）、番薯，以物易物，換取稻穀。也有黃岩蜜桃，拖拉機運來，稱取稻穀，折了蜜桃比重。還有一樣解饞良物，是機器做的中空的白色米棒，折成等長，用編織袋裝好，提回家去，再扛一袋稻穀，折了工錢。

公社散時，一村只一個小店，設在大隊部。賣的一種糕點，叫香蕉酥，通體赭黃，聞見糕香，涎水直流。還有一種麻酥糖，一塊

一塊用紙包起，展開來輕捻起，軟糕層層緊貼，蘸了甜的酥粉，吃得滿嘴跑粉，把空氣也弄得甜絲絲的。

父親曾叫我去小店買一回煙，囑咐買「大紅鷹」，我一路默念煙名，臨到大隊部轉彎處，雨後的路面出個坑，露出石頭一角，絆了一跤，摔得半暈，昏昏沉沉跑進小店。阿伯笑瞇瞇地問要什麼，我說「雄獅」！

走村串戶的貨郎，挑一擔零碎雜什，撥浪鼓叮咚，叮咚叮咚，響個不停。奶奶見了買些針頭線腦、扣子木梳，補齊日常針線活的缺處，或挑一兩樣給小孩把玩的物件。

一撥少年跟在後頭，只是眼巴巴地看着，卻不出手，末了偶也喚起鄰家哥哥姐姐的愛心，出點錢，貨郎給幾根棒棒糖，小鬼頭們一人一根含在嘴裏，歡快地呼嘯着散開去。

八

晚稻收起，空曠的田野，連聲的鳥喧，這一聲，那一嗓，拖出一片接一片的紅花草子（袁浦方言：紫雲英），齊齊怯怯靜靜地站着。

紅花草子新裁的綠，嫩到滴出翠來，青瘦的草莖，豎着堆疊開去，翠色欲射而緊繃，纖莖嬌嗔而欲折，遇了秋風緊處，發出輕輕的喚啼聲。紅花草子秀色可餐，引人狂野，恨不得變作一頭壯年的牛，一匹餓急的馬，一隻跳欄的豬，衝進田野，左咬右啃，一通暢快的咀嚼，末了不忘舔淨嘴角，那掛着的幾滴鮮美草汁。

冬陽輕捶紅花草子的長靴，熏紫紅花草子的美帽。草子花開，越過稻梗，高過田塍路，新染的紫，一式的紫，透些嫩白，如霜紅的嬰兒的臉。號子田靜伏在紫雲被下，打着拍子，輕輕吟唱，把那

風聲水聲，草長草搖聲，花開花捲聲，風起風落聲，一塌刮子編進田野的不眠曲。

灰雲天，西北風，冷雨陣陣，漫過紅花草子的靴。戴了寬沿的箬帽，穿上硬挺的蓑衣，赤腳踩在田裏，冰冷的寒流爬過腳趾，死死地抱緊腳背，腳赤紅而白，一腳追一腳，拖着冒泡的雨水忽忽前行，紫雲被頭劃出一道深深的墨筆的線。

飛過紅花草子地的鳥兒，目迷於斯，耳迷於斯，影子從天空落下，像一隻隻灰色的錨，勾起號子田間一船又一船的歡喜。

故鄉的號子田，乃是人間天上，種田人的駐場耕作之所、財用支出之基。

分田到戶的第二年，錢塘稻穀豐登，一根扁擔，兩隻腳籮，我的父親把一副盛大的擔腳挑到江對岸義橋鎮民豐村，桂花妮娘笑了。

站在民豐村小木樓頂上拋下的上樑饅頭，出自袁浦，是四畝八分號子田篤誠的尖叫！

二〇一六年一月二十九日

浦東二十九號

一

六號浦東二十九號，是我默寫最多的詞組。確切地說，是地址，在錢塘沙上，從六和塔東南沿江邊走，不到十公里。

這個地址，早年給父親寄信，現在給母親寄藥。寄的方式變了，過去跑郵局，現在約快遞員上門收，省事了。

這個地址，用了三十年，我以為是不變的，也沒有必要變了。

事物在變化，不光二十九號，浦東的號，浦西的號，連同六號浦，也是舊事了。

丙申年清明夜，我步行走過六號浦沿，眼見浦東近北塘幾戶人家，已成廢墟。浦西幾家卸了門窗，人去樓空。二十九號不是拆不拆，而是何時拆。

二

一九七六年冬天，袁浦公社開挖六號浦南段。紅星大隊鄉民逐漸臨浦而居，居住在浦西的，給個號，組成地址。我們從東邊搬來，落在浦東，自然序號二十九，有了號，從此替代「紅星十隊」。

從隊到號，翻天覆地。一九八四年，六號浦兩岸鄉民開會抽號，落實民主，分田到戶，人均八分。這一年，西湖區最大的官，把「中央一號文件」送到外張村一戶鄉民家中。

二十九號一家六口，不論男女老幼，一人一份，得四畝八分，兩塊號子田，舉家高興。有田就有吃，穿自不必說，一切會好起來，也真的好起來了。

三

浦東二十九號，是一個獨立單元，我的父親和母親，兩個主勞力，上有老，年屆七十的爺爺奶奶，下有小，十歲光景的我和阿弟。

分田到戶，從此每個家庭憑自己的勞動，養活自己。

四畝八分地，一年種植兩季稻、一季麥和油菜。生產什麼，種多少，自己做主，上交什麼，也可選擇，有一基數，相當於承包田的租金。

交夠公家的，剩下是自己的，這是新政策簡潔明瞭的概括。因政策實惠，鄉民種田熱情高了，積極性大漲，為生產更多的糧食，而一往無前地走向號子田。

四

浦東二十九號，以種好田、多收糧為中心，人人上心，個個用力。

我的爺爺奶奶，農忙期間重活幹不動，輔助的農活卻不少幹。拔秧時，放條長腳板凳，坐着拔洗秧苗，集攏捆紮起來。收割脫粒時，在田間捧稻，捆紮去穀的稻草。曬穀時，在道地上來回翻動去濕。這些農活，只是分工不同，他們承擔了體力所及的最大付出。

至於搶收搶種的日子，送飯送茶送水到田間地頭，更不必説。

我和阿弟，同六號浦兩岸的小鬼頭一樣，努力擔荷更多工作，漸成一種自覺。置身田間地頭，種田技能愈發嫻熟，懷揣即將成為可觀勞力的欣喜，對生活充滿自信。

五

六號浦兩岸，從公社時期起，不提供公共住所。三十年間，鄉鎮不提供住所，也從未成其義務。新農村的紅旗插到錢塘沙上，自力更生造房子，是同生死和嫁娶一樣重要的人生大事。

二十世紀七十年代末，我的父親和母親，用了全部氣力，蓋了三間兩弄的瓦舍，又在二十一世紀的陽光出地平線前，稍為寬裕後，拆了漏風透雨的瓦房，造了佔地八十平方米的三層小樓。

父親把小樓視為一生創造的高峰。小樓的每個細節，無一例外地受父親注目。父親説，小樓外立面通體用小塊拼接的馬賽克磚，顏色用清爽的深青、淡綠、乳白三種混搭，青簇簇地矗立在一片水杉林邊。打圖紙，鋪地板，貼瓷磚，安頂燈，掛窗簾，莫不傾注父親心血。小樓完工，父親説，一輩子最大的事辦完了！

一家一戶辦上樑酒，是村莊的盛大歡會，彰顯一種勤儉持家的美德。子女多的，也都各自用力，相互幫襯，想方設法把房子造起來。瓦舍當家人，特別是年長的戶主，把自力更生造小樓，視為一種榮譽，一樣不言自明的使命。

小樓落成，父親住了五年，意外離世。見到小樓，我便見到父親。站在樓前，便是父親在眼前。住在樓裏，便是躺在父親懷裏。小樓，即吾父也。

六

承包田是鄉民的生產資料，基於比較優勢，也是生活常識，鄉民幾乎無一例外地拿出幾分地，種植日常所需的蔬菜。這些菜一般不進市場，基本自採自食。

母親在號子田頭，依據喜好，種了應季時蔬。袁浦雨水豐沛，菜長得也快，模樣清新鮮嫩。長年不斷的，有青菜、白菜、芹菜、蘿蔔。平時見縫插針，在地裏撒些菜籽、種上菜苗。四季餐桌的蔬菜供應，依靠就地產出。

這是一種樸素大方的生活形態，二十九號如此，六號浦兩岸如此，袁浦有地的鄉民也大抵如此。

延伸開去，錢塘沙上的土地以承包形式，掌握在一家一戶鄉民手裏，他們自種自吃的不在少數。這一個群體，抗壓能力強，面對外部世界變化，像海綿一樣，稀釋衝擊力量，也將影響降到最低。

不論市場價格貴賤，這幾分地照種照吃。這一自耕農的經濟存在，其收成不見於統計數據，更遑論什麼成績，卻是鄉民生活的常態，也可說是國力的一部分。

這股力量，是錢塘沙上的一個能耐、一項大德。

七

六號浦沿兩岸民風淳樸，又爽快又「大派」（袁浦方言：大氣）。號子田頭，家家戶戶有菜園，種多的吃不光，種少的不夠吃，青黃不接，打個招呼，得了允許，隨時可進鄰家園子摘菜。

我在袁浦住，常聽到窗外有女人大喊：阿奶，吾到倷地裏摘籃

菜去！只喊一遍，無須重複。另一情形，也是大喊：阿奶，吾地裏菜好吃了，吾替儂摘一籃來！也是喊一遍，樓下水池邊多了一堆新鮮的菜。

自然的互濟，悠久的存在，是六號浦沿一景，也富有人情味。它既非等價交換，也非以物易物，全憑了一種生活的自覺。

我三四十年所見，六號浦沿鄉民，眉宇交談間，處事交往中，透出一種芋艿的樸素、黃南瓜的熱誠、紅皮甘蔗的甜潤。在這樣一個獨特鮮明的生活群裏，相處久了，莫不受到一種鼓舞，做人做事也厚道大派起來。

八

六號浦沿大多數鄉民，保存和延續了流傳千年的祭祖文化。

祭祖不是一年一次，而是同節氣配合，同家中故去的人的週年忌日呼應，衍變出一套合乎鄉村倫理、以食為天且簡便易行的文化儀式。

家祭無忘告乃翁。每年春節、冬至、七月半、年三十和逝者週年，舉行簡短的儀式，執事的父親在這一日中午或黃昏的飯前，點香燒紙禱告，報告一年收成，人事變化。

兒時，我每次侍立一旁聽父親講時，彷彿眼前站滿故去的親人，父親說得誠懇簡潔，村言白話，聽了也往往振奮，覺得每個人當努力。每次儀程，警示生者上進，不可懶惰。

從此，為人行事，篤信人做事天看着，身前立起一面銅鏡。年去歲來，節氣循環，不時輪到，又有禱告，也成了家庭自省的莊重儀禮。

　　　　　　　　　　　　　　　　　　　　　　　袁浦記

家祭，總有各式小吃。母親手巧，會做不少地方小吃。做小吃時，鄰里過來幫忙，人人動手，又有趣又鬧熱。小吃攀上節日和節氣，名堂多多，譬如清明糰子、端午粽子、冬至湯糰，大人小孩都喜歡。吃了糰子，記住清明，吃了粽子，記得端午，吃了湯糰，記掛冬至，民俗在席間，也便在心裏消化了。

家祭，有魚也有肉。兒時一聽祭祀，便如坐到一桌豐盛菜肴前。祭祀的菜，比平日多炒幾個，魚和肉是不可少的。母親說，吃祭過祖的飯菜，每個人都平安。我們也往往多吃幾口菜，多盛一些飯。在鄉下，吃得多，力氣大，多幹活，討人喜歡。少年時，我胃口大，吃米飯兩大碗，常得母親誇獎。我常常扭轉頭去，看一眼堂几上燃着的香，似乎也得了神明的注目。

九

生活離不開灶台，六號浦沿，家家有兩灶。傳統大灶，燃料是號子田裏的稻麥草和附近山上斫的柴草，兩個柴鍋煮飯炒菜，兩個湯罐燒開水。新式小灶也叫煤氣灶，燒的是桶裝天然氣，專送上門。日常用小灶，辦祭席、過大年用大灶，否則跟不上、吃不開。

過去鄉下辦上樑酒，先看大灶起了沒有，鍋肚冒煙，是房子落成的第一道風景。

袁浦一地五千戶、三萬人，街上的餐廳不如農家紅火，是因為大灶威猛，地位牢固。逢年過節，鄉民宴客，開不少席，自己做實惠，選料又好，也秀了廚藝。紅白喜事，請了廚師，也都在家辦。這些風俗，保留至今，是地道的袁浦味。

丙申年春，阿弟從錢塘江邊買來大胖頭魚，收拾洗淨。母親

説，用大柴燒，我點旺了火，一屋子飄起木頭香。魚頭擱柴鍋裏過油，通體出焦香，放上各種調料，慢煮近兩個鐘頭，樓上樓下都是魚香。

我們排了隊，一人盛一海碗，再搭兩碗新煮的米飯。母親見一條魚太單薄又炒兩盆地頭的青菜。袁浦青菜蠻糯，菜味清甜，吃過的沒有不記掛的。

用三十年不換、黑沉沉的大柴鍋，煮一條大胖頭魚，母親的手藝，配上袁浦青菜和柴鍋煮的晚稻米飯，這是我吃到的最美味的東西。

錢塘沙上，我的故鄉，丙申年，六號浦在，二十九號在，家在，灶在，母親在。

二〇一六年六月九日

糶米路上

霜降。一盞十五瓦的燈，依稀照見勞碌的身影，影子投在地上、牆上，抖動着，彷彿在跳侵晨之舞，又像是編織起一個人的圓舞曲。

我把鋼絲車的輪胎扛到泊車處，翻過支着的車架，拿腳夠車輪，對齊凹槽，車架落位，拉到大門口，對着台階停放到位。

和母親抬了米袋，估摸了平衡點，平放鋼絲車上，綁好繩子，勒緊繫牢。

倒杯隔夜的茶水，從篾殼的暖壺裏兌些熱水，咕咚咕咚喝下去。母親關了燈，眼睛在熄滅的光亮和關門的嘎吱聲裏，沉入清夜淺海的底。

母親拉着鋼絲車，我套上斜拉的繩，用點力氣，沿田間小道，咿咿呀呀，往東方日出的地方行進。

從村莊裏拉車出來，夜的黑整片地提起，一簾一簾地抽離，剝出絲絲鮮色的亮。田野靜而涼，升起薄薄的水霧，慢慢地刮掉夜的漆黑，我依稀看見腳下的路。

車輪碾地的震盪，是這號子田頭連綿不斷的鼓點。趴在路上憩息的小田雞，受了驚擾，睡意蒙矓，半睞的雙眼不待睜滿，急三火四的往田頭、溝裏胡亂跳開，身後甩下一串水珠。

東方魚肚白，澄澈的天空，掛着一絲甜蜜的笑。

母親和我，身上已汗津津，每往前邁出兩步，鋼絲車扭一扭嘎吱一圈，這淡青薄紗覆被的號子田頭，吐起兩口輕的熱煙。這煙一朵一朵，輕輕輕輕，掛在空中，像一隻一隻失重的鳥，錯過了時間

的航船，停靠在漸亮的天空。

一地的野草，掛滿露珠兒，遇了東方微黃的光，閃閃閃閃，一如未睡醒又好奇，欲哭又無賴的嬰兒，從從容容，慢慢醒來，竄動幾下腿腳，咯咯一下，呵呵一下，呀呀一下，終也忍不住醒的快意，笑出聲來，喚醒號子田的黎明。

遠方傳來輪船的汽笛聲，我們離奔流的江，也越來越近了。母親的臉，泛着金秋蘋果般飄香的紅，半是這紅帶起的冬瓜霜白，半是這晨涼侵襲的牛奶稠白。

馬達突突，把力的美盪着傳給號子田。收割後的田野，稻梗一排排、一叢叢，倒映在積水的腳窩裏。草垛一個個站着，早起的麻雀密密匝匝，飛到東拐向南，飛往西沉向北，撲棱翅膀，用淺白的羽翼，馱了晨光，把鄉下弄得風生水起，也消了睡意。鄉民們早早地荷了鐵耙和鋤頭，拎了一缸茶，慢悠悠地往田野走去。

用十二分勁拖拉鋼絲車，上了北塘，長長地呼出一口熱氣，右邊是灰黃相間的田塊。收割後的稻田，稻梗手掌高，連成一張網，緊緊地攤住號子田。左邊是碧波萬頃的錢塘江，用蠻而重的力量，不斷撞擊號子田，南北塘便是緩釋這力的坐墊、看田守舍的圍堰。

蘆葦的灰影，一枝一枝，一簇一簇，輕輕搖晃，把江和塘的接合部揉軟了。

走在奔老渡埠去的泥路，我們已渾身汗淋淋。熟悉的渡輪從江心垂直衝過來，劃開滾滾江浪，像袁家浦老街沸騰的餛飩湯。對岸，就是聞家堰了。

這一日，號子田上的米，在聞家堰賣出一季頂好的「價鈿」（袁浦方言：價錢）。

二〇一六年三月十七日

袁浦記

年去歲來

一

袁浦過年！

手握一張硬座票，高高擎起，揮舞着，隨歡喜的人流奮進。火車一路嘶吼，用八言文，大聲叫喚：過年回家、回家過年……

通往春天的路上皆年客。車廂內外，年天年地，年日年月，年男年女，年長年幼，年胖年瘦，年高年低，年站年坐，年吃年喝，年說年笑，滿臉是年，滿嘴是年，滿眼是年，一身是年。

哐的一聲，抖一抖，輕晃一下，剛得平衡，杭州站戛然停住。連着倒三回公交車，便是嫡嫡親的梓里錢塘沙上。黃沙橋站下車，一腳踏實，一年到頭。

回袁浦過年，是出門在外的種田人一年裏極莊重的大事。

回來得好！早先是父親，後來是母親，早早地站村口迎了上來。暖心的話剛讓人歡顏，村口一聲熟悉的「嘭」——彷彿火星從樂開的嘴掉進胸腔，點旺了胃。

製作「逗米糖」（袁浦方言：胖米糖）的「錢塘老人」，把米倒進橢圓形、一端開口的黑鐵肚子，架在火上轉呀轉，烤到火候，對着粗麻口袋，拉開嘴，「嘭」的一聲悶響，爆出膨化的米花，溢出一股熟而甜的米香。抓一把填嘴裏，攥兩把塞兜裏。

米花做出來，「錢塘老人」攞一勺蔗糖，擱鍋子心，遇熱化開，和米花攪勻，壓緊切塊，製成醇香的逗米糖。還未咬上，「口裏水」

（袁浦方言：唾液）滴出，拌糖米花，擊中味蕾，從舌尖到胃底快感成一線。

我愛魚米之鄉的「不同稻香」：稻花香，稻浪香，稻穀香，稻米香，稻草香，稻田香。未能拋得袁浦去，一半勾留是此稻。錢塘無稻，不知袁浦為何鄉，錢塘無糖，不知童年為何年，不吃逗米糖，枉做錢塘人。

二

一戶戶炊煙，連綿起一串串泡泡雲，袁浦墜入甜蜜蜜的愛河。灶間的稻草魚，一條接一條，歡暢地揚明眸、伸魚腰，撲閃撲閃，每一根「魚刺」都是溫暖的，咯吱咯吱，打着節拍，唱響田歌：油菜花開黃似金，蕎麥花開白似銀，草子花開滿天星，蠶豆花開黑良心。

奶奶拿出早先備下的淨沙，倒進柴鍋，翻覆去濕，騰起細浪。

一樣樣炒貨，從邊角旮旯兒尋出，集攏起來，常見的有年糕片、番薯片、老蠶豆。年糕片色淺白，也有帶黑芝麻的，和沙泥混了，在柴鍋裏翻滾，忽而出沙，倏爾入沙，三兩分鐘，失水皸裂板結的糕花，圓潤起來，歡喜地膨脹，泛起誘人的乳黃白。年糕的醇香，大抵滲透了木頭、石頭、稻頭的歡情愛意，用錢塘獨一無二的草木香誘惑了你的胃，禁不住摸一下肚子，撫慰年糕的魅惑。

淡黃色的番薯片天生敏感，起初不樂意，好像使了性子，在沙子裏背着手，給你怨傷的顏色，黃白斑裏，透着無所謂的神情。待這翻着熱浪的淨沙，煨暖薯心窩，逸出陣陣甜甜的體香，挺胸收腹提臀，為悅己者容，給你飽滿的笑顏。捏兩片甩一甩，去了燙，咔

嚓咔嚓，碎在牙床上，薯香隨呼氣借了這熱，撲哧哧往外衝。這炒貨的火候須拿捏準了，一旦過了熱勁，薯片不樂意了，穌黃臉頃刻佈滿憂鬱的黑色素，焦糊味哄哄而起。

老蠶豆是褐色的，遇了熱沙，撫摸一會兒，禁不住癢，抖抖身子，將外衣撐鼓起來，像男孩含了兩粒水果糖的腮幫。豆瓣相擁，摟着轉着，出了膘肥，慢慢虛胖起來。豆胖子隔着外衣看這朦朧昏沉的豆房，漸黃漸圓漸亮，終於耐不住好奇心，掙破了豆襖，來看美妙的新世界。

兩片夾一豆，鼓舞起種田人的味蕾和視線，盛放在嘴裏、眼裏，勾引了舌頭、牙齒和咽喉，都騷動起來，急着上口哩。

一方水土一方糕花。錢塘糕花溫甜如鄰家女孩的笑模樣。品嘗故鄉的糕花，彷彿芋艿的稠、黃南瓜的甜、豆角的嫩一起湧上來，酥軟了種田人的舌頭，向食道奔跑。一入故鄉的領地，所有的矜持也都抖摟了，一絲不掛地將心捧了出來。

三

家祭是袁浦過年的儀禮。所謂祭，是託請之意，由一家之長操持行禮，請列祖列宗享這營收，報告年成人事，告慰先人。

祭席設九座，北向三席，東西各三席，每座一副筷子、一個酒盅，筷右盅左，斟半杯老酒，祭禮中間，臨末再斟些許。主桌菜蔬，應時應季，有什麼擺什麼，並不考究，一般不少於六盤。下方桌上擺香爐一隻，大紅高燭一對。年成好時，西側一塊生豬肉、一盆米飯，東側一條活魚、一疊豆腐乾，魚頭及魚身貼一塊大紅紙，邊上擱一把菜刀。祭席南側近前底下放一跪墊。

儀禮開始，父親或母親主事，先點燃蠟燭，又點三支香，用白描方式，極簡報上收成人事，祈求人健財旺、平安吉祥。稟告畢，持香拜三拜，插香爐裏。家人依長幼序，分別點香三支，有話當說，許了諾言，稟過先人。拜的儀禮畢了，桌前右下方，將誦唸的紙錢燒了，另取一些擺大門口右側去燒，敬過母親一系的先人。

待火熄了，主事宣告：明年再來過！先移了座，默念眼前供奉的神穩重地踱開，整飭祭祀物品，燭台和香爐移至堂几，換上新置筷、碟等物，一家人享用祭過的吉食。

子曰：祭神如神在。三十年前所見，錢塘沙上的種田人，對先人極為恭敬孝順。古錢塘儀禮年年傳，老年人篤信不移，晚輩後生默而從之，是一地文脈所繫，鄉下聖明所依，蘊藏了濃濃的鄉情。

錢塘沙上，袁浦地面，歷經大唐以來千年時光，種田人家依祖制民俗，過年家祭，稟告先人，有信有守，有情有義。此等信仰，此等族群，歷千萬祀，與天地同在，與日月同輝。

四

百子炮一個接一個，扔上天，響下來，這一聲，那一炸，點出灰雲天的小喜慶，連連綿綿二十天。小鬼頭不懼凍，不怕冷，一臉緋紅，鼻涕成繩絲，抽抽又墜墜，三五成群靠靠緊、跑跑開，開心地把太陽牽出雲層來。

在冷凍天、火藥味、劈啪響裏，種田人的年夜飯，隆重上場了。

錢塘魚米之鄉，稻舟為證，文明數千年，食字大如天。這年夜飯，是天底下一年裏團圓聖潔恭敬歡實的一頓飯，年成好，年成

歉，一樣吃，要吃好。

　　年夜飯，人人上手，我眼見這四十多年，像一件陳年夾襖，褪了顏色，穿了溫暖，不在保溫，而在念舊，舊得心安；像一壇陳年老酒，埋在地下，除夕取出，不在好喝，而在聞香，香得親切。年夜飯是每年發的新芽，一年一發，長在了結實粗壯得抱勿攏來的故鄉香樟樹上。

　　香杉瓦舍時光，寒氣由透風的木門、屋頂和簷牆交接處嘶嘶往裏灌吹。有一回周圍這一片瓦房突地跳了電閘，一下墜入無邊的暗夜裏。奶奶摸索着點起蠟燭，這一夜透出一種別樣的魅惑。

　　灶台噴吐騰騰熱氣，沿木質蒸雁同鐵質柴鍋的接合處，冉冉升起，一家六口身影忙碌，穿走在燭光搖曳探照的雲霧裏。

　　點續幾條稻草魚，燃三兩根硬柴，我坐在灶壁角，這一房最紅最暖處，臉烤得泛起赤潮。前胸和膝蓋是暖的，索性脫了鞋，將冷腳掌伸到灶口，慢慢去了濕潮，腳心癢癢起來，熱的快感傳送上來，通徹一體的舒泰。抄幾個番薯、洋芋芳，埋灰堆裏，烤出生氣，散出甜香，悠悠地縈繞在灶壁角的小天地。

　　父親掀開柴鍋的大木鍋蓋，忽刺刺一陣驟雨般的急響，好似天上落冰雹，廚房充盈肉的濃香。一鍋白湯肉，頃刻捉了黑的眼，推開夜宴的軟香帷幕。

　　透過淡薄的香霧，我看見年夜飯的主菜：一個豬頭陪煮兩隻童子雞。靠近了往下瞅，有肋條肉兩刀、雞腸兩串，白湯裏泛起一小堆一小堆金黃色的亮油。奶奶舀一勺盛碗裏，還帶個雞胗，給我一碗，也給我弟一碗，我吹開熱煙，小口啜宴前鮮湯，肚子像公雞一般，發出咯咯咯的輕喚聲。

　　熟豬頭、童子雞趁熱開拆。我最喜豬頭上下頜骨，骨上肉八成

熟，最有嚼頭。童子雞的肋下肉，看着十分可喜，撕下一條，拿住了，挑起來，一角蘸了蒸過的醬油放嘴裏，小口吃着，做一回錢塘沙上「活神仙」。

未出灶間，我已三分飽。有這湯肉墊底，一夜不愁。只是虧負了番薯和洋芋芳，聞見烤焦味才想起，急切裏撥將出來，撑開來看，唯餘俏皮的小黃心和小白心。

五

屋外炮仗爭先恐後響起，堂屋燭光婀娜多姿，湧出種種無名的顫動，生活被春之吻挑開了。

種田人心中的這頓飯，寓意安定和美好。爺爺説，年夜飯，要團團圓圓，一氣呵成，圖個順年。我記了這話，一晚上緊抓兩根筷子、一隻飯碗，這是不能掉、不能碎的，既要吃飽吃好，又要謹慎合禮，用種田人的虔敬，守護千年傳統。

燭光裏，一家人的面龐，浮現出朝霞的煦暖，驅散了冷風，把人間天上映襯得無比絢爛。有田種，有飯吃，有屋住，合家團圓，這是種田人一年最樸實的祈盼。

年夜飯的座位大有講究，東為首，北次之，西再次，南為下。奶奶説，舊時女人和孩子不上主桌，往往在另一桌。我記事起，大抵早已不分男女，依長幼坐了。夜已向晚，堂屋的大門開着，和瓦舍外一樣的冷，從廚房端出的菜，經冷夜的風覆，熱氣消散，一會兒涼了。十五瓦的燈在風裏搖曳，心裏充盈的都是歡喜。

許多年裏年夜飯吃什麼，往往記不得，倒是年年除夕鬧熱的氣氛，卻縈繞在心裏，好像一年必得有的一個盛大的儀禮，同時光一

樣，一年歸一年，逝而不返，失了這禮，這一年便總是過不去，而新的一年便要籠在不如意裏。誰家的某某回來過年，是一樣合乎儀禮的規矩，倒是某一年誰未及時回來，未在家吃飯，記得還十分準確，常在一年才一見的除夕被提起。

夜宴畢，我們節制而有序地坐着，可説非禮勿動。母親把八仙桌重新整理，端上逗米糖、年糕片、番薯片、炒蠶豆，泡一壺石墓村後山粗茶，端着白瓷水杯，聞着茶香，嚼着糕花。炮仗像躍起的孩子，試着去觸摸星空，大地跟着略微搖一搖，連片的瓦房沉沉地扯亮除夕的夜空，把每一顆種田人的心帶了歡笑拖入深處。

吃一會兒，父親説，分歲了。母親拿出預備的紅包，全家六口，每人一個，用閭家堰的喜慶紅紙，包一張平整的角票，畫面是歡實的勞動者。

六

大年初一，一早起身下床，穿戴整齊，先恭恭敬敬地給爺爺奶奶拜年，出門去，依了風俗，拜年拜到正月十五。我這樣的小客人，每進一家，常得一杯「糖茶」，其實是蔗糖沖泡的甜水，不放茶葉的，喝了「茶」，吃過飯，或住一宿，一站一站走親戚。

杭州鄉下拜年，路上遇見來往的熟客，大抵帶一隻大包，包裹方方正正擺了閭家堰的糖包。糖包上一律壓一張紅紙，用黃色的紙繩方正地綁好，紙上有「白糖」「紅糖」字樣。還有蕭山的麻酥糖包，也是方正的，拆開是一個個長方形的小紙包，像一塊又一塊微縮的磚頭，只是顏色像煮熟的芋艿。一家的親戚，每個人也都了然於胸，拜年的日子大致固定，依了各家成年男女的社會關係，一家

一家地走過。

　　兄弟姐妹多的，叔伯兄弟多的，中飯在這家吃，夜飯在那家吃，也都輪流了來。譬如上年在鄰家大房吃的，今年該在二房吃了，輪到的以為一椿喜事，像節日一樣對待。排在下一年的，也都早早地在心裏預備了，至於上桌的菜蔬，也早已在心裏想好。正月裏準備宴席的，也不限於這一家，鄰近各家的女人，也都一起上手幫襯。

　　近前的鄰居，父親的小弟兄家，大多在附近村落，走走就到，極有趣的。拜年吃飯，最恭敬的是老年人，見了莫不親切，促膝敘舊。青壯年喜鬧熱，見面摟了肩膀，興奮莫名，大聲説着話，旋即支起一桌，打一通紙牌或麻將，抑或下幾盤棋。孩子們在地上擲撒紙、抽旋螺陀，一樣樣引人起興歡笑。

　　我家嫡親，往往住得遠。正月初二開始，坐船過江，步行、騎車或坐車去聞家堰、大莊橋、義橋、高橋、漁山等處，各處語言不同、風俗相異，禮節卻無大的不同。親戚往往這樣，越走越近，越遠越親，拉着手，走時唏噓留戀半天，也莫不懷了期待，來年再會吧。

七

　　袁浦過年，到了初三、初四，龍燈竹馬相繼上場，嗩呐、小號、大鼓一通喧響，橋頭孩子們一陣騷動，一路跑一路喊，龍燈來嘚兒！龍燈來嘚兒！

　　六號浦兩岸，立時沸騰起來。鄉民們從屋裏湧出來，下棋的、聊天的立馬停下來，聚集在浦兩岸。打牌的一時還停不下來，摸到好牌

的握緊了高舉着，牌不好的借機攤桌上，一邊高叫着：收了收了！

八個青壯年，舉一條金黃的稻龍，上下游弋，穿進了村，打頭的舉一盞燈籠，挎一收紅包的皮袋。龍後隨一支樂隊，對着天空、民居、田野，又吹又打，呼喚春天。

舞龍在袁浦，俗稱攤龍燈。我以為，這上下翻騰飛沙走石的，是要掄出一條希望的路，以期除舊佈新。龍頭、龍尾各一，龍身十餘節，節之間靈活善變。龍燈從六號浦南身東岸頭排人家穿進，從北頭穿出，再從西岸北頭穿進，南身穿出。凡開了門，點了蠟燭，得了允許，一家一戶，從樓下到樓上，挨屋繞一圈。青壯年們使足氣力，一刻工夫，冒一身汗，替換的後生家，接舉過龍，秀一番身手。一條龍，三五日裏，遊行在村上，排場闊大，農曆的新年想必也將風調雨順。

竹馬緊跟龍燈，黃布傘打頭，搖擺着進村。通常五六騎，竹馬由竹篾紮出骨架、糊了彩紙，裝飾俏麗，引來浦沿兩岸女人和孩子好奇的張望。騎竹馬的手揚馬鞭，節奏舒緩自如，如意詞且行且唱，嗩吶鑼鼓叮叮咣咣。《竹馬調》說：正月十五鬧元宵，龍燈竹馬來鬧熱，熱鬧鬧熱田稻好，一年四季步步高。竹馬的音樂，多是地方曲調，寄託了美好祝願。

戲文以黃梅戲和越劇為主。印象最深的，是越劇《紅樓夢》唱段：

> 天上掉下個林妹妹 / 似一朵輕雲剛出岫 / 只道他腹內草莽人輕浮 / 卻原來骨格清奇非俗流 / 嫻靜猶似花照水 / 行動好比風拂柳 / 眉梢眼角藏秀氣 / 聲音笑貌露溫柔 / 眼前分明外來客 / 心底卻似舊時友

這一段，一年四季常唱不歇，百聽不厭。搭了戲台唱的戲文，只有富裕人家請得起，或一家單請，或幾家合邀戲班來唱。母親愛聽戲文，不僅在村裏聽，也到鄰村去聽，可背下幾段常聽易記的。

八

嚼着糕花，看龍燈、聽戲文，正月七跳八跳，鬧過元宵，在外求學或謀生的四散了去各奔前程。

吾回去了！過去是父親，現在是母親，站門口，看我坐車遠去，從門口站到浦沿路中央。我扭身去看，母親的身影，越來越遠，越遠越小，腦中的影像卻總是不小的，似乎愈放愈大。

車過九溪，眼前翻過香樟樹，暫拋袁浦去。

手裏舉張硬座票，亮一亮，隨落寞的人流挺進火車站台，向北去了！

二〇一五年十一月二十一日

袁家浦老街

一

袁浦是一個古鎮，鎮中心叫袁家浦，三十年前有條老街，形似一個「人」字。一撇是主街，一捺是臨浦東街，一撇一捺約合一里長。

袁浦良田兩萬畝，田裏有一種鳥，鄉民叫牠「老鷗」，振翅欲飛叫一聲吖，飛到半空叫一聲吖，行將遠遁叫一聲吖。這三聲吖，時常響起在老街，我把這條街叫「一里吖街」。

老街是一個自由的地攤市場，鄉民種菜養魚，摘落來，挃起來，留下足用，最近的交易地，就在一里吖街上。

二

到街佬去！

袁浦早市開街的時度一到，啟明星翻個身，天際線晃兩下，抖出些亮光，天空露了灰白，大地房顫，起先甩出點，慢慢集成流，往老街淌去。

鄉民弄些田間地頭和湖汊河浜的物產，攔街邊隨意叫賣了去，一個接一個的地攤把老街兩邊裝點成人間形勝。

從六號浦出發去老街，向左走黃沙橋上主街，直走上臨浦東街，同頂一個人字尖。

尖頂處的老字號，是一爿豆腐作坊，製賣油豆腐、豆乾、豆皮、豆漿，日日飄起豆花香，熱氣從門口、窗口、立壁縫隙吹送出去，扶搖直上，蔚為大觀。

奶奶領我上街，豆腐店常去，必買些回來。豆腐店的妮娘，同奶奶熟，是桂花妮娘要好的姐妹。妮娘四季笑口常開，聲音洪亮，天庭飽滿，性行淑均，每回進店稱豆腐，都關切地問生計，秤梢翹得老高，常跳了起來，將秤砣甩一邊。

三

豆腐店旁邊，是生猛門的豬市和禽市。

豬肉新鮮，現宰不久。禽是活的，現挑現宰，也有買了活雞、活鴨、活鵝回去的。隔壁瓦舍待宰的豬啼喚呼應，籠子裏的禽各自主張爭先發聲，鄰近住家的狗煞有介事亂吠一陣，旺了老街早市。

挨生猛門，是魚市，一應江河生鮮，鰱魚、鯉魚、草魚、鯽魚、黑魚、汪刺魚、江鰻、黃鱔、泥鰍、螃蟹、青蝦、河蚌、螺螄，蓄在盆裏，養在缸裏。不滿於淺水的魚蝦，緊着往盆口缸外跳，一蝦正捉着，一魚又躥出，在地上蹦蹦跳跳，露了魚蝦的陸生本事，提了賣魚的和買魚的興頭，連嗓門都高了八度。

我常隨奶奶上市賣螺螄，也賣過幾回魚。記得有一年入冬，端了一盆泥鰍，殺入魚市去，擺過一回攤。來一口袋插支鋼筆讀書人模樣的，包圓兒了連盆提走。泥鰍個頭不夠鱔的三分之一，賣鱔的大伯給定了價，是鱔的一半，我攥了錢票子，謝了「鱔大伯」，跳着笑着撞出江鮮河生門，奔那小人書攤去。

四

從人字尖一捺向南走，是臨浦東街。時令菜蔬擺兩邊，大多剛摘下、帶露水，不光炒了好吃，綠白青紅黃紫，絨滑細潤清亮，好看煞。

袁浦蔬菜瓜果，百式千樣，絕無相同。這擔了來、拉了來、提了來賣菜的鄉民，早前拋撒的菜籽種，取自周邊鄉下，來源不一，品種多。蔬菜瓜果靠農家肥，或僅憑地力，從田畈間野蠻長起，鳥兒啄出的小坑，蟲子咬穿的洞眼，自然天成，有的連蟲兒還呆掛葉上、靜伏果心哩。

朝霞起處，老街鼎沸，人聲壓過豬啼、禽鳴、狗吠。人群居中劃開兩撥熱流，一撥往前湧進，一撥往回抽提，相中的，略停頓，慢蹲下，快起身，挑了菜，結了錢，相互謝過，買的和賣的一樣客氣。

我在老街賣過幾回菜，大抵是長得快吃不掉的青菜、芹菜、莧菜，還有結果多的南瓜、藥葫蘆。一回去賣莧菜，根不夠嫩，買主嫌老，砍半價，我只肯七折，竟一把未賣出。拎了去，又拎了回，白辛苦一趟。

五

從人字尖一撇向南走，是主街。街上有家照相館，我記事起就有了，一照三四十年。

出生的百日照，辦證的大頭照，畢業的集體照，結婚的雙喜照，告別的黑白照，照來照去，照出印象袁浦。

紅廟邊的土墩住着我的小學同學阿洪，家裏種了幾畝紅皮甘蔗，脆甜可口，養了一草舍的老鴨，下蛋無數。我們一起啃甘蔗，吃煮鴨蛋，一起騎車跑村串戶，收購糧票和飼料票。經過照相館，用購票錢，闖進去拍了一張合影。我穿花格子襯衫，略胖、敦實，阿洪手搭我肩，少年義氣拍了出來。

上中學時，我常騎車穿過老街，去古樸自然的南塘邊玩。同學俞家距塘路不足百步，陳家出門即上塘坡，都是觀景佳處。三人行，一道進照相館拍了合影，一個坐兩個站，也是意氣風發。

乙未年春節，重訪照相館，原址無跡，所幸在黃沙橋附近尋到，館主外出未遇，館主女兒已上大學，出手老到，咔嚓咔嚓利落如刃，將這三十年一挑了結。

中學畢業照，也是老街照相館拍的。拍出的學生頭，睜了渴望的大大的眼，閉眼的一個沒有。

六

憶袁浦，最憶袁家浦老街。一里吁街，小吃當家。

老街小餛飩，湯清見底，潤滑如膚，蔥翠飄香，撒勺蝦皮，帶點腥，端一碗來，貓饞急眼。

老街肉饅頭，皮到好處，麥香遠溢，餡大汁濃，色如發糕，一屜四隻，隻隻鼓臉，狗見直眼。

一口一隻餛飩，一勺蔥末湯，一口半個肉饅頭，拖一整餡，落進胃口，醇香四溢，解了鼻子的饞。

老街黃豆漿，一碗出桶，熱了心窩，還未端起，香已撲鼻，嘟聲拖長，吸將一嘴，渾身漸暖，汗沁出，去了寒。配兩隻閃金黃、

溢焦香，惹了一身芝麻的麻球，一口下去，糊一嘴甜餡，美得想要變青蛙，「吧唧」一聲縱出門去。

老街豆腐腦，沒頭沒腦，一體白淨，連黃花菜做的鹵汁，等你來吞，撐圓了嘴，壓進嗓門，輕撫食道，鑽進胃裏，擁入溫柔鄉。

老街雪菜麵，暴醃菜青裏透黃，配上白麵，一個嬌憐，一個篤實，的的確確，好大一份袁浦情面。

袁家浦小吃，食料地道，製作精細，菜味上乘，水質也好，取自錢塘沙上，讓人久久回味。

七

太陽一點一點舉高，袁家浦老街暴曬在蒼天白日下。一棵經年的梧桐樹參天聳立，把老街罩在碧葉青枝的懷抱裏，彷彿穿了一套色彩斑斕的曳地長裙，又好似一隻美麗的鳳凰落在高高的牆頭。

梧桐樹下有門，門裏是郵電局，馱着郵袋的郵差，收發電報的、寄信取信的鄉民走進走出，行色匆匆。

梧桐樹下有筒，筒是郵筒，帶了簷的長長的嘴優雅地微笑着，是陽光照進袁浦心靈的一條縫。少年時節，把信塞進縫裏，心思的風箏便放了出去，遠遠地從天上看過去，魂不守舍地坐在稻田水渠上、油菜花壟邊，等郵鈴響，等信來。

梧桐樹下有攤，攤是小人書攤。攤子不大，書卻不少，書裏的人來頭都不小。書一本挨一本碼着，可看可買，蹲着、站着看的人也不少。我攥了錢票子，逗留一會兒，看過幾本，走時不忘買一本。

從《楊家將演義》到《水滸傳》，從《三國演義》到《西遊記》，

還有《封神演義》，是在老街書攤上看的。

四季的太陽，白花花地照在袁家浦老街上，照在古代服飾的英雄身上，照在杭州鄉下的少年臉上。

八

鄉下天氣，像孩子的臉，說變就變。一片烏雲來，半空一記驚雷，地平線接起閃電，遠處的水田傳來老鷗的叫聲。

雷一記記響，閃一線線亮，一陣斜風細雨驚起，一陣狂風暴雨掠過，一場滂沱大雨澆下，袁家浦老街泡在水汪塘裏。

街上的小木樓吱吱嘎嘎，像擱淺的烏篷船扭扭捏捏，三十年間，一座座划了出去。

二〇一五年十一月二十六日

社舍散了

一

六號浦兩岸，昔日金貴的號子田，已號不對田，田失其形，要麼築牆壘瓦蓋七長八短的房，要麼挖土成塘養活蹦亂跳的魚。

邊角地棚棚架架不少，豆呀瓜呀的花，紅的黃的紫的白的，清純鬧熱地開着。蜻蜓、蝴蝶、蜜蜂、螳螂、螞蚱專注其事，一點沒變，彷彿養在深閨長不大的孩童。

瓦舍所剩無幾，一爿兩爿，散落樓間，是童年居所。

在一大片魚塘中間，有一座橘紅色頂、土黃色牆的瓦舍。白日青天下，孤零零地聳立，也還引人注目。夜間走過，橘黃色燈光從窗子和門溢出，在田野裏十分醒目。

這不是普通瓦舍，是舊日紅星十隊的小隊部，鄉民叫它社舍。

二

早年社舍灰頂泥牆，面南背北，四間，雙開木門，兩邊各一小窗。舍內屋頂有面玻璃，光線平和地灌進來。站在這片明媚的光前，恰似逢了一個同老天對話的地方，彷彿有很多話説。

社舍內的六根柱子，撐起屋架，頂起兩坡瓦片，零星的碎瓦之隙，垂下幾束錐刺般鋒利的光。落在地上的光圈，似一個通體發亮的玻璃罐，四周是坑坑窪窪的泥地，農忙時堆放穀物和農具，平日

堆稻草。

社舍門前有一開闊的場子，澆築了「洋灰板」，是生產隊最大的曬場。

農忙季節，每日田間收割的穀物，用麻袋裝了肩扛車拉集中到社舍，搬到場子上曬。收割完一壟地，黃昏前核出穀物總數，按全隊人數均分，鄉民各自領回家。

爺爺、奶奶、父親、母親每日出工，掙工分。我家六口，人均口糧六百斤，早稻、晚稻各三百斤，正常一年三千六百斤，掙滿工分才得足額配給。一年工分不足部分，要麼從口糧中扣除，要麼補交一點錢。多勞所得不多，少勞少得不少，不勞會餓肚皮。

領回口糧，各家門前道地攤開篾席來曬。曬乾後從社舍借來木製風車，在手搖轉軸的呼嘯裏，殘葉和塵屑隨風而去。

社舍分配後的稻穀先交公糧，送到糧管所，每人每年合五十斤。

隊裏一年種兩季水稻，冬春之際種一季大麥、小麥和油菜，田間逮空套種的蠶豆、毛豆，也按勞力均分實物。

油菜收割後，曬乾油菜籽，由隊裏統一拿到加工站榨油，收成好時，一家可分三五斤油。鄉民平時炒菜，捨不得放油，只滴一點潤鍋底。一般人家上街打油，也只舀二兩。

大隊魚塘每年分魚，我家可得三五條。有的年份魚個頭大，又不多，隊裏估摸分量宰割，公平均分到兩，一點不含糊。

三

紅星大隊有十幾個生產隊，每個生產隊都有社舍，門前的場子

也是小鬼頭們玩的地方。摜撇紙，投彈子，打撲克，跳皮筋，捉小雞，往往跨社舍。約架、摔跤，也大都在這裏。不玩不熟，不打不識，又玩又打，六號浦沿的小鬼頭，來往很多。

小鬼頭一起玩，遇到飯點，主人樂意，也不客氣，一同上桌吃飯。菜以蒸為主，長茄子、藥葫蘆、青菜、南瓜，多數蘸醬油吃，也有人家蒸鹹魚、鹹蝦米，還有鹹肉蒸蛋，肉香繞樑半日不絕。

夏秋時節，不少小鬼頭晚間帶上手電筒，去溝裏浦裏捉蟹、蝦、鱔、魚，捉的人多，去得頻繁，不易捉得，也不空手。傍晚下池入浦游泳，水管草叢間摸到魚蝦，湊一隻葷碗，添夜飯一口鮮。

社員家養豬，一頭兩頭，過年時殺了，賣一部分，醃一部分，豬頭祭祀後切塊，煮出兩缽頭油豆腐燒肉。豬的板油，在大灶柴鍋裏熬，熬一半撈出來，油汪汪的，叫豬冠油，是一道大菜。油熬盡撈出，黃澄澄的，叫油渣渣，香氣撲鼻。

殺豬的日子，社員請小弟兄家吃飯，也給左鄰右舍送過一碗肉去。

年根，社舍搭夥打年糕。約好日子，各帶了米去，選一殷實人家，堂前放了大石臼，隊裏的壯勞力用大木槌輪番一下下搋。打出的年糕，像大麵團，抱出來攤成大圓餅，切成塊泡入水缸中。我家每年打一百斤米的年糕，早晨年糕泡飯，「四餐頭」青菜炒年糕，一直吃到四五月間，年糕出了酸味。

四

社舍是無圍牆的集體農莊，也是公社在生產隊的象徵。社員在

一起勞動，吃住在自己家，距離也都不遠，站在最西頭，可看清最東頭一家人的模樣。

每年七月、十月，袁浦水稻熟了。收割時社舍調配幾組人做生活，割稻、打稻、捆稻草、扛穀袋、曬稻穀、送茶水，井然有序，一派江南豐收景象。

社舍有兩架打稻機，打稻時一塊號子田分兩半，兩隊同時挺進，發動機的「忽忽」旋轉聲、穀粒的「簌簌」抽落聲、機座的「嘭嘭」振盪聲混雜一處，驚起麻雀飛飛落落叫個不休。

在社舍工作一天，掙的工分，相當於兩角錢。少做一天，也就少掙兩角錢。

母親生我，滿月之後，即下田做生活。母親說，不勞動，沒有工分，就是「倒掛戶」，年底要給隊裏交錢，相當於用錢買口糧。

社舍集體勞動，人與人熟，作興取外號。大人小孩人人都有，外號大多放在名字後當面叫，以示親昵無間。

我去外婆家拜年，得一外號「錢塘貓」。山民老遠叫，我莫名興奮，以為母親生在貓頭山腳，父親長在錢塘，我便是錢塘貓。

母親呵呵一笑，說不是這樣的。那些年，深夜裏錢塘有人去外婆家後山一帶，偷偷摸摸地伐樹砍竹。山民設卡攔截，防不勝防，也很無奈，心裏憤憤的，戲稱錢塘人錢塘貓。

從錢塘到貓頭山伐樹砍竹，來回超過五十公里。錢塘貓一夜走一個馬拉松，其中一半路程背一棵樹走。

五

一九八二年的一天，父親神情莊重，說要分田到戶。

這一天，鄉民在一戶社員家開會抽號，對號入田，分到田塊。我家得水田兩塊四畝八分，還有兩小塊旱地，挨着八一大隊。

社舍就這樣解體了。

社舍的房子，空了很長一段時間。東邊的窗子破了，小鬼頭們從那兒爬進去，裏頭堆滿稻草，上躥下跳，來回翻滾，當作樂園。

過幾年，社舍住了人。我升入小學高部，從此再沒進去過。

又隔幾十年，舊屋仍在。從社舍門前走過，覺得親切，就像翻出一個小學作文本。

生產隊的人，也都鮮活靈動，在田間地頭，起早摸夜，辛勤勞作。這未必是有效率的，他們卻勤勤懇懇，在一個微小的單元掙扎，艱難地生存，也有相對的公平。

那個平凡的世界，人的生活狀態，已無從想像，說了也未必可信，信者也愈來愈少。我卻不能忘卻，一筆一畫地印刻在心。

社舍時代，勤儉是命。奶奶六十多歲，牙已全數脫落。我吃飯時，不小心掉地上，即便一粒飯，奶奶都恭敬地撿起來，一邊放進嘴裏，一邊說，浪費飯要天打殺耶！

大灶的鍋裏，每一粒飯都盛淨了，洗鍋時，邊沿或木蓋，但有一粒米飯，必撿到嘴裏。爺爺講，一粥一飯當思來之不易，一絲一縷恒念物力維艱。

六

社舍已是舊日的一曲挽歌，也意味一種生活方式的終結。

對社舍未有絲毫留戀的理由，卻又不能不想起，因為童年時的我們，在那裏度過。

社舍散了，我們也慢慢長大了。不再飢餓了，我們也慢慢地變老。老了，常想起小時候的餓。

奶奶説，囡囡，坐門檻上不要走開，看好門，吾去借了米，燒飯吃。

二〇一六年八月二十二日

四餐頭搶陣雨

錢塘沙上的雙搶也無非是這樣，早稻穀熟了，要收起來，晚稻秧青得流油，要種下去。

六號浦瓦舍兩邊，沉甸甸的金黃稻海，懷揣寶貝伏在田野，略有點風從香杉葉間悄悄吹過，吹褶了它綢緞的睡衣，又似一角薄薄的瓦片，擦過平靜而開闊的池面。

打稻機修葺一新，斜擱到寂靜的號子田頭，脫粒的稻輥子，已是一觸即發。不遠處瓦舍的屋頂，要麼淺灰，要麼橘紅，像是號子田的頭髮。瓦藍的天上，雲彩似游絲，陽光輕輕一灼無所遁形。田間小路走過的鄉民，估摸着地頭的收成，腳步帶鼓點聲。

父親在田頭電杆邊喊：小心站好，吾要插電哩！父親擺擺手，我俯身摁下開關，馬達飛轉，帶動稻輥，打稻機底座嘭嘭嘭敲打地面。母親放上第一捧稻，穀子像密集的小青蛙跳進穀櫃。

十里袁浦大豐收，空氣又悶熱又緊張，像夏日泡澡沉到池底憋不住了，冒出頭來的猛喘。農忙日汗流如水，也容易餓。除一日三餐之外，鄉民在午後至傍晚的半程又加一餐，叫「四餐頭」。

不講究，圖省事，倒也簡單。中午做的米飯，放進竹籃，蓋了防蠅紗布，送到田頭，盛一大碗，夾幾筷豬油蒸的黴乾菜，拌着吃，叫「吃冷飯頭」。

大熱天，熱急風，搶收與搶種的慌張時光，多數時候盛了米飯擱柴鍋裏，煮開了切棵青菜，撒少許鹽，做菜泡飯。鍋肚裏稻草魚點起的炊煙，順勢抖一抖，揚入藍天，薄薄的雲絮略顯矜持，慢吞

吞地挪移，一副不在意的樣子。

尖峰時刻激勵士氣，奶奶和母親搭手，用柴鍋煮了沸水，和一塊麵，掐出一鍋「麥滴頭」，鍋沿烤了麥燒餅，穿過濃濃麥香，農忙攀上山頂。

做生活的人席地而坐，吃冷飯頭，吃菜泡飯，吃麥滴頭，吃麥燒餅，汗珠從臉上、脖頸、前胸、後背密密滲出。我放下碗筷的一刻，忍不住倦意，挨着泥地涼席，沉沉地躺下，一合眼進入夢鄉。

喊我醒的是奶奶：大孫子，你聽聽，都打雷呢，要落雨了，快去幫倷姆媽背穀袋去！

天色烏青灰暗，響雷隆隆撩耳，道地上冒起雨煙，抬眼望去，但有人處，急切地捲了篾席，拖到避雨的階沿上。洋灰板上的稻穀，用推穀板快速攏到階沿下，用簸箕撮了倒在階沿角落。

頭上扣一頂寬沿的箬帽，背上架一身扎得生疼的蓑衣，一手抓了三頂箬帽，一手抱了三身蓑衣，赤着腳急匆匆地往號子田跑。

晴天落白雨，黃狗背蓑衣。雨如織布似的流瀉下來，眼前一片朦朧白。鄉民從眼前晃過，連跑帶躥，三個兩個，也看不清臉龐，各都顧了一個目的。

耳邊殘留四餐頭的吞咽聲，身上早已為雨水所濺濕，滑膩而涼爽，腳背腳趾癢癢的，腳心觸及處，似乎被一雙柔軟的手輕輕撫過，一切忙亂都被這雨，突如其來地放鬆，也似乎沒那麼要緊了。

龍王住在錢塘沙上，村頭廣播預報說天晴，站在號子田頭，從來信七分，三分隨龍王。鄉下的天隨性，說落雨就落雨，說放晴就放晴，七成晴、三成雨，也宜雨，也宜晴，說晴也沒什麼，下了也就罷了。

雨後放晴，穹頂沉靜安詳，東南角起座彩虹的門，門裏門外滿眼的瀲灩水色。鄉民們從瓦舍出來，稻穀一處處攤開來曬，一切重又奔忙起來。趁着太陽還未落西，餘熱威風猶在，來回翻動稻穀去濕。也有殷實之家，搬出從工廠淘的風扇，像一隻立起身的大黑狗，尖銳的吼聲裏，一絲絲颭下稻穀的濕氣，透出幾分隆重與繁華。

　　太陽照在六號浦上，過了今夜，稻不潮，穀不黴，添些辛苦，不差年成。

二〇一六年三月二十九日

菜花蛇

一

號子田頭，每回割稻，七月或十月裏，總在西北角，見到兩條菜花蛇，相隨而來，成對而去，像是伴侶。

大抵這蛇也有號子地，分田到戶，也有蛇的一份。在這不大的一角，割稻的時候，蛇靜靜地匍匐在那兒，打稻時捧起稻來，赫然遇見，不免驚叫一聲，蛇似也通靈，帶了歉意，不慌不忙地游了開去。

最近一次見到菜花蛇，是一九九二年。

錢塘沙上的菜花蛇，半米多長，較成人大拇指略粗，黑色為主，雜以藍紅，像織錦一樣好看。

二

蛇要圖飽，田雞要活命。走在鄉間，目力所及，常遇驚險一幕：蛇追了不作聲的田雞，或是吱吱叫的老鼠跑，一個死追，一個狂奔。

有一年插秧時節，我家號子田剛翻好，水歡暢地漫灌開去。田雞遇水，慌裏慌張，縱了開去，水一路緊隨，愈流愈烈，終於淹沒號子田，一片白洋洋。

田雞浮在水面學狗刨，後腿十分着力，屁股太大沉於水中，只

斜露出尖尖的腦袋，兩隻眼睛鼓起來，警覺地注視水面，哪怕一絲蚊蟲打轉舞起的風，也休想躲過牠的耳目。

臨近黃昏，兩條菜花蛇擺動長腰，旋舞着急切地尋找安身之所。游在前頭的見到田雞，停住了，僵持片刻，西南突然一聲驚響，打亂了專注的神思，無心戀田雞，放鬆蛇頸，微歎口氣往東走，游弋一會兒又聞一更大聲響，驚一下轉往北走，躥上田塍路，探視一番，定了神，看好方向，遠遁而去，慢慢淡出田雞的天眼。

田雞還未卸下緊張，跟在後頭的菜花蛇，從背後拖着水聲，船一樣漾起波瀾，浪到身也到了。眼看已是蛇的口中物，田雞異常鎮定，後腳掌受力的一瞬間，觸到實處，逃生的本能，激發了潛力，奮勇地把整個身子激射而去，腳尖幾乎貼到蛇頭。

很多年裏，每想到兩條菜花蛇，也便想到這隻蛇口餘生的田雞。

號子田頭的田雞，撲向天空時迸發的神勇，彷彿也在眼前，冉冉拔高再拔高，一陣強烈的生的快感，從腹部環繞着一起擠過後背，抵達大腦。活着，真是一種漂亮！

三

菜花蛇不光號子田有，瓦舍也有。

六月末的一個侵晨，我從眠床下來，踩到一物，牠快速擺脫，睜眼看去，原是一條菜花蛇，正在追老鼠哩，一會兒沒影了，我的心怦怦直跳。

那一天，正好是初中升高中的會考，我坐在獅子山腳上泗中學的考場，頭腦因這蛇而異常清醒。

錢塘沙上的瓦舍泥地坐起，東西北三面泥牆，鼠洞有增無減，老鼠出入自由。我家的黃花肥貓，半瞇着眼，多數時候伏在一隅，一動不動。有時無聊裏捉了鼠，在那裏把弄，露一手，算是盡職，終也心不在鼠，不怎麼管。

瓦舍木柱木樑木椽，門下空隙，便宜了蛇鼠出沒。屋子西南角的棺材蓋，常站幾隻一歲多的貓一般個頭的碩鼠，也不怕人，唯有人近前去，才訕訕地跑入黑影裏去。

舍內的鼠大而肥，身手敏捷，在樑上竄奔，有時一兩隻，有時三五成群，跑跑停停，肆無忌憚，弄出不小的聲響。我偶爾攀爬閣子間取稻草，那鼠眼見被堵，咻溜一聲，冒險探路，跳下樑去，翻過身子，跑入暗影。

棺底墊了磚，空曠而潮濕。我時常目睹一幫大蛇集結。說起時，母親不以為然，淡淡地答：這是菜花蛇，每家都有，是家蛇。父親也這麼以為，我便也信了。

四

既是家蛇，專鎮宅子，自然是靈物。一九七六年六號浦挖成，紅星大隊集中搬遷到浦沿兩邊，不少鄉民離開土墩草舍時，專做法術，焚香撒米，請出菜花蛇來。蛇也聽話，游到腳籮裏，鄉民用扁擔挑到瓦舍，由其尋了適宜的角落游了去。

我家的菜花蛇，說是自行跟了來的，也有說是阿亨阿伯用毯子裏抱來的。人蛇久處，同貓狗一樣，日久生情，愛屋及蛇，一家子都搬，家蛇也一同喜遷新居。

我也有擔憂，每回織草包，從棺材旁取物，常要接近這黑漆漆

的一角，被老鼠驚到，聯想到棺材底下一窩蛇，終日盤桓在那裏，雖心懷敬畏，也壓不住呼吸急促，手腳忍不住顫抖。

雨天，還有深夜，靜坐舍中，但有嘧嘧叫漸漸息去時，我也懷疑是一種絕望，為那蛇追到末路，鼠或已入蛇口。

菜花蛇無毒，以老鼠、田雞為食，在瓦舍頤養天年，我從未見牠攻擊人，人蛇共處一舍，倒也相安無事。菜花蛇的地位，也比黃花貓高。

五

三十年前，每回割稻，接近號子田西北角時，我格外留神，怕鐮刀不小心劃到蛇，故意撥動稻蓬，弄出很多聲響，催促菜花蛇躲開去。

離開故鄉，不種田了，也不見蛇，也便掛念。每年春節、清明，走過號子田頭，見到西北角的一叢蓬蒿，心中慌亂，半是期待，半是疑惑，那兩條菜花蛇，還在那兒嗎？

二〇一六年三月二十九日

四月蜂

一夜春風度，田野裏的蠶豆花紫裏帶些黑，濃妝出碧綠。過了清明，蠶豆熟了，也老了。油菜一反先前的低調，通體深青，像是泡在青花瓷裏染了。花開得野蠻，彷彿醉了，將田野籠在黃燦燦的衾枕下，把葉莖壓實，密得讓青透不過氣來。

蠶豆叢邊，油菜叢裏，不知名的野草，經了風吹，抖起機靈，三步變兩步，緊着往外鋪向上躥，清新的草香花香，醇厚的土香水香，托起馥郁的袁浦四月天。

蜻蜓、螳螂、蝴蝶、紡織娘，各樣精靈，趁日色暖意，飛呀縱呀爬呀，覓一自在葉莖，靜靜地享受春光摩挲。最忙活的，要數蜜蜂，體態豐腴，卻不臃腫，不停地飛奔，靈動地從一顆花心跳到另一顆花心，淺唱低吟。

蜂去蜂回，也不怕人，偶爾變換鳴聲，急促的小調，嗡嗡嗡地叫着，夾雜翅振的抖動聲，是對冒失鬼擋路提出的小小警告。即便如此，蜜蜂在空中闢出的春天航路，忽一下，倏一下，也都是經過複雜而又縝密的計算。

黃泥牆上密佈的蜂窩，洞口一律刨出圓形，且經精心琢磨過，定睛看去，常為其營屋匠意而心服。蜂落到洞口，嫻熟地騰挪翻轉，倒着鑽進眼去，沒了聲響，或許在困倦裏睡着。

持一根纖細的軟棍，輕輕捅兩下，蜜蜂便醒了，有時乾脆慵懶地抱着軟棍出來，也省了力。把出窩的蜜蜂小心地撥到透明小瓶裏，積上三五隻，鬧熱一番，便又放飛。從瓶裏脫身的蜂，大凡元

氣有傷，疲憊的模樣，剛放生時爬一會兒，試飛幾下，都不很遠，直待體能復原，忘了不堪前塵，才肯起翅復奔百花去。

一側是閒情偶寄的黃泥牆蜂窩，一側是漫捲開去的油菜花地，鄰近的老人蹣跚聚攏來，頂着一頭沒遮攔的春日，泡一杯茶，半眯了眼，小口抿着，靜靜坐上大半日。凳子的影子在前一撥的上半日裏收起，又在後一撥的下半日裏拉長，任這辛勞歡樂的蜂飛來舞去。蜂是高明的飛行者，從不曾見在空中相撞，也未見撞人身。

攀牆上瓦的貓，動若脫兔，蜂也能巧妙而靈活地避開，這喚起貓的好勝心，提起右前爪，對着空中使勁地揮拍，像要捉一隻來玩。我從未見貓的腳掌揪住過一隻蜂。

人來禽去，貓跳狗奔，站坐走飛，各安其行，未見有不耐煩的，莫不懷了喜悅，帶些頑皮心，目送蜂飛蜂落，為那花兒狂野，採得一嘴甜蜜。

春天到袁浦來放蜂的人，拉了幾十隻蜂箱，擺在一處花草繁盛地，遇有好天氣，便掀起箱蓋，蜂兒轟叫着四散開去。去紅廟學堂路上，遇到放蜂，須停留一會兒，慢慢走過。

初時未有經驗，見到空中黑壓壓的一團蜂，情急之下，跑起來，心想着避過去。蜂兒以為受到襲擊，一擁而上，凡身無遮蔽處，從臉到脖到手，中了不少螫針，癢疼難耐。蜂射出針，往往內臟受傷，也活不長。

遭遇過一回，從此見蜂群，必老實地靜站一會兒，避過蜂去。這大抵教會我，鄉下小精靈，不論個頭大小，都要講究物理，懷了敬心，若非如此，還免不得被蜂蜇。

二〇一六年三月二十九日

雄鴨鬼

袁浦分田到戶第二年，我家養了鴨。

那年暮春，父親一早拿塊毛巾匆匆出門。臨近中午，提回一籃黃毛小鴨，有十幾隻。

後院豬欄外東側用石頭隔出一角，搭了一塊黑乎乎的油毛氈，湊合起個棚，安了一道門，又在豬欄和瓦舍間加一護欄，我家有了鴨欄。

小鴨稍大一些褪去黃毛，鴨背呈棕色和黑色，叫雄鴨鬼。

我家雄鴨鬼，只佔一間逼仄的棚屋，卻也歡起。父親給鴨做記號，常教我去號子田頭水溝放鴨。

鴨欄一開，雄鴨鬼前呼後擁，一邊邁腳，一邊嘎叫，吧嗒吧嗒往外跑，像一個搖搖晃晃的船隊，卻不必擔心它翻過來。轟趕鴨群，用一根長長的竹竿，頭上綁一段顏色醒目的短繩。甩長竹，引頭鴨，沿着浦岸，轉彎抹角，也很可觀地往田溝轟。

雄鴨鬼撲通撲通跳進去，吧唧起嘴，突突突突，抖擻着把水壓出，能吃的咽下。吃過一通浮萍，又將頭伸進水裏一通覓啄，曲脖銜了螺螄、小蝦，將腦袋上提，伸直脖子，鼓一鼓，吞咽下去。

放鴨怕混又怕丟。鴨群會面，一不留神跑錯群，憑了記號才得分辨，捉將回來。鴨群入稻田，走散開去，一兩隻鴨子跑到田頭，站遠處田塍路嘎嘎叫。也有不幸遇到黃鼠狼，給叼走了。

鴨子吃飽，天已落黑，匆匆往回趕，腆着大肚子，也不叫喚，一片吧嗒吧嗒聲，心滿意足地走在田間路上。

趕回鴨群，仔細清點，一隻不少才放心。尋鴨翻田過溝，走不少路，還得問附近養鴨的，撿到沒有，答案一時不能給出。鴨群認生，誤撞進去，也很生分，孤零零的，也易識別。

雄鴨鬼養了大多自家吃，也有成百上千隻專業養的。挨着一片開闊的水面，壘起土墩，種上樹、搭了舍，從電杆引根線入舍照明，鴨子浮水、振翅、啄食，整日嘎嘎嘎地叫，此起彼伏，鬧熱極了。專業戶多以養蛋鴨為主，每日進棚撿蛋，一箱箱往外搬，運到市場叫賣。這些較早富起來的農戶也叫「萬元戶」。

鄉民散養的雄鴨鬼，留夠自己吃，過年過節也往親戚家、菜市場送。袁家浦老街賣的鴨毛色油亮，大多是散養的本地鴨。

活鴨現宰，攥住脖子揪一撮毛，拿刀一抹取了鴨血，燙水拔毛，洗淨爆炒後紅燒一通，趁熱盛起，甜滋滋的，肉質鮮美，好吃極了。

瓦舍時光，鴨肉生香，引來隔壁鄰舍的家貓，喵嗚聲聲，拖得老長。

二〇一六年三月二十九日

醃缸菜

缸裏有貨，一年不愁。六號浦沿，家家有缸，盛水裝米，醃肉醃雞，也醃菜。

先不必説各樣暴醃貨，每年地頭吃不掉的，收割了，攔缸裏醃，常見的有白醃菜、芥醃菜和莧菜稈，是四季不斷的家常菜。

立冬過後，大白菜洗淨曬乾，碼放齊整。母親帶我先用「洋苷」（袁浦方言：肥皂）把腳洗淨，父親往缸裏鋪菜，每鋪一層撒些粗鹽，我站缸裏繞着圈踩結實，再鋪再撒，用腳踩實，碼到缸沿三寸處，往裏澆水與菜齊，搬兩塊石頭壓緊。

白菜醃製一週即可食用，兩週通體飽滿泛出亞光。放學回家，從墨綠醃汁下扯一棵菜，舀一勺涼水沖淨，掰一片嚼着吃，剝菜至心，越吃越嫩，至於佳境。

奶奶炒的頭等下飯菜，就是醃缸白菜。從缸裏起出，洗淨切小段，往柴鍋攔菜籽油，油煙起時爆炒，三餐不嫌、四季皆宜。醃缸白菜加筍乾，放飯鍋頭上蒸，做湯泡飯吃。

芥菜味苦，新鮮炒吃，清香爽口。清明前後，芥菜收割，浣洗乾淨，掛在浦沿水杉之間的麻繩上、瓦舍簷下的廊竿上，晾乾失水後漸呈金黃，間雜鮮妍翠綠。家中老少輪流切菜，拌鹽壓實。芥菜老菩頭放最上層一同壓緊，用油紙封口，十日後打開，像一壇翡翠金。

醃好的芥菜和老菩頭取出，黃燦燦的，攤篾席上，在太陽底下曬，色漸轉青灰再變黑亮。從篾席前走過，往往抓一把嚼，老菩

頭的皮，醃後滋味更勝，鹹津津的，田野裏飄過的風，也帶了醃菜香。

芥醃菜做佐料炒菜、做湯俱佳。取五花豬肉，切塊過油，與曬乾的芥醃菜放鹽和糖上鍋蒸，做成地道的「乾菜肉」，是錢塘名菜。

小暑大暑之間，每年地裏吃不了的莧菜，長成熟後取籽曬乾，留作來季的種子，莧菜稈斫下洗淨，砍成三四厘米長的小段，放入缸內，加鹽，醃足月後，盛一海碗，滴幾滴油，放飯鍋頭蒸，吃時夾一段，居中咬一口，稈肉脫殼而出，鮮軟爽滑，湯汁稠密柳綠，浮了一層薄薄的泡泡油，我和阿弟搶着拌飯，蠻好吃。

菜地裏的蘿蔔，頂一蓬翠綠的菜頭，露出泥土的部分，像是圍了一塊鮮紅的絲帛。拔出蘿蔔帶出泥，也露出白淨身子，抖淨鬚泥，模樣嬌美，生吃辣嘴，像帶刺玫瑰。洗了切條，做醃蘿蔔，酸甜味的、鹹味的。桂花妮娘做的蕭山蘿蔔乾，還有黑漆漆的陳年乾菜，是佐飯的家常小菜。

每年翻缸，倒扣在階沿，瀝乾水，預備新的醃貨。大大小小的缸，深棕色的釉面，在陽光下發出刺眼的光。

二〇一六年三月二十九日

童年六號浦

一

紅廟小學春遊，登上五雲山頂，天色晦暝，只見千年古樹；午後爬上六和塔頂，晴空十里，放眼可見錢塘江南岸六號浦。

六號浦南段，一九七六年挖通，鄉民臨浦而居，種水杉，造瓦舍，一字排開。

六年後，紅星大隊分田到戶。鄉民無論男女老幼，一口八分。人有其田，勞者得食，斑痕大地，一派繁華，好似浦沿綠蓧，遇春吐芽，見風抽長。

越過瓦舍木窗，我見到鄉民騎了簇新的腳踏車，聽到一路高喊：發財了！

那些年，我家有房有地，瓦舍三間兩弄，通電亮燈，號子田四畝八分，種滿莊稼，穀櫃裝得滿滿，生活穩定而明朗。

二

侵晨，站在六號浦橋埠石板，欸乃一聲杉水綠。

浦沿兩排水杉，像護浦牆，又像兩行旗陣。

浦水清湛，又經一夜沉澱，風起處清凌凌的，浦沿響起木桶扁擔和橋埠石板的磕碰聲，還有木桶入水起水的嘩啦聲。

瓦舍水缸擔得滿滿的，灑在凹凸不平的泥地上的水，又黑又亮。缸裏的鯽魚、鯉魚、泥鰍和蝦，上下游弋，拍弄起層層細浪，

順着缸沿溢出來。

太陽還未醒起，六號浦沿已起身，木頭、竹板、棕繃、稻草的眠床，一齊嘎吱，瓦舍也似搖搖欲墜，睡不成了。

鄉民催着爬起，麻利地套上衣褲，躡手躡腳地走過濕地，跑出瓦舍，去茅坑解手。

報曉的雄雞還未叫，也有乾扯兩下嗓子，不作數的。浦沿雞叫，不看人眼色，只問瓦舍鍋肚燒未燒火。

稻草魚一個個續燃，瓦舍上空騰些黑煙，像練習本封皮上工廠煙囪冒的圈圈，又像跑過田野的火車，連起朵朵泡泡雲，稻草香彌散起來，飄浮在六號浦上。

我家紅冠大公雞，從雞舍裏小心地低頭邁出，整頓羽衣，抖正雞冠，踱到東南角，氣度不凡。

日色一暖，出些光線，東方見亮，大公雞長扯一聲：咯咯咯咯，咯……隔壁的雞跟一聲，又扯又跟，起初澀啞，慢慢嘹亮，浦沿的雞爭先恐後地叫開了。

母雞從窩裏魚貫而出，連蹦帶跳地跑攏來，東啄啄西啄啄，在道地裏耍。

奶奶抓兩把稻穀，往東南角嘩的一撒，雞不分公母，擠到一處覓啄起來，喉嚨裏發出自得的咕咕咕咕聲。奶奶從雞舍裏掏蛋，一邊數個，撿齊了，用青藍色圍裙裏起一兜，端進門去。

東方的太陽，叫這群雞啄得不耐煩，揪住光的耳朵，努着升上來，在浦沿的炊煙和稻草香裏，把鄉下扯得一片金光白。

三

魚戲杉影裏，魚戲浮萍下，魚戲水草間。春風拂面，又是一年

垂釣時。

戴一頂寬沿草帽，在浦沿背陰地，碼張小方凳，或找塊平整石頭，調整浮標，甩出釣餌，悠悠地垂釣小半日。

魚餌是天然的，隨手在瓦舍門前菜地扒拉幾下，捉幾條蚯蚓就好。浦上草條兒最多，一手長、一指寬，成群結隊浮游水面，背脊和翹起的頭，在太陽底下銀光閃閃，同粼粼波光交織，嫵媚靈動。

水底鯽魚多，三兩條結伴竄行。鯉魚、草魚、鰱魚也常撞見，引人驚呼，嚇魚一躍，沒了蹤影，不知閃哪了。

浦魚日久知人性，稍有動靜，即奮力擊水而去，好似倏然一陣暴雨，嘩的一下掀起浪花。

釣魚拿捏分寸，急不來，慢不得。魚初見餌，試咬一下，不動真格，性急張狂，動了魚竿，起些聲響，必定不成。待魚吞餌，用力一拉，魚便釣住，稍持一段，慢慢拖到岸邊，拎出水面。六號浦的魚，靈光得很，不輕易上鉤。

魚釣到手，拿根稻草，從鰓邊穿進口裏出來，積成串攔一陰涼地。

香杉成蔭，河浦漫水，魚類沸騰，出手垂釣從未空手而歸。倒是一些小不點兒魚，攔柴鍋裏，煮沒影了。後來釣到小魚，奶奶收拾了攔海碗裏清蒸，誰釣誰吃。

四

六號浦水淺時，露出兩岸泥面的壁陡堤基，蟹洞一目了然。

小河蚌一經俯拾，急速將肉舌縮進殼去。取銳物輕輕一撬，掰殼取肉，綁在新劈的竹條上，輕輕送進蟹洞。

浦蟹遇了水退，正待出去覓食，揸手揸腳，舉了蟹鉗，徑自取食小鮮肉。好似微量級拔河，一點點勻着往外拉，不能過勁，用力稍大，蟹便起疑。一經出洞，夠得到手，一把摁住，捏住蟹蓋，翻將過來。

浦蟹剛勇，揮舞雙鉗，蟹沫四濺，其姿威武。鉗過幾回，吃痛長智，捉蟹時讓鉗夠不着。

遇過謹慎之蟹，拿蚌肉試釣，毫無所動，以為洞空。蟹行將出洞時，舉起兩隻潛望眼，掃視一番，驚覺異常，連爬帶跳往外跑。身手快的抓蟹人，一把捉住，或一腳「踏牢」（袁浦方言：摁住）。

蟹急切之間也有倏地一下快速往回退，爬到洞底一窩，不管怎麼捅，裝死不動彈。我找來一些稻草、水草，揉成一團，把蟹洞堵實，約莫半個時辰，掏出草團，蟹老老實實地在洞口趴着哩。

這招不靈，最末的法子是徒手挖洞。洞有淺有深，深洞頗費周折，挖洞不利浦沿水土保持。心有不甘，也只好放棄，尋下一個洞去。

浦水淺時，也有驚喜。踩到河蟹，粗硬一塊，帶扎刺感，但不痛。屏氣凝神，沉下身去，出手摁住，挪開腳抓舉起來，邁開步子爬上橋埠，彷彿連環畫上的常勝將軍。

五

盛夏七月，透過水杉的陽光，火辣辣的異常濃烈，讓人心緒不寧，我的胸腔憋了一團火，像塞住進氣孔的煤餅爐子，滲出的汗水匯成幾條線，無聲地淌下來。

點了稻草魚，灶間溫度瞬間拔高，裸露的皮膚有些灼疼。柴鍋泡飯煮開，切一把小青菜，放一點鹽，熱氣騰騰裏，盛一海碗，坐

在門檻上吃了，中午一點點蹭過。

母親將缽頭隔夜釀茶潑了，捏一撮大葉粗茶，倒一壺新開的水，屋裏溢滿茶香。後門吹進的熱風，夾雜泥土味，困意從腳心穿過後背上抵腦門，昏沉沉裏在竹榻上瞇着。

浦沿香杉上的知了，癡癡叫着，熱浪一波波從門外推進屋。午後最熱辰光，母親舀一勺溫茶，一手叉腰，咕咚咕咚喝下。

母親戴上寬沿草帽，取下廊竿，安上三腳架，套繫尼龍袋，扛着出門「蹚螺螄」。我起身拎一竹籃，帶上一瓦罐濃茶跟着走。

六號浦連着衛星浦，都是人工河，兩岸種水杉插綠蓀，浦底是泥，適宜生物繁殖，是水生物大本營。最為繁密的是螺螄，且不說泥地上挪步的，便是入浦的木頭、竹枝、石頭、瓦片，一應硬質物件上，都可見到，俯身捏住輕輕一掰，就下來了。

最喜大個黛綠田螺，握在手裏玩一整天不撒手。撿到老蚌蜆，用手托着，像拿了失重的生命之石。

母親將廊竿伸進浦底，平着往前推，推到頭拉回來，推拉七八下，網兜實甸甸。拉拎上岸，倒在浦沿，石塊、碎木、陳草、螺螄、老蝦（袁浦方言：蝦，音 huō）、泥鰍、汪刺魚，偶爾也有河蟹、黃鱔、鰻魚。挑出活物，螺螄裝袋，其餘擱竹籃，會跳的魚兒，弄兩根稻草穿成一串。

夜飯後去蹚，比白日要多，一晚蹚十幾斤。奶奶將螺螄拿到早市去賣，三斤合一角錢，賣不掉的，拿回家用韭菜炒了吃。

六

深秋時節，六號浦日光充盈，浦面的水似敷了一層溫過的老

酒，浦沿上一片小鬼頭打鬧聲，一記記沉悶的撲通入水聲。

父親教我「游水」（袁浦方言：游泳），托了肚子，我舞動雙手壓打，抬舉腳背拍踢，父親竟鬆了手，我喝過幾回渾水，慢慢求得平衡，也會游水了。從橋埠游出去，往南到一號橋，往北到抽水機埠，姿勢兩種，狗刨和仰游，從此不怕水。

浦水時漲時落，落時只及一半，更淺時僅沒膝蓋，但得水清，夜飯未開，絕不錯過，哪怕在浦裏泡一會兒也好。

一幫皮糙肉厚的小鬼頭，光着屁股，打起水來，水淺時惹一身泥漿，都成爛泥冬瓜。

嬉水浦裏，遇淘米洗菜，遠遠避開，不致攪渾近處的水。倒是淘米洗菜的，順手摟幾把攀附在橋埠上的螺螄，也請我們幫忙，從浦裏摸幾把，湊一碗趣。近岸露臉甩鬚的老蝦，容易捉的，一併捉了，添夜飯一口香。

七

童年裏，太陽照在六號浦上。

分田到戶的第二年，袁家浦街上，公社門口的牌子，換上鄉政府的。政府的牌子，大多白底紅字，那年的牌子，底子是白的，字很喜慶，是新娘嫁妝的顏色。

那一年，袁浦生產糧食一萬八千三百多噸，是積沙成洲千年以來最多的。從那時起，家家有糧，也便慢慢殷實起來，袁浦紅了。

二〇一六年三月二十九日

袁浦夜話

一

袁浦，又叫錢塘沙上，山水下瀉，潮水頂托，一瀉一托，勾勒出一個又一個小洲，連洲成片，千年堆積，成通靈寶地。

地以沙名，有鯉魚沙、魚泡沙、麻鳥沙、墩樹沙、元寶沙、盤頭沙……

無沙不成地，土墩八百個，自然村依沙洲、土墩而建，有西岸三房、五間頭、小宅裏、棉花地、榔樹根、大窪畈、塌浦畈、鄭家畈、葛家塝、陳家塝、打鳥陳、許家、張家、老坎、浦塘、老塘、新浦沿、浦沙頭、夏家橋、蘭溪口……

一九六一年，設立袁浦公社。一九七四年，削土墩，填池塘，修格子田。一塊田長八十米，寬四十米，兩畝四分。

一九八二年，分田到戶。分田時我得八分，是杭州鄉下純正的種田人。

一九八四年，公社散了，建鄉。

一九九五年，撤鄉建鎮。

二

填學籍卡，鐵儒問，為什麼原籍寫浙江杭州？我是哪裏人？

孩子生於北京，每年春節、清明，陪我回杭州。我説，幾十年

間春節在哪兒過，就是哪兒的人，清明去哪裏，就是哪兒的人。我們春節在袁浦過，清明去袁浦，便是袁浦人。

原籍寫杭州，也是這個原因。

袁浦又是什麼？有人說，是鄉下。有人說，是漁村。有人說，是渡口。

我說，袁浦是老家。

袁浦是江南版圖的滄海一粟。縮小了，是一個點，地球上相對固定的一個點。放大了，是一個塊，叫龍頭，叫江咀，叫浦沿，叫嶺沙，叫錢塘，每一地名，都是一個又一個家，同頂一爿天。

友人說，趕緊乘勢趁時寫出來，不寫，就沒有了。又說，老了再寫，失掉激情。

袁浦陽光、溫存、靈動。我要把老家一股腦兒說出口。

三

袁浦，我生於斯，長於斯，父母親在那裏，祖先在那裏。

根繫袁浦，既是血緣使然，又是文脈所致。血緣拴心，文脈牽魂。心在袁浦，魂繫袁浦，便是純正地道的袁浦人。

我們在一條船上，叫錢塘之舟。舟上的鄉民，吃一輩子錢塘土，錢塘土吃一回人，終要老去，上浮山，落土為安。

我願定山、浮山腳下，留得一條條田塍路，一個個老地名，一棵棵老樹，還有一處處老房子，把一地的鄉情村史裝進去。

袁浦到底有什麼好？我說，哪兒都不錯，哪兒也不壞，童年袁浦，美得醉心，少年袁浦，美得驚心。

四

少年時，心又高又大又緊張，背起包，走出家門，頭都不回，眼裏滿是前方。

中年到，背起包，往老家走，心又細又密又活潑，頭都不抬，一朵花，就叫故鄉，亮在眼裏，長在腳尖，開在走向春天的路上。

少年時，不知世界多精彩，中年來，才知故鄉真精彩。

經年勞作，背穀袋、拉板車、接線頭，母親四十，落下腰疾，六十之後，不能下蹲，胃也不適。北京和袁浦，隔了千里地，過去同母親一週通一次話，互問健康，互道平安。

中年南望老家，常需求證，往往三兩天通一次話，母親興致勃勃，滔滔長話，敍說陳年往事。我和母親的話，也比往年多了。電話那頭的母親，活潑潑的，更多的袁浦話題，彷彿又回到當年。

五

半個世紀前，袁浦劃歸西湖區，區名是西湖，浦同這湖卻有距離，同江挺近，怕又太近，近到貼江。

千年袁浦，本是江的一部分，定山和浮山，是江中島哩！

袁浦這片土地，本是山水沖積、江潮托舉而成。一鐵耙下去，是耕作層，約三十厘米，有橘紅色斑痕和青灰色條紋。

一方水土養一方人。錢塘沙上，養的是天下一等一的種田人。

這裏的人，金木水火土，一樣不缺，千年濡染，立地擎天，篤實厚道，溫潤體面，恭敬有禮。

錢塘沙上以田養人、耕讀傳家，千百年形成歎為觀止的種田

文化。

三百六十行，種田第一行。父親説，衙門錢一蓬煙，生意錢三十年，種田錢萬萬年。

少年時終也耐不住，跑出油菜花地，從那水田拔腿上田塍路，一路小跑，出了九溪，暫抛錢塘，坐了隆隆火車，去掙一蓬煙錢。

六

小時候，瓦舍白日呆坐，或夜沉沉躺着，大車爬過六號浦沿，大地搖晃，我常憂這房哪天搖塌了去。

讀民間傳説，曉得袁浦是條睡熟的龍，大地搖晃是龍的呼嚕。

千年驚鴻一瞥，百年沉魚一瞬，一瞥一瞬間，已是翻天覆地。

讀《袁浦鎮志》，我以為二十世紀七十年代以來，袁浦往事大的有：修南北大塘、集資辦學、更新農業技術、興水利、築馬路、圍田化改造、辦鄉鎮企業、村村通自來水、醫療便民服務。

這些事，母親聊起，心頭最重，一樣樣擺出來，是錢塘沙上半個世紀生活拉長的影子，裏頭有父輩戰天鬥地、改造自然、種田吃飯、做工創業的人文精神。

母親説，這一生世，前頭擔心颱風天江沿塌掉，後頭擔心老起來身體垮掉，一路提心看過，一路吊膽走來，漸行漸佳，越過越踏實。

七

南望袁浦，千百年來，滲透在鄉野之間，存於鄉民本心，立身

待人接物的「道德性」，用方言表達，我以為是孝順、恭敬、「結果」（袁浦方言：省吃儉用、精打細算）、信用、「甜臢」（袁浦方言：懂事，音 tiān za）、爽快、大派。這些「老古話」，勸人向善。

近百年來，新社會倡導教育，一世小鄉民，逐漸融入現代社會，走向廣闊世界。袁浦百年，從一個文盲半文盲佔九成以上的魚米之鄉，變成一個普及九年義務教育、各種人才輩出的重教崇學之區。

從童年到中年，我所見的袁浦公社、袁浦鄉、袁浦鎮，所見的紅星大隊、小江村，是善治的，是幫忙的。

母親常說，「該種人」（袁浦方言：這些幹部）蠻肯幫忙，都蠻客氣，態度也蠻好，謝謝伊都來勿及！這簡潔地道出一個過來人的感受，也是一個錢塘種田人對公家人的樸素看法。

八

父親曾說，一個粽子四隻角，解繩又脫殼，筷一戳，糖蘸蘸，咬隻角。這大抵是正在變遷的袁浦。

近三十年來，種田人的袁浦，水稻的黃，大麥的黃，油菜花的黃，陸續褪色，這是一個浩蕩事實。

在區域一體化中，錢塘是江湖板塊的一部分，已失去作為一個整體的可能性。

走在舊日袁浦地面，又陌生又新鮮：高速公路、城際鐵路，縱橫穿梭，錢江大橋，大字換數字，一二三四五六七，架在江上。

西湖，是世界的。袁浦，是之江的。錢塘江已成時代，如何留住一抹錢塘特色？

西湖不能替了袁浦。我們有世界的，也該有袁浦的，錢塘沙上，這一方鄉民的創造，應該記取。

　　這裏的大傳統鄉情味足，這裏的種田文化浸肌入骨，這裏的村落文化、移民文化本色猶在，也還鮮活如初，保留多樣性，留住鄉土袁浦！

二〇一五年十二月十一日

紅廟七年

一

錢塘沙上有座廟,叫紅廟。我的小學,在紅廟裏。廟在田間一土墩上。

小學叫紅星,太陽給出的一星斜暉,落進小池,折射起來,見了紅,應了景,成了名。紅星小學,也叫小江小學,前身為小江國民小學,一九二七年創辦。小學舊址紅廟,前些年,還在那裏凄然挺立着。

當年的紅星小學,大得很。一座禮堂,八間教室,圍出長方形的大操場。我們奔跑,上氣不接下氣,追着太陽往東跑出大門去。出門又是一操場,不歸小學,戲耍打鬧時,我們把兩場連一場。

小學後門有池塘,塘邊有木槿,木槿開花,池塘變花池。從紅星大隊棉花地極目看去,可見學校後門,門前是池塘。

池塘經年累月冒泡泡,裏面有多少魚,至今是未知數。冬天池面浮起一團雲霧,是確知的。我腦袋往領子裏鑽,縮脖聳肩提臀,跺腳縱身生暖,常見一僅着短褲下池泡泡水的先生,據說是醫生,姓曹。這池子,是小學最暖和的地方。我曾想像,池底安了煤餅爐子。

二

入學紅廟第三年冬天,下了學,天空灰濛濛的,回村路上,兩

袁浦記

行柳樹分列站着，寒風吹起柳枝，一路飄過頭頂，像是一列前不見頭，後不見尾，緩緩行進的火車，伴着呼呼聲，讓人生發倦意，也催人快步，早些鑽進溫暖的被窩。

路邊有一條水溝，兩米寬、一米深。溝裏乾枯，我便跳下去，身後遺了兩行淺淺的腳印。終有一天，尋見溝裏一窪淺水、一條泥鰍，我捋袖提褲，將牠捉了，不料又冒出一條，頓時揭開溝的秘密，這或將板結的溝底，潛伏無數冬眠的泥鰍。

我將包裹的書本筆物，找個稻草垛，塞了進去，插了兩根柳枝，估摸了位置，揀起一塊見了利刃的碎瓦片，去翻陳年的溝底。快要入眠的泥鰍，從柔滑溫暖、閃着微光的窩裏，被刨將出來，起初愣了，猶豫一陣，伸伸懶腰，捲展身子，想着逃走，急迫之下躲之不及，鑽地無門，我彎曲食指和中指，鉗住塞進書包。刨完的溝泥，用腳踩實，復歸原有的平坦。

回家把木桶拿水沖淨，盛活蹦亂跳的泥鰍，養牠一段時日，就盼下雪，我已等不及。

三

霜降之後，斑痕大地落起冰雹來，這是天公爺爺想地母奶奶打的噴嚏。冰雹落草舍上，撲棱一聲，沿坡面擦過。落瓦房上，快節奏地咚咚直擊、嘩嘩滾動，然後是滑落，片刻靜默，一陣沉悶的碎裂聲。

冰雹下來，我抱住腦袋，躲屋簷下，又不甘心，伸出手去，盼能接住一大雹子，卻從未接住過一顆，這一地的晶瑩雹。

連綿的陰天，終憋出雪花飄。

杭州鄉下的初雪，是紳士雪。起初，撒下一點兒，不經意地，像一個彬彬有禮的男士隨手在空中捏住一撮雪，吹口氣，輕輕地飄下來，彷彿大雁飛過，掉下的羽毛，又彷彿西湖裏一條船，慢慢地划出去。

地頭的種田人，抬頭看雪花，露出豐年的欣喜，一邊加快節奏，將一工生活了卻。

同我一般的少年，見了這雪，迎將出去，往田野走，隨那雪花飄。

雪落得大了，扯動天空，連片地撕下冷的水汽，吸了最後一絲熱，凝結了，搗碎了，揉軟了，紛紛揚揚拋出來。

田野急速地消逝在雪窩裏，褪盡五顏六色，唯餘輪廓依稀，囫圇地裹進新裁的厚而暖的被。

我的家籠在雪裏，成了雪房宮。這時，地裏的活，漸作漸息、料理收工，種田人都回了雪飾的家。

雪從傍晚起，延展開來，一夜雪噴，早起時終於暫停。陽光開了門，這白皙柔軟的世界，發出炫目的雪光。

勤起的種田人掃淨家門口，打通了路，慢慢地，鄉民們開出一世界，像迷宮一樣。見了這般光景，我知不用上學去了。

奶奶從雪地割來青菜。我搬出那一桶泥鰍，抓幾把稻草灰，撒在桶裏，吸附了鰍身的滑膩，剖肚去腸，收拾利落，預備做一道葷菜。野生的泥鰍，經了凌家橋研磨的菜籽油，又有雪的一夜清空，香味破空穿出，風吹多遠，香便甩得多遠。經雪的日子，眼鼻前常浮現一盆野溝鰍炒雪青菜。這土鮮野味，只應杭州鄉下才有。

雪落下來急而快，化得閒而怠。這土地，竟捨不得這雪，含在嘴裏，小心翼翼地待它融了去。

路面漸露本色，積雪散落，一塊一團一堆靠邊站，曠野小麥浴後出身，清新亮爽，株株挺立，一片一片，頂出雪來，舒捲開去，鋪滿田畈。

田間道邊點種的蠶豆，趁積雪的日子，穿出蓋覆的泥土和草灰，萌翻了鄉下。一顆顆蠶豆裂殼出芽，從土裏頂出來，帥氣得像群小小子。待到長過筷子高，打個紫白相間的蝴蝶結，繫紮在翡翠綠的植株上，相互提襯，活潑靈動，淺淺地笑着，給朝陽一抹淡淡的豆清香。

四

過了年，寒意未退，春天一跳一跳，鼓噪起田野，一夜春風度，百花千草次第跑開。

我最愛袁浦油菜花。一枝一枝，像舉着燈籠的小女孩，酥白潤澤的手臂，搭掛了嫩青色薄羽衣，撐起一片青軟世界。灰泥地，細軟草，根根豎起，疏密有致，間雜幾種粗莖大葉的無名草，如一堆安靜的女孩中突然跑進幾個小鬼頭，一起搶着鬧着探頭探腦看天空。這草終也長不過油菜，慢慢蓄積，厚實起來，給油菜穿了腳叉，繫了彩帶。

油菜張莖舞枝，投射開去，綻放黃金流彩，抖摟簇簇金花。花兒搖曳起來，一株一片，牽兒抱女，呼朋喚友，漾起層層金浪，推放出去，花浪洶湧，把杭州鄉下埋在了連天鋪展的花海裏。

蜜蜂三五成群，劈香波斬花浪，從一枝飄逐到另一枝，從一朵跳移到另一朵，步態悠然，不慌不忙，不卑不亢，身懷絕技，都是採花的好手。蜂翅扇起的風，吹動一縷縷花香，像一隻翠青夾鵝

黃的長臂螳螂，抓住你的鼻，吸了你的神，令你不由自主，把魂從魄邊輕輕勾留，放在油菜花地裏，面向天空大聲呼喊，去引那蜂擁花海。

若這柔情蜜意的花海，不能承受我這生命之輕，那就讓我躺在油菜花腳下，縱然從此閉了眼去，我這末世的一眼，也須是這錢塘沙上好一朵油菜花。

杭州鄉下的春天，穿過油菜花海去上學。我們彷彿是這海裏的浮游生物，蜜蜂從眼前、身邊飛過，懶得睬人，油菜花在微風裏哼着慵懶的小調，似睡非睡，催人輕踮了，怕驚擾了它的春夢。

暮春時節，油菜花兒逐日褪去乳黃，結出菜籽，蠶豆花動了情、稱了意，結出胖果實，日日滋長，這青嫩的豆，剝開了殼，填塞嘴裏，甜如青梨。我的小夥伴，想這一口時，趁老師板書，從座位上溜下去，鑽過桌子，自牆洞穿出，一堂課未散，自己吃夠，帶回兩口袋，手上舉兩把，分與夥伴吃了去。這臨了學校種蠶豆的，一個春天，丟了些許蠶豆。

我們在琅琅讀書聲裏，想這窗外的蜜蜂、蠶豆和油菜花，走過一個又一個喧鬧的春天。

五

紅廟第五年，禮拜四下午加一節課，鄭老師說故事，講的是《說岳全傳》。

鄭老師，名玉英，高高個子，聲音洪亮，不見其人，先聞其聲。《說岳全傳》一章一章往下講，跟着岳飛同悲同喜，岳飛得意了，我們一起意氣風發；岳飛失意了，我們一起默然無語；岳飛上

了風波亭，我們歎息一聲，是這歷史的莊嚴看客了。

聽故事，是一樁美事，思注其間、樂陶其中，早早地坐好，心耳一起預備，盛放這精神的饗餐盛宴。

聽故事走神僅一回，教室橫樑爬過一隻鼠，我的心也上了樑，和鼠一同小心翼翼地過了樑去，才回到鄭老師的故事裏。

從故事裏退場，已是夕陽西下。我們由東往西走，有些晃眼，影子慢慢拖長。

紅廟第六年，我們開始用鋼筆寫字。我的老師袁彩華批改作文極上心，一段段耐心看過，用得好的句和詞，畫了紅色波浪線，篇末批註了評語。老師審得細膩，我改得也認真。語文課曾有幾回點了名，唸過我的作文。課間出教室，穿過一棵經年老樹，站在操場看那天藍，我曉得書是該用心讀的，立志好好讀書。這是一個覺悟的端點。讀書是一件同種田一樣要緊的事了。

這一年末，教育改制，凡年齡大的，五年讀完畢業，年齡小的，再讀一年，我又多讀一年。我的小學，一年級留一級，多讀一年，五年制變六年制，又讀一年，在紅廟讀了七年書。

一九八六年的一個夏日，一同學跑來知會，我去紅廟取中學錄取通知書，從老師手裏鄭重接過，鞠個躬，出了紅星小學的校門。

袁老師後來嫁到良戶村一帶去了，我上大學時偶遇一回。坐十八路公交車去九溪，老師去良戶，一同站車上，她問了我的學習，我曉得老師正準備考試呢，似極重要，不易考過，彼時老師也在辛苦讀書做功課哩。

紅廟七年，老師比科目多，教語文的，有袁永泉老師，鄭玉英老師，葛秋萍老師，袁彩華老師。袁永泉老師的女兒，人稱「敏芳袁老師」，極嚴厲，能治住最淘氣的男生，也教過我。袁沛林老

師教數學，個子很高，父親帶我上門向他請教，還有來過一月、一週、一日，客串一兩節課的老師，我們跟着叫老師好，常張冠李戴，錯喊了姓，老師不曾怪過，或也是不注意的。

袁永泉老師已去世。他來過我家，和我一同在瓦舍前曬了一回太陽，喝了一撮粗葉的山茶，續了兩回水，樂呵呵地走了。袁老師慈眉善目，身材高大，氣宇軒昂，是我少年時讀過的武俠小說中定乾坤、安天下的大將軍。袁老師騎腳踏車，像騎一匹駿馬，那一年，我目送老師穩健有力地踏車北去……老師騎車的背影，還有板書的背影，我至今記得。

鄭玉英老師也去世了。她每從六號浦對岸走過，見了我父親，大喊：華金！華金！一如學堂點名。點了名，站一會兒，說幾句，父親請教過幾回，老師爽朗地笑，極簡潔精準地給出答案。鄭老師有着觀音神姿，是一尊歡歡喜喜的佛，站老師跟前，如春風拂面，空氣裏釋出堅定的樂觀，鼓舞你相信一切都會好起來的，令每個臨場之人，平增幾分樂觀。鄭老師的氣場，至今輻射在錢塘沙上田野裏，與這生機勃發的百花千草，享這美麗世界的煦日和皓月。

六

紅廟，也是紅星大隊開會的地方。我依稀記得禮堂擺一排桌子，不知是小學校長，還是大隊隊長，在上頭講，聲音通過喇叭的放大，響徹大地。

我們這般少年，則在這聲響裏，依少年節奏，度快樂時光。

鄉下孩兒，見了抽煙的，巴巴張望，等抽出最末一支煙，為得這隻煙盒。煙盒拆開，摺成三角，做了撇紙。攢撇紙是四季皆宜的

遊戲，捏住一隻角，右手大拇指捺住，四指並攏摁住，曲臂舉起過肩，對準地上的撇紙，往下甩，拍起的風，掀翻對方撇紙，或利用這風插進撇紙下方，贏了對家，收入袋中。我的技術一般，一通攢將下來，算是平手。

旋螺陀是童年的玩具。拿一小段硬實圓木，把一頭削尖了，尖頭上安一小鐵彈子。拿一截木棍，一頭綁上繩，繩的另一頭繞旋螺陀幾圈，放相對平整的地上，一手立起旋螺陀，一手拿木棍扯動繞圈的繩子，旋螺陀就轉起來了，使勁抽打，引它勻而有力地轉，間雜呼嘯聲。若遇低窪或高聳處，便倒伏，重新來過。我的旋螺陀，常轉着轉着，彈子掉下來，塞回去，再掉再塞。

開始長力氣時，我們便比着掰腕子，掰完，不夠勁，跟着比摔跤，也無法式，在同學起哄聲裏，摟作一團，用盡蠻力，以最終將對方擓倒，壓身子底下動彈不得而收場。有同學會別腿，是常勝將軍，我多數是在同學的身底下，做了軟墊子，起來拍下一身的土，吐出嘴裏的土，上課或回家去。

禮拜六中午放學，一群同學在田野裏撒開了，一些找另一些，一旦鑽進去，從另一頭出去，地方很大，一時找不見，失了興頭，有的顧自走了，我這實誠的，還在地裏潛伏着，臨天黑才出來，孤零零地回家去。倒是這田野裏，無數小動物，各種穀物雜草，靈動鮮妍，甚是有趣，從不曾令人生厭。我尋一處地坐下，舉頭看天空中雲彩浮游，低頭看草叢千姿百態，想那藍天白雲視我為景，百草千花認我是山，我們一起創世紀，打發這寸金難買的光陰。

紅廟七年，和我一般的少年，一起跑向田野，高喊衝啊！那舉起木製駁殼槍的同學，不知可好？我多想要過來，舉一回，這戴紅纓的駁殼槍，衝進麥田，衝進稻田，衝進油菜花地！

我們這一眾躲起來的，不知另一眾同學，是否還在錢塘沙上尋找我們？我曾夢見自己，在甘蔗林、絡麻地，面向天空，大聲呼喊：等一等，別丟下我！

二〇一五年十一月十四日

黃沙橋

一

　　故鄉袁浦，如果用一座橋形容，是黃沙橋；用一個車站形容，便是黃沙車站。

　　我千萬次路過黃沙橋，百看不厭。它的模樣沉靜自在，讓我想起爺爺：拿了一根陳年木頭斫的煙嘴，撕下一角報紙，捲一撮煙絲，插到煙嘴上點着，坐田塍路上吧嗒吧嗒地抽。

　　二十世紀八十年代，黃沙車站是由陸路進城的起點。我的老師回城，從這裏上車，我進城，從這裏出發。

　　橋畔是袁浦中學新學堂，我在這裏讀過一年書。

二

　　坐在十八路車上，我透過雨簾，無數次見到坦然平臥在衛星浦上的黃沙橋。

　　雨中的黃沙橋，塗了一層淺黑的漆，水珠的晶瑩掩不住橋的沙灰本色，倒也不黃。橋取名黃沙，大概從前這是挖取黃沙之地，或是運黃沙的船將這做了碼頭，在此停泊卸過黃沙。

　　橋是水泥澆注的三孔拱橋，一大兩小三個曲弧的洞，沒有一塊青石板，算不得古老。

　　橋未得刻意雕琢，謙卑地臥在浦上，絲毫沒有傲慢，哪怕拱起

那麼一丁點，也沒有一絲張揚的水彩和浪漫的情調。

橋的兩邊是一本正經的石製護欄，每一根柱子背着手目不斜視，縮了肩謹嚴地聳立，像兩行精緻的紀念碑林。

從記事起，黃沙橋就像鄉下執拗的小鬼頭，攢足勁、勾住肩、不言聲，搭在浦兩岸，半沒水裏半跨水上。

橋下浦水澄碧平緩，水淺時，小夥伴用心地鑽進橋洞，在弧形的洞壁上坐着，默默注視浦水流逝，一邊弄出一些聲響，聽回音裊裊。

橋洞壁上和浦岸石縫的毛蜞，平常吐着沫子，半天不挪位，把辰光一點點推搡過去。臨橋水面時隱時起的老蝦，將手腳和鬍子從容鋪展開來，視水岸為自留地。

新學堂的鈴聲驟然如陣雨般急敲下來，好似落下一把散架的算盤子。毛蜞轉到橋洞陰影裏，草條兒霍地一下一驚四散，老蝦受了擾，晃個身換個地方冒出頭。

我在泰晤士河裏也尋過這樣的老蝦，沒有見到，但留意河的寬度，和衛星浦差不多。泰晤士河上有船，划船的比我的小夥伴個頭都高，船篙細長像是六號浦水杉的芯，河上的船不運黃沙，兩岸同衛星浦一樣也砌了石。

三

站在黃沙橋頭，凌家橋石龍山上的放炮聲清晰可聞，只是不如晴空裏的春雷聲大。

一九八八年，袁浦中學新學堂在橋畔落成。大型拖拉機碾過黃沙橋時狂噴唾沫傾吐黑煙，石龍山的石頭一車車卸到學堂主樓前的

野地裏。學堂操場未及平整，很容易絆倒，還要提防踏空。

搬學堂那天，漫天都是喜沖沖起落的雀群。從白茅湖邊老學堂到黃沙橋畔新學堂，三百多張課桌，六百多把椅子，兩人一組，桌腿蹭地嗒的一聲響，椅子摔下咔的一聲叫，男生抬着課桌椅側步往前移，女生搭着抬一會兒，歇一歇擦把汗，丁零哐啷，沿着村道，穿過八一村。

村道兩邊是水稻，穀穗兒搖搖欲墜，劍一般斜刺入空的稻葉，彷彿看家狗警覺地守望着。收割後稻田齊茬的壯青梗，像圓臉孩子頭上的板寸鋼絲般尖聳，堆在地上的稻草枯黃中帶青。鄉民停下手裏的生活，笑呵呵地目送學子緩步穿行。

搬學堂的隊伍綿延兩里地，雄壯地穿過希望的稻田，這是鄉下的遊園盛典，是千年袁浦的嫁妝，錢塘沙上五百年一遇。

新學堂開張了，到做操時間，樓上樓下的學子擠出教室，填滿過道，蜂鳴着，魚貫而出。飛過橋頭的麻雀，看到一蓬靈動的點集攏散開，時而成列成排，時而成團成塊，舞之蹈之，在學子的拍手跳躍裏，雀兒驚叫着振翅抬升揮之而去。

匆匆那年，學堂西南角食堂的煙囪，將餘熱吐向天空，蒸屜的熱氣撲哧撲哧，露天的自來水龍頭憋着一管水等待釋放，最後一節課的鈴兒，常常忍不住大聲地響起來。

四

畢業季的六月天，我們站在主樓前合影。

撥開肉缽頭裏乳白清涼的稠油，撕開歲月的肉皮凍，我注視着畢業照後排中間三十年前的我。

少年的我小心地站在凳子上，地面是碎石，忐忑不安的嚮往，定格在那一年。夏天的熱風，吹到黃沙橋畔，告別的日子，走到相機鏡頭前。

那一天，我默默地推着腳踏車，由南向北最後一次遲疑地走過黃沙橋，跨上車向西行，壓臂扭臀奮力用腳踏去，車輪碾動歲月，將風雨甩到車後。

遠方的世界好大，人也易老。學堂永遠年輕，年年都是十四五歲。

我站在黃沙橋上遠遠地看，在學堂門口久久地徘徊。俱往矣，學堂不那麼容易進去，哪怕擠進教室的門縫一點點，也撈不出一片青春的碎屑。

五

黃沙橋畔的水杉，是鄉民搭的通天梯。

一排排紅褐色的梯子把陽光揉碎了，瀉到浦裏，攤到路上。飛鳥一次次地重拾信心，向着天穹飛，梯子總是不夠高，沒有連綿的支點，終究一次次地落下來。

車站邊的水杉棵棵雄起，變的是高度、直徑、樹影，不變的是葉形、挺拔、站位。披着斑駁戰衣的水杉，不堪颱風一時傾身，也遠離浦面，讓流水沉寂而行，任時光之船悄悄駛過葉隙，不留一點痕跡。

逝者如斯夫，衛星浦水長流，斷枝敗葉在漂，魚蝦鱔鰍在游，都不過是匆匆過客。

黃沙橋依舊，長臥在浦上，橫是橫，從不試圖站起來。水杉陪侍學堂，豎是豎，人也有模樣。

六

丙申年，我寂寥地坐在黃沙車站的長條凳上，大年三十的炮仗和焰火，像錢塘地心噴出的岩漿，亮似碧澄浦水折射的日光。

冷長凳，涼香杉，枯黃燈前，橫陳七條路，數着數着，沉入「石圪鼎鼎」（袁浦方言：小孩很重，沉睡之中，抱不起來）的夢鄉。

風往北吹，西北望，那兒曾有一條田間小道，是去紅星大隊的，它掩藏在重重疊疊的油菜花叢中，上下裏外都是追花客。我在花外看花，蜂落花間採蜜，田雞在花裙下跳來跳去。

橋畔新學堂，車站香杉下，新來的先生，三五成群，我們看先生，先生看我們，我們走入花深處，先生鑽進車裏去。傍晚，由東向西，坐十八路車轉出去，清晨，由西向東，又坐十八路車轉回來。

風往南吹，東南望，至今也還是學堂，簇擁在水杉林中，遠近都是行色匆匆的年輕學子。

站在黃沙橋頭，我等車來。車遠道而來，泄口氣戛然而止，咶唦一聲收起車門。我問：是勿是十八路車？答：老早沒有咧！下客無數，一客不識，不敢上車。車行車遠漸漸模糊，留我在橋畔，等十八路車來，靜靜地坐着，時而抬頭看。

十八路車還會來嗎？

七

黃沙橋畔拂過的清風，扯起小雨，將夢隔在雨簾外，冷而陰，點點滴滴，從臉上墜滑而下，翻過耳脊，落進除夕的午夜灰裏。

對心中的遠方，我也曾懷揣不安，從這裏背包出發。包裹有雙布鞋，白底黑面，鞋底的布有千層，是母親戴着頂針一針針、一圈圈密密納的，裏頭有一江潮水。

黃沙橋上，過去十八路車每天路過很多趟，在橋畔停一停。

不知何時，十八路車沒了，路線調了，一路站名更新，也多已陌生。坐車的人也還不少，大多不識，黃沙橋和站名還在。

二〇一六年五月五日

杭高三年

一

八月末的一個侵晨，母親往柴鍋裏攞了兩塊隔夜的剩飯，舀了兩勺涼水，我點旺稻草魚煮開。母親切兩棵青菜，撒一點鹽，各盛一海碗，吃罷收了碗，一前一後走出瓦舍的門。

從黃沙橋頭坐十八路車到九溪中轉站候車，轉乘到湖濱，再趕一趟車穿城而過，抵達體育場路口。

從中河路走出一二十步，陰沉沉的天憋不住了，稍一鬆勁，垂下綿綿細雨。貢院籠罩在秋雨輕訴裏，豁然拉近了距離。這雨近似初中畢業前袁浦那場雨，只是光線幽晦一些，倒也脈脈含情，只是泥土味不夠純正，帶些雜質。

母親從我手裏搶過箱子，扛上肩去，馱了一抹簇新的棕色，小步快跑。我抓着被褥和一袋日用品跟着，繞過橋，進到杭高的校門。

二

杭高，即浙江省杭州高級中學，也叫杭一中，明清時期，杭州府貢院的號舍在這裏。中學前身，是一八九九年創辦於大方伯圓通寺舊址的養正書塾，和一九〇八年創辦於貢院舊址的浙江官立兩級師範學堂。

中學出身名門，父親稱其為「貢院」，我叫它「號舍」，其實更

像一所大學。初中語文課上知曉的魯迅、朱自清、葉聖陶在這裏教過書。徐志摩、郁達夫、豐子愷、金庸是校友。散文、詩歌、小說的作者，突然跑出作品，是這學校的一員，行色匆匆，山一樣立跟前，我有點兒不知所措。

三

守門的大伯，國字臉，身材高大。得了允許，我們從側門進去。

剛抬起眼，雨嘩的一下濃烈起來，天幕彷彿一間未點燈的教室徐徐拉上窗簾。我們急切地往裏走，鞋和褲腿濕透了。

正對大門，長長的甬道兩旁，經年的梧桐直而對稱，枝葉在甬道上空相扣，厚實得像山洞。甬道外垂落的雨拖起迷蒙水霧，把甬道變成水簾洞。雨滲透棚頂，一甩一甩地從枝葉滑落，風吹過，發出枝葉碰撞的摩挲聲。遠處的燈光投到葉子上，折射出弧狀亮斑，顯得枯寂冷清。

我們貼着梧桐樹，沿人行道往前走。甬道西邊的大操場有看台和跑道，兩頭各豎一個球門。右邊極目處是一蓬竹林，近處是單槓、雙槓、沙地，一個籃球場，地上一片白茫茫。

穿出梧桐甬道，是校園「一進」（清末仿日建築，二樓有魯迅、陳望道、朱自清、葉聖陶當年的宿舍）門洞，淡黃裏帶點粉紅。稍站片刻，攏一下額頭濕髮，用襯衫的一角拭淨模糊的眼鏡，喘幾口氣，這晌工夫，雨竟停了。

回望梧桐甬道，水霧淡墜，陣雨驟歇，眼簾洞開。兩旁碧油油的梧桐枝葉對接起來，插得密密匝匝，像是毛茸茸的動物脊背。後

來讀夏丏尊先生作詞、李叔同先生譜曲的校歌，覺得「葉蓁蓁，木欣欣，碧梧萬枝新」這句，寫的是梧桐甬道。

過「二進」新教學樓，是「三進」「四進」，過樓洞拐到東頭，是迴廊，個頭不高、精幹篤實的大伯笑容可掬地站門口。

頂着雨後的涼意，我報了名，領了號，搬到「五進」二樓東頭第一間宿舍，安頓下來。

四

母親見我搭起住處，起身要走。守護宿舍的大伯，知我們初來乍到，示意有後門，可抄近路出去。出鐵柵門，步行幾十步，是一校門。出門右拐，上體育館路。

母親說找得到車站，我說這條路報到時來過，領過去更快些。母親起初不讓，擔心我找不回來，後見我自信滿滿，不再推辭。

母親跟着，我在前，走得慌張，一頭撞樹上，又添母親擔心。五六分鐘見車站，問過路人，才肯放心，走到對面車站。

母親用些氣力，擠上車去，我透過門縫，只能見一絲背影，藍色的，是母親上衣的顏色。

看護宿舍的大媽，是門衛大伯的老伴，略胖、憨厚，臉上掛着孩子般樸實的笑容。她見我回走，又是新面孔，說食堂開學才賣票，可借我飯票，我忙不迭地謝過。

號舍的米飯，一塊四兩，我要兩塊，一份醬油燉油豆腐。賣飯的大媽大高個，聲音敞亮，沒有聽清我說什麼，着急地看一眼，聽清了，也笑了，不忘多盛幾個油豆腐。號舍的第一頓晚餐，分量足，和家裏的一樣香。

五

沿食堂往東走，是圖書館，民國時期西洋建築，三層樓高。爬山虎大展身手，將樓包裹起來。葉縫透出牆的白色，窗櫺的紅色，還有起承轉合的桃紅色線，一副有朋自遠方來的開心模樣。

圖書館南側有一處別致幽靜的院落，折進圓形院門，園內小徑曲曲拐拐，鋪了精緻的鵝卵石。前頭一片大葉竹子，青蔥可愛，嬌媚地倚在北角長廊。長廊廊頂鋪青琉璃瓦，上覆淺黃滿面瓦，廊裏立幾處古樸的碑刻，廊下兩邊堆着凌亂的殘碑。

園子東南角的芭蕉葉上，聚攏的三五滴雨，由葉尖滑落飄出，閃着晶瑩的光，落腳在鵝卵石、殘碑、湖石和竹木上。

六

號舍課業緊，不容分心，唯有一心只讀教材，不提也罷。倒是三年的鍛煉，身體更強壯了。

開學不久，我參加校田徑隊，每天晨起、傍晚、晚九點在大操場上跑，釋放體能，緩解壓力。每逢功課多，眼昏耳鳴、頭皮發緊，我也去操場跑幾圈。

跑完，到宿舍澡堂沖冷水澡。冬天室外冰天雪地，澡堂冷風颼颼，先用手或伸腳夠冷水，適應了再從頭往下澆，凍得打冷戰，洗到白裏透紅，全身冒熱氣。不少住校同學邊洗邊唱，也是一景。換過衣服，通體清爽，回室學習，注意力集中，效率也高。

杭州每年組織中學生環西湖跑。湖邊空氣清新，一路遊人如織，湖景、街景如畫入眼。學校組織一隊和二隊，實地訓練，壓低

重心、加大步幅，正式比賽一隊跑出全市第二，二隊跟着沾光。

週六中飯後，勁頭很足地奔回鄉下。情致高時，從梧桐甬道出來，沿着中東路梧桐大道，一直走到湖濱，坐車到九溪，沿着北塘路走回家，當作拉練，在急行中長志。

七

號舍傳道授業解惑，老師最難忘。

班主任葉春，也是高一、高二的語文老師。葉老師大學畢業不久，朝氣蓬勃，熱情很高，眼睛很大，脾氣也好，經常耐心地坐在教室一角和同學們聊一聊。葉老師備課極認真，緊扣大綱，講得細密。我們按要求，把背的內容儘量記取。葉老師對作文尤為重視，批改得很細，對用得妥的、妙的詞句，畫了波浪線，對結構、用詞、標點無良處，批註提示，篇末有一長段評語。

我寫母親的作文，葉老師當眾唸了，那一刻覺得特別高興，因為老師肯定作文，也是肯定母親，勞動受尊敬，勞動者受仰望，有這樣的母親，我感到自豪。

高三語文邱海瑛老師教。邱老師目光銳利，笑的時候，五官彷彿要擠過來旁聽似的。耳朵也特別靈，只要我們開口說話，老師側耳耐心傾聽，就如一塊吸鐵石，哇一聲吸住你了。邱老師往往一下抓住問題，也會補充追問，給出簡潔有力的判斷和提示。這一年衝刺備考，她教語文注重思想、結構、文字融通，對我日後幫助不小。

學好數理化，才好走天下。教數學的王建老師，教物理的馮念珠老師，教化學的鄭克良老師，一絲不苟，循循善誘。鄭克良老師

在我功課極差的情形下，不放棄、用心拽，凡有一可取處，必着力褒揚，令我一次又一次地重拾信心。

這些老師，是我心目中的大師，不僅教知識，也給自信。我從此慢慢划一葉小舟，去遊蕩無邊的海，從不怕覆了。

八

高考日。號舍。炎熱。

上午考完，徑直走出號舍，蹬着腳踏車，往紅太陽廣場跑。

父親在武林門借了朋友看管的一間會議室。中飯後，我閉上眼睛，躺在沙發上，歇息一小時，屋內幽暗，頭腦清醒，也睡不着。半是心焦，半是炎熱，辰光一到，我彈身而起，迎着熱風，一刻鐘騎到貢院。

高考考什麼，不記得了，記得的是父親的陪伴。從紅太陽廣場到號舍，與父親同行。

父親説：你在前頭騎，不要管我，到了校門口，我就回家。

那一路街景，在腦中生了根，一説起高考，都勾出來。

考完試，我騎車去學軍中學，在表姐繆水娟家吃完晚飯，在一間大階梯教室聽老師講解高考題，預估成績。從教室出來，心裏有數，覺得有希望。

九

七月中旬的一天，高三（二）班一眾同學坐在教室守望夏天。我填的志願，有一個水產學院，想弄清九溪錢塘江潮起時，江底究

竟有什麼。

正在吃帶泰國米仁的冰棍，姚麗華老師上樓來，說有提前招生的大學，問我有沒有興趣。

我毫不猶豫地填了表。

目送老師背影從教室出去，折過去下樓。那天老師走得很慢，背影至今在我心裏。

姚老師高三帶我們班，是班主任，也是英語老師。臨考三個月，在實驗樓找了間教室，把我們幾十個基礎弱的同學召集一起，拿幾套卷子，講重點題，梳了一遍。

八月初的一日，郵差來到六號浦，我意外地被提前錄取。

<h2 style="text-align:center">十</h2>

號舍三年，每個日子都很長，連在一起又很短。

我這樣的鄉下少年，進了城，呆頭呆腦，不甚靈光。老師的關注和態度，是非凡因素，關鍵處着力的一筆，如同大蒲扇的風，颳到船帆，小船也就出了港。

一九八九年夏天，獅子山腳，上泗片二十幾個同學考重點高中，考中號舍的兩個，一個在二班，一個在七班。我從袁浦中學到貢院，是自己選擇，走出第一步。從號舍到大學，是意外，去北京，是偶然，號舍的老師給了我不一樣的人生。

號舍求學三年，我有很多題解不出來，不少同學極聰明，慷慨解答。二十年後，不少已是工程師、學者、律師。我其實是號舍學生的學生，是杭州城裏的同學幫了我，跟着他們，我也上了大學。號舍裏的三五撥同學，夏日裏到過袁浦，在瓦舍吃過飯，說炒雞架

很好吃。

從香杉瓦舍到碧梧號舍，我慢慢地，也要去翻一本更大的書了。

十一

碧梧新枝，斜陽裏更好看。

號舍，我注目它的模樣，似乎總在黃昏。

報到日的形景，過目不忘。

週日下午回校，到校時大抵已是夜飯辰光，夕陽是橘紅的，抹得到處都是，散散淡淡，平添幾分蒼涼。

每週有六天住校，每天夜飯後，往往去操場上走一走，夕陽鋪灑在操場上、看台上，也投放在屋子上、梧桐樹上。

最喜這一抹斜陽，像一條繫在頭頸上的絲巾。號舍彷彿一件上衣，那麼，梧桐便是一條好看的裙子。

二〇一五年十一月二十九日

錢塘雜憶

撈鰻苗

每年立春到穀雨的夜晚，鄉民手持網眼細密的海兜，三兩相伴，五七作群，拎了小桶，興沖沖地往北塘趕。

淺淺的浪，一波波翻過身，吹着呼哨湧過來，用力攀上江岸滲進沙去，餘下的又退回去。鄉民各佔一片近岸江灘，沿江一順站開，個個專注，少言寡語，只是埋頭，睜大眼睛，一遍一遍地抄網。

一尾鰻苗體長四五厘米，重約零點一克，從水裏撈出，在煤油燈、手電筒的照射下，搖頭擺尾，頭上一點瑩白，像是一盞熹微的燈。

江水春寒未消，赤腳踏在水裏，還有些冷，不禁倒吸一口涼氣。捲到膝蓋的褲子，不一會兒也濺濕了，教江風一吹，更添陰涼。鄉民抄網捉針般細長的鰻苗，爭先恐後裏忘了涼。

錢塘江後浪推前浪，捎來億萬盞生命的鰻燈，也引來無數勤勞的鄉民，將暮春的江沿點亮，像開了一個鬧熱的夜市。

夜潮一輪輪漲過鄉民的腳，撲進夜市，搭起一條長長的明麗的街，一直到後半夜。

珂夜魚

仲夏的白雨任性地落過，灰色的雲趁了夜色，塞滿整個穹頂，

四野濕漉漉的。青蛙結伴而出，蛙鳴此起彼伏，落寞而又洪亮地歌唱。

我提着洋鐵桶，叫上阿弟，從瓦舍燈影裏走出，慢慢適應野外沒頭沒腦的黑，摸索着穿過田野往東北方的紅廟走。

田塍路又濕又滑，稍不留意，不是滑一腳摜倒，就是一屁股蹲地，口裏哼着：喔唷喔唷。起來揉揉膝蓋、拍拍屁股，一瘸一拐負痛前行。遇到田塍路的缺口，不小心踏空，一頭摔下去，慌亂裏下了田、進了溝，沾一身泥漿水。

磕磕碰碰地到了田畈中央，四野的蛙聲激越澎湃，彷彿樂曲進入高潮。阿弟一手拿手電筒，一手持撈勺，沿着田塍路，一段一段尋找。

漆黑夜裏，魚趨了亮處游，在光照處輕輕擺鰭，原地打轉，嘴一張一翕，喃喃自語。我們用海兜去抄，動靜稍大，魚驚乍間，箭一般疾馳而去。我們小心翼翼、慢吞吞地，小半夜間捉了不少野物。牠們在桶裏扭來扭去，彈跳騰挪，還未消停，新抲的一到又添動亂。

紅廟邊水溝黃鱔多、河蟹多。性急之下，弓腰徒手就捉。抲河蟹時，儘管小心，仍不免叫蟹鉗夾住，一時還不易掙脫。抲黃鱔時，又興奮又慌張，有一回竟教黃鱔一口咬住小指，不肯撒口，不知是餓了還是怒了。被野物咬住時，心頭莫名的恐懼，想到「蛇鱔同體」，又害怕又疑惑：這是黃鱔嗎？還是蛇的變種？阿弟也說：靠不住是蛇耶！黃鱔終於力盡鬆口，我們也不敢要，在不安裏丟進池塘。

從小暑到白露夜色撩人，走過一條條田塍路，蹚過一條條水溝，還有白洋洋的稻田，捉了大大小小的魚蝦蟹鰍鱔。運氣好，遇到大個的田螺，順手牽了，回家扔進水缸裏。

甘蔗地

秋老虎進深山，一年最是豐足時。頭頂一盤皎月，夜風裏飄來稻穀和稻草的芳香，人與天面對面，中間隔了瓜棚豆架。

錢塘江畔的黃稻已收起裝袋，大人們串門聊天，小鬼頭們歡跳着出門去。

暮秋夜的錢塘沙，在蒼涼的穹頂下，白花花的。田野裏一些散落作物的陰影，像湯糰上撒的芝麻。水杉一排排甩出去，像剔盡肉的草條兒倒插着。路上像鋪了陳年的棉花胎，踩上去發出噗噗聲。

風吹過甘蔗林，窸窸窣窣，彷彿捏在手裏的麻酥糖的碎屑從眼前落下，飛過耳畔去。

紅廟邊的小夥伴，最要好的是阿洪，與我同班，他坐第一排，我坐最後一排。阿洪家種了幾畝紅皮甘蔗，夜頭遠遠望去，披了一張溫柔的白紗，風過處輕輕拂動，這兒撩起一角，那兒陷下一片。

我們鑽進白紗帳，從蔗林裏看月亮，見到圓盤裏有桂花樹，有砍樹人，邊上站條大狗，不停地叫。摸索着挑一根粗壯甘蔗，拔不出來，前後搖擺，弄出不小聲響。

吱嘎一聲，土墩上的小木門開了，昏黃的燈影裏，阿洪的阿太喊：誰啊？吃甘蔗噢？要用鈎刀砍耶！

「阿太！」阿洪應一聲，門嘎吱一聲關上。我們用鈎刀斫下兩根，切了蔗梢和老菩頭，一人一根，坐在蔗地裏，頂着白紗帳，馱着明月光，咔拉咔拉地啃，一地的蔗屑也是白的，像失水的月光，一塊塊凌亂地落在地上。

我們啃完甘蔗，對着土墩，發一會兒愣，想起大隊部不久前放的露天電影《地道戰》。不知誰起頭，站在蔗林地，拿了鈎刀對着

土墩，開始挖地道。阿洪又扛來洋鍬和鋤頭，泥土大塊成片揭下，近處的甘蔗撞得東倒西歪。約莫半個鐘頭，挖出能容一身的立面。

正興奮間，吱嘎一聲，小木門又開，走出阿洪的父親，驚詫莫名：儂來着個嘍？頓一頓説：看《地道戰》啦？我點頭。他爸歎口氣，進門去了。我們的地道也挖到了頭。

這個秋天就這樣結束，童年的懷戀，一丁半點，像小精靈，飄蕩在錢塘夜空。我們的童年，在未竣的白紗帳地道邊，也隨即揮之而去。

新娘子

鄉下新婚吃喜酒，迎娶的隊伍兩人或四人一組，用鋼絲車載着嫁妝，幾十人連接起來，長而貴氣，彷彿一個路過的王的儀仗隊。車上的嫁妝，繡了鴛鴦圖和雙喜字的大紅被、雙枕頭自不必説，一應屋裏的陳設 —— 長凳、方凳、桌子、大櫃、衣箱、梳粧檯，一色紅漆格外鮮亮，這是獨一無二的袁浦紅。

新娘子快到了，娘舅先一步進門，掏出一把紅包，拋進門去，一十八個，一眾鄉民爭相抓取，博個好彩頭。

嫁妝帶了抽屜、盒子或可盛物的，莫不吸引孩子「淘寶」的目光。八仙桌上堆了桂圓、荔枝、紅棗、紅雞蛋、落花生，叫「五果」。袁浦大婚，在一拜天地、二拜高堂、夫妻對拜裏抵達高潮。

洞房的馬桶頗為講究，叫「子孫桶」。主事預先選出一個六七歲的小鬼頭，選中的小鬼頭歡呼着從子孫桶抓出紅包 —— 包了貳角的票 —— 帶了驚喜，忙不迭地在大庭廣眾之下對着馬桶尿一泡，轟開洞房花燭夜的不安與生分。

新娘子和初次謀面的小鬼頭，因為一泡祝福的尿，拉近了距離。洞房外從堂屋到道地是連綿的喜宴、鬧熱的人群，男幫襯兩耳各夾幾支煙，身前繫了圍裙，與女幫襯一起傳菜，穩端木製托盤，像滑溜的魚穿行在一桌又一桌的鄉民之間。

新娘子起初的矜持，泡軟在小鬼頭們的純真歡笑裏，恢復起大姑娘的熱情，起身拿糖往小鬼頭口袋裏裝。討到糖的鼓着褲兜和衣袋，七跳八跳地在宴桌間飛跑，也有鑽到桌子底下，在腿腳之間摸索前進，或蹲在各自家人的腿腳間，剝開一粒一粒糖吮舔，腮幫子鼓得圓圓。討糖的鄉民絡繹不絕，新娘子出手大方，紅色的油紙袋，一袋八粒，一人給四袋。

我家瓦舍附近，不少家娶了新婦，奶奶叫出第一聲「新娘子」，日後都這樣叫。新娘子是對袁浦女人的昵稱。那些年裏，近前的女人我見到，不知名或忘了名的，便叫新娘子「阿姐」（袁浦方言：姐姐），穿了紅緞面上衣的新娘子目光格外親切。

奶奶叫新娘子的，有一個五十多歲了，每次聽到叫時，新娘子都露出燦爛的笑容，瓦舍也為之動容。

拜年

年三十的飽餐，掩不住對正月初一拜年急不可待的欣喜。一早起來，水鄉的冷風隔了三層單褲，從褲管往上躥。換上新衣，一家一家走，近前必到的，連跑帶顛莫不抱以無上的敬意，還未邁進門，高聲嚷着：吾來拜年哩！預告了一年繁榮興旺的開始。

小鬼頭拜年，約幾個相熟同齡的一起去，一家接一家走，敲開冰封的新年，是新春報喜的鵲兒。

小鬼頭「縱着」（袁浦方言：跳着）踩在冰封的水汪塘上，碎脆音破開水鄉的冷。隆冬的脆弱，在新年祝福裏，不堪一擊地落寞。

拜年的小鬼頭，起得如此之早，路邊的野草滿頭露水，太陽剛起來，也遇有幾家未開門的，一群小鬼頭爭相咚咚敲門，敲開的睜了眼懵懂之中，莫不驚訝：大年初一啦？哦！阿耶，小客人上門，今年發財！

也有敲不開的，大抵除夕分歲後又鬧夜，睡得太晚，倦怠戀床，沒有氣力爬出窩。回來必得同大人報告，大人專門去一趟，以示拜年必到的恭敬。

那些掛了冰錐兒的年，冰柱掛簷下，晶瑩的迷眼的光，柔裏帶刺地射出來，照得近前一片閃閃發亮。初融的一滴水掛在錐尖，凝望自鳴鐘的長針一圈圈揮過，許久才不乏流連地落將而去。

袁浦早春，便在一滴接一滴的水裏，慢慢地來了。它化開冰霜，也化開手背的凍結塊，癢癢的，脹脹的。

赤鏈蛇

六號浦沿，瓦舍人家，日頭門窗都敞開着，直到臨睡，才合上。

從瓦舍前一家進後一家，由左鄰入右舍，也毫無遮攔。各家大多不打圍牆，除了菜園的籬笆，柵欄也不多見，便宜了人進人出。家家通着，小鬼頭們跑進跑出，也都很熟。

蛇蟲八腳，自由自在，也跟着跑家串戶。東家游過一條蛇，西家跑出一隻鼠，好像養的雞、鴨、鵝跑到鄰家一般，也都往往是鄰里間的談資。隔壁的阿母講：吾屋裏有「光」（袁浦方言：條）蛇游

到倸屋裏去了。前院的阿姐道：倸屋裏一隻大老鼠跑進吾屋裏了。這樣的談話每週都有。

瓦舍挨着稻田，田間各樣動物和人一樣，隨意出入，常有一樣兩樣，着急忙慌地闖進來，引起鄰里一陣騷亂。讓人大驚小怪的，要數赤鏈蛇了。

赤鏈蛇，也叫火赤鏈，長可到一米，頭部黑色，體背黑褐色，腹面灰黃，帶攻擊性，吃魚、鼠、鳥、田雞，鄉民多以為有毒。瓦舍內外，此蛇一出，教人撞見，必引尖叫。

鄰居聞聲而來，鐵耙、鋤頭一齊掩殺。小鬼頭撿了石頭，對準三角的頭砸，眨眼工夫，頭已砸扁，尾巴還在那裏揮舞。

蛇被打殺後，危險卻未解除，鄉民仍十分小心，不敢接近，用長柄的農具勾起扔到稻田裏，也有丟進茅坑的。

丙申年四月，京城落雨。我閒翻《辭海》，無意中見到第四百九十八頁，有赤鏈蛇圖，讀了説明，才知赤鏈蛇無毒。

鄉民以為赤鏈蛇有毒，實在是冤枉牠了。

阿母的故事

瓦舍隔壁，是父親的堂兄阿亨阿伯家，我們兩家合用一堵山牆。

阿母和我奶奶相處極洽，常在一處摘菜剝豆，有的話説。我大抵知道，阿母的娘家也是鄉下的，在山裏頭。

阿母經常同我講起童年逃難的事。日軍進村前，山民跑散了，過了很多年回村，進一臥房，遠看掛了蚊帳，床褥間還躺了人，走近前去，蚊帳一碰就掉，床上是一副骨頭。阿母説起時喟然長歎：

罪過啊！從青布圍裙下騰出手背，一下一下緩緩拭去眼角的淚，眼白是紅的。

阿母又説，一日中午在草舍床上躺着，睡意蒙矓裏感到身上有重物，且在移動，變換位置，睜眼看得分明，竟是手腕粗的蟒蛇，嚇得閉了眼，在戰慄裏，也不知過了多少辰光，等蛇游走，才找回神來。

阿母還講一椿事：村裏的一個姑娘上山採茶，被蟒蛇看上，撲上去，把姑娘一圈圈纏了起來，姑娘嚇得在那抖，喊不出聲，只是哭啊。蟒蛇抬起頭，伸出舌舔姑娘的淚，姑娘淚流乾了，蟒蛇用力把她勒死了，整個地吞了下去，游走了。

知悉這事後的那個晚上我很警惕，似乎也很接近地，被蟒蛇抱住了，一點一點地壓迫，直到斷了氣，那種感覺，追隨整個少年。

冬夜

錢塘沙上的雪，一場接一場，上一場還在田野裏流連，一片片一簇簇不肯化去，新一場又快來了。

在將落未落的空隙，我和阿弟借了窗子投出的枯黃燈光，在道地裏玩彈子。一陣爽朗的笑聲裏，跟出一串結實的腳步，我抬頭喊了聲阿伯。

阿亨阿伯應一聲，走過去，又回轉來，大抵喝了幾口老酒，紫糖臉上泛起過年的喜紅。

阿伯領我去袁家浦老街剃頭，眼見雪又要落，冬風更緊，襪子單薄，替我買了兩雙棉襪。

從老街回來路上，我摸着寒絲絲的頭頸和腦袋，一路縱着往

村口走。一前一後兩個行路人，踩着凍實的泥路，不時響起冰碎的脆響。

夜的黑已不似向前，也可說溫柔，一家一家瓦舍的燈閃着枯黃的光。偶爾一兩個炮仗，幾個百子炮，點着了，在寒意難掩的連綿不絕的雪房宮上空，有聲有色地傳來。

天上沒有月亮，夜拖得悠長，阿弟早鑽進爺爺被窩睡着。我坐在床頭，拽了一下燈繩，光收盡了，燈芯的金黃慢慢熄掉。看着窗外鄰居屋簷上殘積的雪，還有近處掛着的冰錐兒，錐上不時生發的瑰麗亮色，我久久不能入眠。我在等雪來嗎？

奶奶在床的那頭，又叮囑一回：大孫子，好困覺哩！

二〇一六年八月二十一日

浦行散記

一

從前，跟的哥說去袁浦，都知道走九溪，由轉塘插過去。如今說去袁浦，不是都知道，肯去的也必得導航。我寄信回去，也不得寫袁浦，行政已無袁浦建制。

出杭州火車站打車，稍不留神，已上高速路。走錯路時要過幾次江，才尋得見出高速的路。

最近一回，衛星地圖上的我已站家門口，車卻在高速路上，眼看又要過江對岸去，索性從車上下來。站在故鄉的土地上，閉上眼，聞一聞，循着熟悉的炊煙，我從一角掀開的鐵絲網鑽進去，走不到二十步，豁然現出一小路，路的盡頭是我家，在六號浦沿青簇簇地聳立着。

母親見我由小路拖了行李過來，好奇地問：儂從哪裏來？

丙申年春節七日，鐵儒做伴日行兩萬步，同探袁浦遺址遺跡，同晤親朋好友。

二

第一日。我們興致勃勃地拉上阿弟建新、侄兒令煒，一行四人同訪紅星小學舊址。可辨識的，僅一面北牆，鑲嵌在一大片廠房北身一道長而高的牆底。我試圖找到當年同學們鑽出去摘蠶豆的牆

洞，蛛絲馬跡都不見，未有尋獲。

小學舊址周邊是廠房和魚塘，舊時的池塘和操場、校舍，肌理不存，蹤影全無。去學校路邊的淺溝仍在，有一些雜樹，未見一棵柳樹。

我曾想，紅廟既叫廟，應有菩薩。這人間的菩薩，有喜歡安靜的，有喜歡鬧熱的。紅廟的菩薩，定是喜歡鬧熱的，學生走了，耐不得淒清，去別處了。雖然，我從未見過紅廟的菩薩長什麼樣子。

從紅星小學舊址出來，我們往袁家浦老街走。上了黃沙橋，年味濃濃的，街面中間隔離帶燈柱上掛了一溜紅燈籠。兩邊的商家一片連一片，這開着的門，是賀喜的張張笑臉。

門口炮仗，一個接一個地點了，迅猛地躥上去，狂野地炸開來，響聲驚得一條街都在動，五百響、一千響的百子炮也不示弱，可說是「槍聲不斷硝煙彌漫」。置辦年貨的鄉民小心翼翼地走過街去，路過的車輛也不禁放慢速度，專注地享用年的味道。

人字形老街的左撇，肌理猶存，一兩處木結構的兩層老屋，不由得叫人記起曾經的歲月和時光裏晃動的人影。老街的右捺不見了，問一老伯，他摸着後腦勺，若有所思地指指我腳下地面，說是原先的老菜場，也就是老街人字頂，現在已是社區公園。

廟無影無蹤，街半隱半存，心裏未免起些惆悵，慢慢地也只剩釋然。想想也好，心中的紅廟和一里吖街實景已無從求證，也就不再糾結，隨它去了。

三

第二日。我們沿上學的路，步行到白茅湖邊。

舊日學堂門前的湖，已填成平地，挨着一片綠化帶，接着便是一排新廠房，阻了風光旖旎的湖面，也沒有熟悉的稻海、麥田和油菜花地。湖似乎大部分都沒有了，遠遠地興許也還有一小段，或就是一個池塘也說不定。白茅倒也還有不少，近前的幾株，頗為頑強地守着舊日學堂所在的白茅湖。

中學舊址，從正面看，仍可見禮堂一座。早些年鑲嵌在禮堂山牆上方的大五星，模樣竟還有，且十分俊俏，到了可愛的地步，紅漆已剝落殆盡，唯餘樸素的容顏，注釋了錢塘沙上一個不凡的年代。

順時針繞到學校東南角，幾間平房教室的屋頂，從圍牆上露出頭，少年時的親切頃刻湧上心頭。我彷彿見到那些年，教室窗外草叢裏一隻隻跳過的田雞，草叢上飛過的一隻隻蝴蝶和蜻蜓。

經龍頭去袁浦中學新址，快到黃沙橋頭，眼尖的令煒在一棵水杉梢頭發現一隻大鳥。鐵儒看得仔細，說腿和脖子長長的，羽毛白而短，短嘴前部呈黃色，後部呈黑色，眼睛黑色，眼窩處羽毛也是黑的，鳥的身子不大。

我們仁一齊看時，鳥腿像是掛在樹梢上一般，撲棱了兩下，向東北方向振翅飛翔而去……

樹梢抖一抖，很快重新找回平衡。

我在水田裏見過的老鷗，浦沿上見過的杉梢之鳥，三十年後，竟在黃沙橋頭重逢。

這隻鳥，是專來問候我們的嗎？我心頭響起吁的一聲。

我問小哥倆，同聲答：沒有聽到鳥叫。

或許，這鳥只是默默地關注一下，來了，本也不想引我注意的。

黃沙橋頭十八路車站邊臨浦的水杉,歷經歲月剝蝕,依然神氣地挺立在那裏。一去三十年,世界變了,樹長高長粗,相對位置從未絲毫改變。

那些年,不論是陽光明媚的日子,陰雨綿綿的日子,還是油菜花開的日子,稻浪洶湧的日子,麥田燦爛的日子,日子一個接一個,都過得很慢很慢。

四

第三日。揣着好奇心,我們探尋傳說中的袁浦發祥地。令煒、鐵儒學我邁大步子,一步一歡實。村路彎彎,浦水迢迢,喜的是,確有王安禪寺,驚的是這寺是新近復建的。

王安禪寺也叫王安寺,據説與靈隱寺同期所建,與之齊名。禪寺的存在,證明袁浦的歷史不是五百年,而是上千年。《袁浦鎮志》説,寺裏有兩棵五百年以上的香樟樹,更添了鄉民對古老佛寺的景仰,這是古袁浦一處活的見證。

我們一路打聽,廟在哪裏?埔塘村的鄉民十分虔敬,手指西方夕陽隱退處,説往西走、往南走、往西南走,臨別時不忘善意的叮囑:見到菩薩,多拜兩拜!

王安禪寺離小江村約莫三公里。距離禪寺一里遠的地方,就已聽得空曠的錢塘沙上,禪鈴丁零噹啷,一聲又一聲,如生命游魚,飛流在寒冷原野的風海上。禪寺門前廣場上,三角旗子紅豔豔,向路過的行人和飛鳥逐一打招呼,歡叫着佔了一角天空,斜拉起一張天梯,向善向上,引人駐留。

禪寺無圍牆,僅一主殿,早一步坐了起來,正門洞開,立柱昂

揚，飛簷闊達，懷抱一片清淨篤誠地，一塵不染地等待「聖明」。廟未開光，「大菩薩」未安頓，先到的幾尊佛用紅布裹了臉，靜靜地等風吹，等有緣人來。

廟裏的師父聞聲出來，親切地給我們做了講解。師父給我看了兩件遺存：一件「王安寺界」碑，一件「王安寺記」殘碑。界碑估摸三百年以上，記碑也應有不少年頭。

鐵儒對寺廟印象頗深。遊記裏說：

> 我們散步到一間廟，名為王安寺，沒有圍牆，分兩層，下層是僧人住的地方，上層是寶殿。殿牆是紅色的，屋瓦呈金色，有一塊牌匾，寫着「三聖寶殿」。門是木門，裏面金碧輝煌，卻沒有「三聖」。後來發現一個好去處，大殿東側有個土地廟。進去一看，那叫一個破敗，不過中間坐了「三聖」，屋子兩邊還有大大小小的佛像。爸爸說這裏很靜，我也坐了一會兒，深有同感。

從土地廟出來，遇到浦塘村兩個笑逐顏開的阿姐，説有十餘熱心鄉民發起，到處化緣，期盼重建呢。我問其故，答：王安寺修好了，土地廟沒有修，廟裏的菩薩也想住新房！

盛世修廟，可見一斑。

五

第四日。拜訪阿龍。聞一多先生説，詩定是文化的胚胎。我的同鄉，有不少寫詩的，同村的阿龍寫詩，在小宅裏住着。大年三十

晚上十點，阿龍在家熱情相待，給我說寫的新詩。

阿龍擱筆多年，重新捏筆也是最近的事，這可好，外頭炮仗和百子炮轟響，屋裏靜聽長短句，頗有意趣。阿龍的詩很少提近前的事物，詩裏的袁浦，卻頑強地活着，常常用兩三個字做線，拉住跑出錢塘的風箏。

次日一早收到《除夕夜談》：

　　和朋友坐在燈下聊天 / 孩子們各自在一旁玩着手機 / 光陰的影子如煙火閃耀 / 幾十年的夜色彷彿薄如蟬翼 / 我們聊到童年的往事、城裏的老師 / 聊到貧瘠的村莊、苦難和歡樂的記憶 / 除了水杉樹越來越不被確定的年齡 / 就剩下江水在平原上的轉彎 / 看不見的激流依然是激流 / 手機上不停閃過的畫面也是人生

阿龍是一面照出我影子的鏡子。我東顛西跑，鏡子一直執在那裏，一種姿態，一個角度，一樣自信。

這次不經意的邂逅，也是令人難忘的年三十之一。這一日的夜翼垂下前，鐵儒在「錢塘」牌下，留了一個影，三十年前，我大抵也是這模樣。

六

第五日。我們和白茅湖中學同學一起，看了錢塘沙上的幾處宗教建築，有虎嘯廟、永福庵和孔家、仁橋的基督教堂。這廟、庵、堂和先前所見王安寺一樣，大抵都與村老年活動中心伴生。

老有所養，文化不能缺，老有所歸，文化是寄託。三十年間所修的宗教建築，在鄉村格外醒目，往往成一地文化標識。它們和藏身於村落間的廣場、公園，融入鄉民日常生活，是日趨多樣的文化存在。

可惜的是，我前後幾次找尋船肚畈遺跡，問了鄉民無數，均無果而返。千年聖跡，雖於《袁浦鎮志》有記載，世易時移，已很少或竟是趨近於無人知曉了。

連日探尋間，心生一念：大江後浪推前浪，前浪倒在沙洲上，一季又一季的人間浪花，從鄉情村史說，應有一處紀念地。

那些逐漸被湮沒的古跡，譬如小江的紅廟，九溪的山神廟，以及散落在田間地頭的古袁浦遺跡，日漸式微，不妨歸攏一處，借了紅廟、土地廟、王安寺的復建，民辦公助，營造袁浦博物館，增設一處文化地標。

這一處場所，傳承古文化，傳播新文化。一館知袁浦，史料活潑，文章、書籍、檔案、人物，多用情；文物豐富，動物、植物、器物，博採之。既利於發掘研究，又便於傳播認同。

七

第六日。初六晚上，幾位袁浦詩友江邊小酌。席間相談甚歡，最打動我的，是一個袁浦女生講的故事：那一年，她中專畢業，不幸病了，在家休養。她以為，活不到四十。一個男生，參軍回鄉，遇到女生，一見鍾情，陪伴在旁，後來娶了女生。女生四十以前很擔心，現在不擔心了，因為過了四十，身體棒棒的。

對這場小聚。鐵儒這樣寫：

在杭州的最後一天，我們被一群詩人接去吃晚飯。有一位是爸爸的老師，姓孫，剩下幾個與爸爸同一中學而又大幾年，是寫詩出名的。爸爸與詩人們談天，我出來轉轉。飯店像度假村，有一個很大的湖，有人在垂釣，湖中有亭子，土灰色的。這一天的夕陽十分耀眼，彷彿說着再見。

八

走在袁浦的路上、田間，心裏不時湧起波瀾。見舊時小弟兄家，或是拜訪年長者，他們莫不以一種短暫的記起式反應歡迎我。這讓我想起賀知章《回鄉偶書》，錄在這裏，也可說是：少大離家每年回，鄉音略改鬢毛衰；鄰友相見哦哦哦，儂是隔壁的阿哥？

當我是一個地道的袁浦人時，戶口在這裏，住在這裏，我的父親母親在這裏。而今我戶口不在這裏，也不住這裏，父親也已離世，我已是袁浦的舊時友、外來客。

袁浦是種田人的袁浦，無田可種，還是袁浦嗎？

我的心裏，卻還以為是袁浦，是袁浦人。不種田了，心裏總還不捨，看看袁浦人，看看袁浦的稻田也好。

少年時，覺得外面很精彩，便要走出去，向那心眼裏的高處走、遠方去。

人到中年，驀然回望，尤其見到母親一天天變老，感到需要等一等身體，等一等親人，不要這多，不要那高。世間的花兒無論多麼美麗，也只開一季，總要枯去，常回袁浦，望望這片獨一無二的土地，回家看看，何其幸也！

春節七日，陽光像守時的女生，每天準點，格外嫵媚，一天接

一天連綴起來，帶出快樂的年。

每臨黃昏，夜飯後，我和令煒、鐵儒從六號浦到北塘，從袁家浦到南塘，從棉花地到白茅湖，常為這快樂所鼓動，結伴走了一程又一程。

回歸之日，初七早起，天上有月亮，我們出門去，上了赴京的動車。

每年回袁浦，各有不同，而今年更為特別，也可堪回味。鐵儒也試着去記述袁浦，把這兒認作「爸爸的天然故鄉」。

我父母生我於袁浦，我的童年和少年也在袁浦。「天然」這個詞，大約也是好的吧。

二〇一六年三月三日

有個地方叫袁浦

　　這片土地，是地球和月球萬年廝守，心裏起的一絲波瀾，撞上心坎，遺落的一個斑痕。這絲波瀾，在我們這個世界，叫錢江潮，每年星球心動時，都會有女人和男人落進大潮。這個心坎，叫南塘和北塘。袁浦中學就在南北塘圈起的斑痕上。（《有個地方叫袁浦》）

　　大蒲扇的風，一點點颺淨黃昏，鄉民拖動竹椅，抬了竹榻，扇起又吹滅一村的青燈和黃燈，打開入夜的深的門，也把田野一片片地掛起來，拖着月色的乳白長裙，用清涼做劍，一下穿過黃昏，刺中黑夜的心，撥亮滿天的星星。（《七月黃昏》）

　　這些生物，伏在爬塘上山、舒捲而去的深深的海裏。鄉民養的雞、鴨、鵝和兔、貓、狗，常不忍好奇，跑進去鬧一通，啄咬一通，或捉些生物來玩，餓急了也挑一點吃吃看，提心吊膽地發出恐怖的嗚嗚聲……（《十里稻花香》）

有個地方叫袁浦

　　三十年前，杭州鄉下有處地方叫袁浦鄉，現在這個建制已沒有了，可當地鄉民仍習慣沿用這個名稱。

　　這片土地，是地球和月球萬年廝守，心裏起的一絲波瀾，撞上心坎，遺落的一個斑痕。這絲波瀾，在我們這個世界，叫錢江潮，每年星球心動時，都會有女人和男人落進大潮。這個心坎，叫南塘和北塘。袁浦中學就在南北塘圈起的斑痕上。

　　像中國的不少地方一樣，杭州鄉下的冬天，茅草屋和瓦房的簷下，掛滿凍硬的細長冰錐兒。鋪滿田野的冬小麥，綠油油的，在鬆軟的雪的呵護裏，透着頑皮和歡喜。空氣潮冷，呼一口氣，冉冉升起一團雲煙，還未散盡，滿嘴都是清冷，連門牙都跟着往後閃。

　　上學的路，要走過長長的泥路，積水的地方凍成冰面，踩在上面，發出咬開薄皮核桃的脆裂聲。和我一般的少年，單腳跳起來，看準了落下去，就在這騰移挪跳之間，熱氣從頭頸周圍升起來。那年冬天早起，我説冷，爺爺説，「縱兩縱」（袁浦方言：跳幾下）就不冷了。

　　杭州鄉下的秋天，樹木都跑到山上乘涼去了，只剩那甘蔗林、絡麻地、晚稻田。甘蔗林一片擠一片，待到大紫大紅時，力氣小的夥伴，看準一根粗壯的，順勢一屁股坐上去，再拽回來，連根拔起，一嘴咬下，落一層霜，嘴角是白的。鄉下少年啃甘蔗，從蔗梢嚼起，漸入佳境。

鄉民時興種植絡麻，剝皮晾乾，手工搓出的絡麻繩，可以把月球繞一圈，拉拉近又放放開。絡麻稈白白的，像孩子滋潤的臉，鄉民用來圈菜地，大黃狗一激靈，撞出一個破洞，開了蛇蟲晚出早歸的城門。

　　農舍往東，沒遮沒攔，一望無際，是清秋的稻海。這黃澄澄的希望的海，半是稻穗半是殘葉，躺在青枝黃葉的稻稈層，太陽淹沒了稻隙，都懶得起身。我想起爸爸的話，開學的學費夠了。

　　那種結實厚潤的燦爛，三十年來，我只在杭州鄉下見過。荷蘭畫家凡‧高，也曾透露過這種燦爛，他的向日葵暖了星空。

　　中學開學前，我想小聲說說，杭州鄉下夏天和春天的美。

　　杭州鄉下的夏天，知了從近屋菜地到遠山青樹，編了一張熱輻射的網，把鄉民和六畜，還有蛇蟲八腳織進裏頭。知了是鄉下奏鳴曲的領唱，豬的肚子，狗的肚子，和晌午累趴了的鄉民一起呼吸，拉動大氣層，把熱能激射出去。蚊蠅被這股氣勢震盪起來，不知往哪兒落，也跟着氣流運動上下熱舞。

　　春天，薄冰融開了，江水和浦水貫通起來，油菜花吞下這片古老的土地，開得又野又蠻，向空中展，向四邊綻，向田壟夠，整個鄉下浸泡在鋪天蓋地的花香裏，徜徉在蜜蜂翅膀傾情揮寫的歌詞裏。折一段經年軟棍，往密佈土牆的眼裏輕輕一點，三兩下蜜蜂就擺出憨態，討好的樣子爬出來，掉進預先備好的玻璃瓶裏。

　　油菜花地壟溝清秀，蓄滿奔放的江水，老闆鯽魚黑背脊，白鱗肚皮，往往逆流滑翔，拍起層浪，弄出巨大的聲響來，驚起陣陣菜花雨。雨起時，大地和海洋相擁一笑，一眾生靈從地上飄起來，從水中耍起來，把自己託付出去，揮舞起滿城的水簾香。

禾苗青青，待長到一筷子高，鄉民翻地、碎土、蓄水、拉線，左手持一把秧，右手搓捻出一小束，五六七八株，從左往右插六撮，從右到左插六撮。千年稻米之鄉，在埋頭提臀間左來右去，退了一步又一步，退出了海闊天空。

把秧子插下去，就是生活，把稻種留起來，就是夢想。

二〇一五年十月二十一日

白茅湖邊

一

錢塘沙上有白茅湖，湖邊有老酒廠，酒廠對門是袁浦中學。

九月十日是教師節，也是袁浦中學生日。鄉民説，袁浦的「農中」，生年更早，一九六五年秋創辦，校址在麥嶺沙原公社牧場，教師兩位、班級一個、學生近四十。袁浦農業中學的歷史不到兩年。

一九六七年圍墾造地，建校舍平房四間。翌年，袁浦中學掛牌，教師四位。

從小江村一號橋一路向東，見到袁浦中學，也見到白茅湖。白茅湖是護校湖，湖水「光清滴綠」（袁浦方言：清澈見底），禮堂和教室倒映湖裏。風吹過，湖面碧波微瀾，不時有魚跳起來，帶起一叢水，落下去，撞擊的力量漾起一圈又一圈的波浪。

學堂還有一個內湖，佔了操場三分之一。內湖一九八三年挖的，我的語文老師，也上了手，湖裏養了魚，年底分魚，老師也得一份。

中學臨湖，鄉民叫「白茅湖中學」。實指它是湖裏的中學，也可説湖上的中學。

我的舅公家，在白茅湖東南角。舅公是教書先生，辦私塾，也通曉中醫，常給鄉民看病，屋裏長年飄着一股好聞的草藥香。每次奶奶帶我見舅公，從酒廠門前走過，見到湖邊一排迷眼翠柳，裊裊娜娜，對中學三分敬畏七分嚮往，對白茅湖懷了十分的好奇。

二

舊日白茅湖，周邊白茅遍地，湖以草名，草以湖顯。

錢塘沙上的白茅，每年三四月長起來，模樣清純簡約。即便不起眼的小角落，長出幾株來，單單盯住了看，葉子像矛，花開可見白色茸毛，形色相宜，還怪好看的。

人不可貌相，茅不可小瞧。湖邊的白茅，根純白有節，出泥地而不染，一旦有個地方讓長，用最大功夫扎下去，以十足勁頭躥起來，胸脯消瘦如針，筆直挺起，聽潮音，喝雨露，傲立錢塘沙上，仗半寸茅劍，是標緻的戰士。

白茅點點，迎風招揚，柔韌兀立，漫塘遍野，連將起來，一年一生，守望袁浦，一片白茫茫。

一九八六年秋天，我第一次走進白茅湖中學大門，帶了朝聖者的仰望。

開學日，陽光隔了一層灰色的紗，透過光的亮，濾掉光的熱，有點清颼颼，還有一絲苦殷殷，像是缽頭裏的隔夜粗茶。

禮堂山牆西側頂嵌的紅五星搶眼醒神，彷彿一個麗人影，而非水泥的印。

臨湖過道有台階，逐級而下可近水，厚實的預製板橋埠，長長的一條搭進湖去。

上學的少年各攜鋁飯盒，放兩把米，持盒往湖裏一探，端着提起來，扣上蓋，帶三分小心，站穩了，使勁上下甩一甩，倒了再舀足水，放食堂蒸屜上。錢塘稻米，白茅湖水，蒸出米飯，稻香馥馥。

菜大多自帶，前一晚備好，裝進小鋁盒，有茭白毛豆、乾菜肉，也有醃肉和雞蛋。食堂也賣炒青菜、燉油豆腐。中午時光，學堂飄出各樣好聞的飯菜香。

三

風偃時，站在禮堂過道西望，白茅湖像新娘子梳粧檯前的圓鏡，照見天空的本色瓦藍，也不錯過游行的雲彩。

起風時，日月的影子，擲進湖裏，滿湖凌亂不堪。湖面貪婪地吮吸着光，膩味地拽着光亮之裙，把白日拖到黃昏，倦怠地一頭沉進湖底；又催促月兒東升，等待早自習的鈴聲，擰着太陽的耳朵，讓它和操場上的大紅旗一起升上旗杆。

湖裏的魚總是不少。一蓬蓬水管草下，鯉魚、鯿魚、草魚、鰱魚潛泳而過。老闆鯽魚泛起波浪，疾馳而去，身手靈敏。草條兒在陽光下露出背脊和腦袋，閃着鱗光，成群結隊。

湖水深處，傳聞有水鬼出沒。遠處跳起的魚，大概受了水鬼擾動，近處跳起的魚分明在叫：水鬼來了！白茅湖底，深藏了神奇，我不得機會到湖底看，直到搬學堂，也沒下湖，興許真的有水鬼吧。

湖邊的小動物，沿着過道小步快跑上了操場，從教室門窗溫柔地探進頭來。地上跑的壁虎、水蛇、田雞，天上飛的蝴蝶、蜻蜓、麻雀，又結實，又俊秀，將學堂弄得蠻鬧熱。

四

湖邊不少人家的瓦舍前，種了香泡樹，掛滿青色的果子，慢慢地在風裏變過黃來，像早春的柳眼，弄得人心癢癢。

每年油菜花開，從禮堂過道往西看，天上一色瓦藍，一群飛鳥的黑點起起伏伏，湖對岸農舍白牆灰瓦，陷落在清明時節金黃的花叢中，穿了黃綠雙色裙。

袁浦記

每到油菜結籽，花兒慢慢謝了，蕪穢不已，好在油菜青的盛裝，彌補了去金黃後的失落。恬靜的農舍，換上深青色裙，也都一塵不染，小清新的，惹人愛憐。

湖邊的號子田每年種兩季稻，早稻總是匆匆的，七月驕陽似火，秧苗已經長成，略一慌神，急忙收割了，騰地娶新苗。晚稻則要等到深秋，北風快起，涼意已濃，毛豆葉枯黃裏帶笑，催着說熟了熟了，不收老了。

七月雙搶，十月秋收，湖畔人家收割的稻穀，攤在道地、馬路上曬，一色香蕉酥的土黃。曬乾的稻穀，擱風車大漏斗，搖動轉輪，碎葉和芒屑呼嘯着吹入空中。從農家過道前走過，一不留神，落一臉一頭，急急跑過，也沒惱的。碎葉和芒屑掉進胸前、後背，沾上汗，貼在身上，刺撓得很。

五

白茅湖面，現已大大縮小，難見其浩渺，某片牆後，某棵樹下，還有湖的一角殘痕，可作憑弔的舊跡。

學堂舊址猶在，也可說是一個意外。大抵這片土地有靈，不能忘記種田人的學堂。

禮堂西側山牆頂嵌大五星，紅顏色已褪，露出灰黃原色，形景樸素，每天出東方照錢塘。

白茅湖邊，少年時代，已成回憶。清晨醒來，湖邊情景，也還不遠，大喝一聲，掇轉身來，面目清晰。

二〇一五年十一月十一日

長安沙上

一

　　錢塘江、浦陽江、富春江聚首處，有江心島，島上花盛草茂，樹繁鳥多，鄉民叫它「沙上」，大名長安沙。

　　由東江嘴吳家渡乘鐵船，約莫四分鐘，即抵對岸。

　　清明時節，未上島，先聞鳥鳴，不是一聲，是眾聲，不是孤鳴，是齊鳴，間雜汽笛、馬達、流水、春風諸聲伴唱，好一首「鳥鳴江」也。

　　三十年前，我與新浦沿、外張村友人，驚睹一頭小白豬，冒雨狂奔越過南塘，浮游過江，跑上島去。三十年後，不承想，步了豬的後塵，踏上長安沙。豬上島日，我聽雨，是少年，今我上島，且聽雨來，已是中年。

　　環島皆林也。沙上集樹成林，樹以杉、柳、楓、楊、槐、樟為多，散立塘堤兩側，拖步溝渠之側，掩映農舍之間，排列田塘之榻，綠茵茵，青簇簇，護衛長安沙。

　　從渡口沿沙堤右側行，堤高約三米，寬約兩米，窄處一米，僅容隻身過，堤面鋪了碎石，長約兩公里。

　　沙上之樹自由生長，莫不硬朗陽剛，驕傲地甩着頭，如矛似劍般刺向蒼穹，大風也不曾使樹傾斜，亦不必如城裏的行道樹去了頭，頗顯獨立頑強之姿。日色搖曳林間，枝條未曾斫，不修邊幅，奤拉着拖了墨筆，一條線、一尾釣，垂掛塘堤。

偶遇一兩棵倒伏的樹，被風連根拔起，側臥一旁，也不氣餒，吐了新芽，綴一身綠，因那未斷絕的根，扎下土去，抱緊大地的腰。沙上的樹，是經了風雨、見過世面的。

二

行至沙上西頭，風乍起，雨墜了一些，飄灑下來，軟軟輕輕，散散淡淡，伏在臉上，泥人得很，仿若兒時冬日早起，母親順手一抹的雪花膏，黏裏透清涼。

雨就這般大，催人小步快踮，躲到黃而暖的楓樹蔭中。鄉間小路撐起一把把簇新的楓紙傘，一頂又一頂接了前去，雨滴射到黃傘面，彌漫開去，一傘一傘亮晶晶的。

羊倌兒銜一截草，跟在羊群後，慢慢往前蹚，像一團流徙的雲。這群羊十幾隻，腰身健壯，色如石灰，步子敦實，在青草枯葉間從容踱步，好似穿了母親納的千層底布鞋。

清雨如掛麵，一叢沙沙摩挲聲，似鍋肚裏點着的稻草，霧煙生香，撩人胃口。

不一會兒，掛麵斷線，雨停了，風猶在，走出黃紙傘林，眼前豁然開朗。一處暫置的稻田，久不種稻，成了草場，有兩個足球場大，四周方正地圍了一圈樹，和天際線連上。各樣野草茁壯，野花散佈其間，像賴床不起、緊抱枕頭的孩子。

飛鳥佔樹做窠，成群地掀翅起落。我耐不住喊牠，起先學雞叫，又做狗吠，再摹熊吼，鳥兒嘰喳嘰喳，一遍高過一遍，嚷個不休，算是理會嗎？嘻！我怎能跑到鳥家樓下大嚷大叫呢？

三

沙上最西頭，江風從彼岸淌過，江水從眼底劃過，一條條駁船，仰臥着，慢吞吞地，好像在走，卻一直在那兒，臥在你的眼角。從遠處看，好像漂在油菜花上，掩在蘆葦叢中，近了看，像是拖了一條江在走，力氣不小，且不動聲色。

從西往東走，沙上油菜花開，密密匝匝，着實滋潤，大開眼的豐收，無邊界的鋪陳，漫道滿田地堆。

它們填在還可裝的每一個犄角旮旯兒，還可盛的每一處斜坡低地，這一枝那一塊，這一條那一叢，這一縷那一圈，成群結隊的叢塊、簇團，絕無一樣的一朵一枝，與樹林、魚塘、農舍、泥路，活靈活現地相連。

油菜花兒，同那坡兒連，乾脆抱了坡兒，像一頭頭頂着油菜叢拖遝而去的金牛；同那池塘連，索性從水面的岸坡往上跑，支起一支支黃矛戟，是安營紮寨的一支急行軍；同那江岸連，漫浸入江水，攤開一塊軟香的蒸麥糕，這是母親做的喲，放進竹匣擱飯鍋頭蒸的，很久未吃了。

沙上那一片久違的黃呵，看着看着，眼睛便也濁黃了，眼落花上，像兩枚甜甜的水果糖，一不小心，滾進花叢，驚叫着去找，哪裏找得回來，這滿眼的黃燦燦！

四

島東南有樟樹林，年久月深，地上積了陳年的葉，蓬鬆而綿軟，落葉不及處，草色鮮美。

光線透過葉隙披散下來，鳥兒從樹屋躥進躍出。閉眼挺脖，揚臉深吸，滿鼻滿嘴滿腔，都是濕濕的、空空的、幽幽的、鳥鳴的氣息。心像風箏，順勢忽地一下飛起老高。坐在風箏的脊背，爬上樹屋之閣的，是少年的我嗎？

從風箏線上滑落，抬頭看處，射入的光線像一頭密密的長髮，叫人心動，這是最美的懷抱，出世的中心便在這兒嗎？

樹林沿堤岸鋪列開去，是天造地設的長廊。偶見斜伸進灘的小徑，土潤苔青，為足音敲醒，經年的舊葉、陳季的黃葉、新落的鮮葉，倚穿過來帶芽的綠葉，把條通幽曲徑弄得春意飛揚。曲曲拐拐走去，一段舊牆，一間老舍，一截淺窩，散見林中，平生幾分蒼涼和茫遠。

長年的樟樹，想想比塵世最年長的人，也要早生不知多少年，伸了手臂，怎也抱不攏。

五

島中有村，自然細長的一溜。嚮導楊午海指着村頭一家，說是他堂哥，又點出村尾一家，說是姐夫家。我留意到還有一小片屋舍，未連接在一起，問是哪裏？嚮導爽朗地笑答——那是丈母娘家。

村裏現有兩千多口，從前大概是不大的。嚮導告，早先也就十幾家，都沾親帶故。

島上魚塘、稻田、菜地大片地連貫起來。分列站起的一排排水杉，像一道沖天籬笆，沿幹道延伸出去。成片杉林，密佈南岸，不時有古樹點綴其間。遠方青山如黛，穩重而厚實地安在江對岸。江

水波光粼粼，唱着古老的歌謠，江風陣陣拂過臉龐，透出春陽的暖意和春寒的冷韻。

一群白鳥從頭頂呼嘯而過。鐵儒説，鳥嘴是黑的，像鴨子似的很短，形狀又是尖的。渾身羽毛白的，鳥腿黑的，翅膀圓而尖，是長腳鷺鷥嗎？

臨出林子，腳步聲驚起棲鳥，一團團蜂鳴着抖出，滾動着穿過林梢，忽上忽下，垂直地在天空飛舞。翅膀一色雪白，在未時的陽光裏，閃爍着魚鱗般的光澤，增添了林間暮春的靈秀。

六

出得島來，鐵儒説，長安沙像鱷魚眼。查看地圖，果也肖似。這靈性的眼睛，大抵是巨龍的左眼。

渡至半程，江闊雲低，春風起處，又見軟軟的雨絲。鐵儒説，這是袁浦的桃花源！

美的沙上，再過幾十年，還美嗎？再來看，還是桃花源嗎？

二〇一六年四月四日

爺爺的菜園

一

南國秋分，從我家瓦舍後門探出身去，可見一大蓬生褐夾翠綠的南瓜藤，南瓜葉抱了露珠，幾隻熟透的南瓜，安臥在豬欄草舍上。新結的南瓜頭，還未脫去蜜柑色的乳花，像是尚未吹熄的早起的燈。更遠處是瓦藍的天，天空和草舍間，是露頭不久的浦沿水杉。

六號浦挖好後，我家搬到紅星大隊的新農村，在浦東一號橋第七排。瓦房臨浦，三間兩弄，屋前屋後各一園。後園豬欄草舍佔了大部，草舍北頭泥牆根，爺爺搭起竹竿和樹枝混編的立架，扦種了南瓜、絲瓜、藥葫蘆，偶也扦些寬扁豆。

鄉民路過莫不駐足，以園為媒，同爺爺攀談。爺爺一九○八年五月二日生，在五兄弟中排行第二。父輩叫二伯。管爺爺叫爹爹的，與我同輩。稱慶正哥的，是爺輩。我聞聲不假思索地回叫：阿伯阿母，阿哥阿姐，爹爹奶奶。爺爺雙手撫着膝蓋慢慢站直，抬起頭，和氣地打過招呼，便又埋頭忙活起來。

二

豬欄草舍的南瓜開黃花，鵝黃抱橘紅，南瓜葉如荷撐傘，恰似「一顧傾人城」的女郎。南瓜從花蒂上慢慢拱，嫩青的、淡青的、墨

綠的、赭黃的，不論個頭顏色，摘了或炒或煮也都好吃。

南瓜長成，一些瓜漏空，垂墜下來，也有十幾斤的，靠一根粗壯的莖，懸掛空中。瓜葉由亮綠變淡黃，轉淺棕色，似乎撐起這一串葉的是一根緩緩燃着的水墨的煙，直將那葉給熏糊了一般。一些綿綿不斷新綻的嫩綠的莖葉，雜處其間，開出新花，結下淡青的瓜，一支莖上，往往色差較大，嫩芽葉、小綠葉、大青葉、焦黃葉、小黃花、大黃花，嫩青瓜、淡青瓜、墨綠瓜、赭黃瓜，一瓜知嫩熟，一葉知春秋。南瓜色沉而暖，也不均衡，壓在豬欄草舍坡面不見光的，大抵慘白或淡黃，光照繁密的先熟透，要麼溜滑泛光，要麼凹凸有致，無不引了歡快的注意，誘人伸出手去夠一夠摸一摸。

摘南瓜時，搬來竹梯搭靠豬欄草舍，我站上去用剪子鉸莖，莖如藤般柔韌結實，得用力幾下才成，滋出一眼薄而朦朧的汁。爺爺一手扶住梯子，一手護着我的腿，叮囑我小心不要掉下來。我一手攏着瓜，一手用力鉸瓜莖，頂着拖到身前，爺爺高舉雙手托住，顫巍巍地接過。

摘完瓜，我挨個抱着放到屋簷下陰涼處碼好。爺爺站草舍前，把南瓜藤連莖帶葉掀扯下來，將南瓜秧頭和斜刺裏新起的頭盡數掐下，帶了嫩葉炒來吃，入口有麻絨感，風味獨絕。

三

後園東身，有一小片空地。爺爺弄來十幾棵冬瓜秧、七八棵雪瓜秧，扦種在邊角地上，喊我提一桶浦水，將秧根的泥澆透。瓜秧模樣清新，彷彿紅廟小學操場蹲着預備跑起來的小夥伴，以超慢的

分解動作，延爬開去。

　　開花時節，爺爺弓着腰，探着頭，持一根竹枝，笑眯眯地撥過葉來數一數，看看究竟開了幾朵花。冬瓜長起來，敷了一層白白的霜，好似拋了石灰一樣，我以為起防蟲的目的，也想過痱子粉，頭頸上浮起一片涼。

　　袁浦冬瓜個頭不小，卻非都能長成大個，長多大看吃多少，吃得急了，摘得勤，瓜大個的少。瓜結得多，吃不及，也便大了。冬瓜大抵紅燒了吃，白潤的瓜噗噗噗地煮熟時，放上醬油，也是一道下飯菜。大柴鍋煮冬瓜，每回盛三海碗，爺爺說吃冬瓜好，冬瓜利尿。

　　冬瓜和雪瓜藤葉一深青、一淡綠，一目了然。雪瓜結了，起先淡青，自下而上，越長越白，終將這青往上趕到頭，像白浪漫過，浸沒草地。雪瓜將熟，早早地數大白個，和阿弟一同等待瓜兒熟了。

　　有時回家進門，爺爺寂寞裏抬頭看我，臉上皺紋一展，閃過莫名的歡喜，哼一聲：這個小鬼頭！側身從竹椅的一角捧起一個瓜，說瓜熟了。我便在這層層湧起的快樂裏，嗝啅嗝啅咬嚼起來，雪瓜汁水多，淡甜而香。

　　爺爺坐的竹椅的另一角，也必有一隻瓜，在我心裏，且要比給我的那一隻大那麼一小點兒。那一小點兒不易察覺，我卻總是要問：給阿弟的是不是比我大？爺爺說，一樣個，一樣個，一邊用手把那瓜像寶貝一般地護持住。

　　雪瓜秧稀疏，藤也不長，瓜也不多，得小心呵護，把守望的快樂，拖得長長的，在微茫的盼頭裏，度過一段美妙的時光。

　　冬瓜和雪瓜套種，或許是一份好意。冬瓜像大哥哥，敦實厚

重，連葉帶瓜，有英武之氣。雪瓜像小妹妹，圓潤秀氣，葉芊芊，瓜盈盈，呈柔弱之姿。一個銅頭鐵板，一個小家碧玉，在我家後園的一角，相守相敬，是天作之合的一對。

四

前園和瓦舍間的道地，同屋簷下的階沿相連，是攤開筬席曬穀、曬麥、曬油菜籽的地方。

前園不過長長的兩畦菜地，南、東、西三頭插了木槿，用兩根長竹壓緊，算作柵欄。木槿開花，朵朵娟秀。

淘氣的母雞，常從木槿籬笆縫隙由外向內探望一番，試着擠過身去，啄食蟲子，偶也啄幾口嫩菜葉吃。小雞跟在母雞後頭，擠過縫隙，鑽了進去，卻又忘了回路，在那裏仰臉嘰嘰叫喚。前園北邊用剝了皮的絡麻稈扦插，中間開一扇簡易的門。

爺爺八十，佝僂着身子，十分上心地在地頭，一下一下地翻土碎土，使出諸般手藝，算好日腳，種了各樣應季菜蔬。傍晚時分，爺爺喚我澆水。每隔一兩週，到茅坑邊一起抬糞桶，一腳一腳踩實穩穩地走，不教兌了水的糞潑灑出來。爺爺持了長柄的勺，均勻地澆到菜秧根底。施了肥的前園，總是一派別致的活潑潑的豐茂景象。

菜籽大抵是平日地頭攢的，也有親戚送的，或看了喜歡，問鄰里討的，還有從袁家浦街上採買的。常見的有紅茄子，開紫色花；有甜豇豆，開白色花；有毛豆，結了一串串；有青菜、芹菜、蒿菜、甜菜、花菜、莧菜、韭菜、雞毛菜、包心菜，合了時令，佔了那麼小小的一片，邊採割邊扦種，剛騰出一角地，種子和菜苗緊跟入

土，一茬接一茬，茬茬清新可人。

爺爺的菜園，把江南的四季，一季一季接得天衣無縫。即便天寒地凍的隆冬時節，撥開雪來，拔出白菜和青菜，這空出的一窩，又為新落的雪填滿，少有拋荒時。

<h2 style="text-align:center">五</h2>

每日早起，爺爺在菜園附近慢慢走一陣，見有野草露出身子，揪住拔掉。我家菜園，無容草生。尋見籬笆叢中一棵兩棵，我往往急着上手拔下，跑到爺爺跟前說：菜地長草了！爺爺喃喃自語：吾以為拔光了呢！還讚我眼光好。

我得了不該的誇獎，越發盯緊菜地裏的草，也便真的成了爺爺的跟班，像一隻依偎在大人腳邊奔前忙後的小狗。有時誤拔了新栽的瓜秧，爺爺表情漠然，拖一句長長的「儂着個嘍！」，有點不耐煩，更是小無奈。

絡麻稈日曬雨淋，雞啄狗撞，需及時補扦，絡麻收割後，索性將整園的籬笆都翻新了。爺爺和父親帶我一起編插扦稈，地上開一窄而深的溝，打好樁子，把絡麻稈截成一米半長，扦插下去，用「洋鉛絲」（袁浦方言：軟鐵絲）上下各兩道，呈「8」字形絞編。掌握這一樣手藝，我很自豪，感到自己是有用的存在。

前園菜畦，每年要搭一回竹架子，南北、東西各一步遠，靠內插上近兩米長的細竹竿，上頭拿一竹竿交叉架起來，以洋鉛絲固定。架子搭成，甜蠶豆、長豇豆、四季豆、寬扁豆的秧，順竿繞着蔓延，爬到竿頂，探着頭上進，像一個極瘦弱的人，用力地舉起臂膀，風一吹，搖來搖去，很有韌勁，教人感動。

豆角脆嫩模樣討喜，一枚枚催生出來，日滋週長，掛了一滿架，在風中輕輕搖曳。奶奶囑我摘豆角，我拎一竹籃，一根一根，挑大長鮮的，輕輕掐了，一聲軟脆音裏取下，斷處滲了豆汁，散發濃濃的豆香。

摘豆時，爺爺坐在階沿上，腿腳張開六十度，眉目舒展地看顧我，手握一根鑲有乳白色嘴的煙斗。煙斗是「寄泊兒子」（袁浦方言：乾兒子）阿沛送的，每日填的粗葉煙絲也是阿沛送的。裝好煙葉，爺爺伸出大拇指摁實，用洋火點着，擱到嘴邊，鼓起腮幫，吸一下亮一下，冒出一團煙，像鍋肚裏的稻草魚點着時飄向瓦舍上空的泡泡雲。

豆角摘好，通常清炒，放點鹽或醬油，裝在鑿了「慶正」字樣的海碗裏端上來，看了讓人歡喜。長老的豆，煮了取豆吃，或是剝出豆，和米飯擱一起蒸了吃，莫不透出一股沁人的清香。

前園的兩架豆角，大抵是可喜的活潑的門面，攀緣而上的豆秧，「嫩相」（袁浦方言：初生而柔弱）的豆角，讓生活開門常青。

六

爺爺的菜園，還有一棵桃樹，兩棵水杉，一蓬向日葵。

桃樹在前園，靜靜地佇立在東北角。春天開花，粉紅裏拖白，花開得連蜜蜂都喘不過氣來，嗡嗡嗡地叫着，滿樹的花，像小女孩迎新的花棉襖，又暖和又討喜；油亮的桃枝上出些嫩綠葉，葉形如母親線廠鉸線的繡花剪刀。

桃樹結下的青色的桃，略施粉黛，淺淺的一抹紅暈，掛在桃樹枝上，彷彿若隱若現的星辰。

後園的水杉比瓦舍後牆高，也未出屋脊。爺爺說，一棵是我，一棵是阿弟。阿弟小我三歲，總說長得高的那棵是他。相持不下，爺爺做主，說阿哥要讓阿弟。我想很長時間，也沒想通。我倆常各憋一泡尿，跑到各自認養的樹下撒了去，都不甘落後，盼着長更高的個頭。我每次尿的，是矮的那一棵。阿弟有時忘了，我卻牢牢記得，一回又一回地跑過去。

挨着樹，向日葵長得標緻，只是個頭不如水杉。向日葵一身美麗，葉子大方，臉龐圓圓，絢爛至極，連太陽見了都笑。

我提了盛薺糠粥的木桶進出豬舍間，不免為向日葵的臉所吸引，駐足觀望一番。我們的生活，在這暖色裏，過得清平而踏實。

七

向日葵開得最盛那一年，我考上高中。爺爺說：這個小鬼頭！渾厚的聲音裏，夾着贊許，眼睛瞇成一線，臉上的皺紋像落進水裏的洋紅舒展開來，露出少有的欣慰。

八月裏，比我早一些，爺爺進了城。我送爺爺出門，爺爺在菜園前擺擺手，步子緊而穩，背影方而正，走上浦沿，過了一號橋，頭也不回，直勾勾地走出我的視線。

爺爺走了，爺爺的菜園，大抵美人遲暮，漸漸蕪穢。唯有那水杉，香飄如故；那桃樹，花開依舊。

二〇一六年三月二十九日

草舍飛雪

一

侵晨，錢塘沙上飄起了雪，從灰白的天空，閒放地垂落，像淘氣孩子吐沫子。

草舍上的雀兒從破洞裏探頭探腦，嘰嘰喳喳，好奇地張望。牆上的絡麻秸經年枯萎，風起雪湧，也滲進一些來，雀兒受了鼓舞，縱了一下，使勁振翅飛進雪天去。

稻草魚吹出泡泡雲，從草舍上空彌漫開去，動了雪的情竇，慢慢地翕張起來。時而如男孩提了陀螺鞭，緩步抽打出去，頓一頓緊着收回。時而如女孩拽緊牛皮筋，放得一頭彈到另一頭，跳起來輕抖一下，又歸復平靜。時而如秋收季節搖着風車，吹跑殘葉輕屑，留住金黃稻穀，不要太快，不要太急，定定地落下。

二

從早起到午間，雪越下越急，像雀群忽閃，整塊地掀起來，半部雪縱身上揚，半部雪沉降下墜，抽起甩下，一齊飄灑在田野裏、草舍上。

風雪起急，種田人家，搬條長凳，捧杯熱茶，坐在門口，看雪變着花樣飄落。

紛紛揚揚的雪，一縷一縷往上撩，一蓬一蓬積疊起來，在田野

裏縱貫鋪排而去，將萬畝稻田抱在懷裏，心口一片白茫茫。樹枝像是蘸了綿白糖的米花棒，一支一支插在樹幹上。

雪沒頭沒腦地擂下，草舍也成了雪房宮。雀兒翻動翅膀，將雪抖落，又鑽回草舍。

三

這個世界多靜呵！奶奶從灶間取些草木灰，挑幾塊木炭，擱銅手爐，覆塊青布，摟在懷中。手爐裏炭火的嘶嘶聲，胸膛裏心臟跳動的怦怦聲，天空白雪揮灑的蕭瑟聲，縈繞在耳畔，催生倦意。

阿弟興頭高，嚷着捉雀。父親用木棍支起一個竹籮，籮下撒稻穀，性急的雀兒，跳着往籮下跑，拉一下繩，驚走一群雀，又重支籮，再拉又跑，總是落空，臨近黃昏，意外地「弴牢」（袁浦方言：捉住）一隻雀。

阿弟攥着雀，雀兒叫個不休，引來一群雀，聲帶悽惶，眼噙憂傷。這廂動心，忍了頑皮，放飛雀兒，雀也識好，每日裏來，叫聲親熱脆亮，在舍頂鑽進鑽出，把草舍當雀巢。

四

雪密密匝匝，一天一夜厚積起來，一早醒過，萬畝晴雪，讓袁浦「惟餘莽莽」。雪地裏雀兒一堆一堆，結伴覓食，飛起飛落，歡叫不停。

我家大黃狗，見了煞白的雪光，歡叫着躥出木門，跳進雪原，撒歡一會兒，又折回來，哈着熱氣，茫然地瞧着高高的雪。

奶奶點起稻草魚，生了灶間的火，挽隻竹籃，放把菜刀，挪動三寸金蓮，一腳一腳，立穩了往菜園走。

園裏各樣菜蔬經雪敷過，一棵、一頭或一個清清爽爽，鮮到滴翠。擷幾棵青菜，敲掉凍泥覆雪，一齊放籃裏。父親同母親在道地和池塘間闢出一條路，奶奶小心地走上橋埠石板，將青菜掰瓣，在池裏浣幾下，放洗淨的筲箕裏。

柴鍋沿冒着稻米飯汁水，草舍裏熱乎乎、香噴噴的。奶奶取浣過瀝乾的青菜切過幾刀，拋進柴鍋去，遇了熱油，嗞嗞嘶叫着冒出陣陣炊煙。青菜補了雪氣，帶了雪意，甜絲絲的，拿兩支竹筷，連青帶白夾幾片堵住舌，捲了咬下，有筋道麵條的小蠻勁，有江水煮蝦的鮮嫩味，有泡過龍井茶的杯餘香，我叫它「草舍雪青」。

雪天路上若是好走，上袁家浦老街，去找桂花妮娘的閨蜜，買些白豆乾，用刀斜切成勺子大的片，再要幾根韭黃切成段，到雪地裏拔棵白菜浣淨瀝乾，一起炒了，嫩香養眼，便是「草舍雪白」了。

雪青、雪白出鍋的時候，草舍上的雀兒見了，忙不迭地鳴叫，也羨這一口哩。

五

瑞雪孵過的田園，掀開雪被，露出綠毛衣，麥苗開始瘋長。我的母親，拆了隔年的毛線衣，織出一塊比畫我的後背，又新織一回。那綠油油的麥苗，環繞着雀白草舍，環抱而出，接過遠處錢塘江上鳴咽的船笛，將隆冬悄悄地送還北塘的老渡埠。蠶豆冒出暖芽，開出紫色的花，簇新綻放，一如新裁的花格襯衫。

雪靜靜地化，汩汩水流，叮咚叮咚，潤了斑痕大地，你若去

聞、去摸，錢塘沙上的菜蔬穀物，莫不透着沙土香、雪花涼。

化雪的日子，錢塘的夜老冷了！草舍四壁透風，寒氣逼人。睡前熱水泡腳，抱一隻玻璃熱水瓶，鑽進「潮涅涅」（袁浦方言：潮乎乎）的被窩。靜聽窗外沉寂無聲，想是雀兒也睡了。

六

雪落進童年，漫天都是歡喜。雪花飄，雀兒歡，便要過年，過年有新衣，穿了新衣去拜年。

年成好時，雪飄落來，種田人家收了福禮，也有了好盼頭。這盼頭哩，是拜年糖包上襯的一方小紅紙。

每逢雪起，我想起那隻雀，曾在舍間停落，翻飛在袁浦雪原，你還好嗎？

二〇一五年十一月三十日

錢塘的雨

一

錢塘沙上，四季之雨分明：暖的碎的是春雨，硬的急的是夏雨，涼的澀的是秋雨，冷的苦的是冬雨。

開春，雨滴如珠，細如絲，聲如風，落地無影。響雷在春日晴空突起，隆隆聲驚起叢叢鳥雀，敲碎未及抖落的翅間殘雪。雨如密織水簾，幽幽地掛下來，淋到身上，升起朦朧的翡翠煙。

雨起時，等雨的鄉民持鋤頭拄鐵耙而立，開懷大笑。春雨潤如油，錢塘沙上的田野浸了油，機靈地探出身，忽忽地立起一片片綠依依的嫩芽兒，生發出青茸茸的茁壯來。

春天裏，雨下得拘謹柔軟，不緊不慢，似一戶好客人家備的一缸米酒，你喝一杯，勸斟一杯，你才落杯又滿上，你不停，一直續。土地喝足，酒勁上來，便也真醉了，摁出水印，雨才肯歇。

二

夏天裏，錢塘的雨下得曉暢，劈頭蓋臉，傾盆倒下，像任性孩，拿一木勺，一瓢瓢舀起來，潑將下去，鬧到無聊賴，失掉興頭，才扔了瓢。才起的雨，落下雲層，突又收了，陽光瞬間破雲而出投下錢塘，畫出一個大亮圈。圈中旋即湧出一撥光孩，撒丫子向田野歡跑了去，越跑越遠，圈也越大，閃着通透光芒，牽出地天相

袁浦記

接的朗清世界。

夏天的雨落得急切，讓你來不及躲，待你跑到高地，鑽進絡麻地，坐進稻草垛，剛支起一叢葉、一把草，雨驟然收住，陽光一刹那照亮你的臉。澆了雨，釋了汗，三兩下激靈，去一身疲倦。攏一攏淌水的額髮，脫了上衣擰乾水，揉揉幾下頭髮，抹擦一把臉，輕靈地投進雙搶大忙。

天起雨意，若是趕上曬稻穀，往往驚起種田人家一通慌亂，鄉民從田畈中間噔噔地往曬穀場跑，整個鄉下騷動起來，用推穀板推、簸箕畚，連捲帶拖，把穀子往屋簷下堆。

若是趕上晚稻插秧，不待雨急起，大步走出水田，就近尋避雨處，洗淨手上、腳背的泥，抬腳擱乾處晾一會兒。腳久泡水裏，經肥料漂過，通體乳白，腳面麻木，反應遲鈍，起些褶子，脫了水，見了光，才得慢慢復原知覺。

夏天上下學路上，遇到無頭無腦的雨，趕緊夾護書包，一通狂奔，雨漸濃時，就近躲屋簷下。同這家熟，也不客氣，搬張方凳，坐門檻邊。即便不熟，主人也往往熱心地招呼坐下，一同看雨聽雨，寫作業間隙，也聊聊家常。

夏日的豌豆雨落門前道地，鼓起水泡一叢叢，宛若鄉下煤餅爐子，慢吞吞煮起一鍋溫柔粥。

三

秋天的雨下得淒涼唯美，日子長長短短，總是綿綿無盡，被子潮浥浥的。雨有時連續幾天、近乎滿月，落落歇歇，像個哀傷人，痛到極致處，終日抽噎，以淚洗面。晚秋雨歇，趕上陰鬱天，又

有風起，樹如掃帚，當空揮舞，秋實零落，一身枯黃殘葉，抖落下來，奈何一個愁字了得。

學堂課業不多，趕上外邊又落雨，我捧杯茉莉花茶，靜坐門檻發呆，小口抿，半杯續，由濃入淡，嘩一聲潑地裏；換一撮石墓山茶泡了再喝，常忘了時度，冷落了煤餅爐子，一任燒開的水熱煙紛紛而起。

趕上雨後天晴，太陽現身，從瓦舍往東看，稻如枕席，露出水洗後的明黃，飽滿的噴吐出來，接了漫天的湖藍。千年袁浦彷彿遇了高明的畫師，拿了刷子，黃蘸蘸，藍蘸蘸，抹出錢塘雙色記。

四

錢塘沙上的雨季，一直拖入冬天，待到雪飄時，才肯開出一世的煦暖春陽。

老家的雨耐看，也好聽，看着聽着，也便沉了，身體是軟的，腦殼是軟的，彷彿大缸裏的白醃菜。

久不見錢塘落雨，盼頭頂降一場故鄉的雨，不論冬雨夏雨，還是秋雨春雨。

二〇一五年十一月十六日

錢塘的風

一

　　錢塘的風，是性情之風，像錢塘江潮，說來即來，說去就去，洋洋灑灑，渺渺茫茫，冬藏春耕，夏耘秋收，四時之間，又摻雜了沙土氣、浦水味、草木香，還有濃濃的鄉音、鳥語和花韻。

　　錢塘的冬天，風伴着催人早睡的呢喃，颳過田野池塘，凜冽地，幽怨地，把單薄的衣衫吹到貼身處，像喝了一杯冰啤酒，胃裏寒浸浸。

　　風過田野，牽了霜朋雪友，給田野拉上一床被，給河浦、池塘蓋上一層冰，還不忘將路面的水汪塘凍上，恰似安了一扇麻面的玻璃窗。積雪結冰的錢塘，在白色的穹帳裏，睡起安穩囫圇覺。

　　瓦舍屋頂透風，門窗也透風，風從舍間繞着圈圈無心逗留，又從縫隙間擠壓出去，發出尖銳的叫聲，好似眼前站一吹簫少年。

　　簫聲穿透寒冷，從一家吹到另一家，一村跨過另一村，慢慢連貫起來，織起一張開春的網，採集熱心和盼頭，收上天去，預備了春暖大地。在這冷風裏，我們摩挲着滿是凍結塊的手，不停地跺腳縱身取暖，口裏鼻間頭頸升騰的熱氣，也焐暖了這網，一起跳進錢塘的春天。

二

　　錢塘的春天，風如初遇，羞澀的，吹在臉上癢癢的。春風起，

穀物竹木跟着春天的腳步，漾起蔥綠和柳黃。風噓了這枯寂的枝條，一口一口悠悠地吹，暖了心，抽了青。待這新綠的芽，滿莖滿樹滋生出來，斑痕大地深吸口氣，扭動腰身，活動胳膊，轉動腿腳，壘起一個幼稚園。春芽像成千上萬個索你抱抱的孩子，一齊伸出手來，撲閃明亮的眼睛，嘟嘴輕抿春風，面向天空攀緣伸展，吐出百草千花的新生季。

油菜花黃時節，錢塘的風掀着扯着，掉進夏天裏。風如熱戀，是軟的、酥的、黏的，馱了夏日的炎熱，拖了潮濕的水汽，蒸騰大地，拂人面頰，令人哈欠連連，睡意蒙矓。

萬物一體，一無所遺地，為新天地所感染，吮吸光熱，涵養水分，脫了經年舊衣，露出新織背心，推開塵封柴扉，從田間起身，狂野拔擢，迅跑起來，層層疊疊攢簇。大地的顏色由嫩青變墨綠，枝繁葉茂，壘砌樹山，鋪陳草甸，還不罷手，又一朵朵、一簇簇、一片片，從草木世界抽出一個花的洋流，任絢麗和明亮，激情洋溢地淹沒鄉村，把一眾生靈包容起來，陷入歡情愛意的天堂。

三

夏季風自遠方來。木頭杆和水泥杆站姿筆挺，電線像鉛筆在空中畫的黑線曲曲彎彎，架在杆頭的廣播，朝天一遍遍地大叫：颱風來了！鄉民各就各位，預備抵抗颱風，抵擋江潮，抵受暴雨。

年去歲來，颱風後損失總是不小。基礎不牢的瓦舍，壓得不實的草舍，還有簡易棚屋、泥夯土牆，不是被狂風揭走屋頂，就是被風雨摧垮牆泥，屋裏屋外白洋洋，成了飄搖的浮游世界。戊辰颱風

掀掉我家一大塊屋頂，又坍了一面牆，我如驚悸之鳥，泊在一角，
任由大水四散奔流，聽着風聲，等雨歇。

四

　　秋天的風，在錢塘，是一場冗長的婚禮，從吃訂婚酒起，甜蜜
的手牽手慢慢往前走。風吹進秋天，讓萬物如癡如醉。夏日開的繁
花，秋天臨盆，用柔情率性，點出成千上萬誘惑的果子。

　　熟透的果子，被攀下樹枝，心中情願，卻又不捨，揖別時都要
拽一下老母的手，作別生養的草木，撼了大地，嗚咽一陣，歡歡實
實地坐上轎子，嫁給繁華世界。

　　秋天的果子，輕搖之間，被鳥兒看上享用了，也有落半空，被
鳥兒叨了一口咽下。一些靈光淘氣的蟲子，鑽進果實，慵懶地守望
秋天，養得又潤又壯，一起美美地約了去，挨這漫長而陰冷的錢塘
冬天。

　　一切同季的果實，為這秋收的盛美所打動，用力地在風中盪起
鞦韆，一下兩下七八下，三日五日八九日，以絢爛的表情、嫻雅的
姿態投奔那好生的大地的嘴。

二〇一五年十一月十六日

七月黃昏

一

　　古人説，鄉村四月閒人少，才了蠶桑又插田。杭州鄉下七月閒人少，鄉民都忙於搶收搶種，收的是早稻穀，種的是晚稻秧，幾可説日頭還有，但見些光亮，鄉民都在田裏做生活，片刻不得閒。

　　田間日頭暴曬，草帽底下的手腳忙亂自不待言，插下去使實勁都為一個「稻」字奔忙。知了知人，在樹上整日鳴不平，怪這風只知熱不帶涼，地表烤得冒土煙，溝水熱得伸不進腳。稻葉的尖尖頭日日枯，焦黃焦黃，稻頭飽綻，已藏不住凸起的小腹，也還悄悄抬起眼來，帶了成熟才有的自信。

　　母親説七月的稻頭最美，大抵因為拿起鐮刀，收多收少也都是那樣割一回，垂得越低，分量越足。一年立不立得起，不過是一鐮刀的事兒。陽光足，雨水夠，地力壯，看得緊，種子又好，一刀下去，手上出數，心裏有底。

　　稻頭低垂的七月，黃昏是做生活的界線，界裏汗滴禾下土，界外稍事休整時。田野裏的鄉民，陸續往村子裏走，像溝裏的水回流到浦裏。六號浦沿三三兩兩，走過一撥撥結實的鄉民，荷鋤頭背鐵耙的，挑泥埭和糞桶的，拎瓦罐和竹籃的，簡略歸置農具，麻利地淘米洗菜，點灶煮飯炒菜。

二

　　瓦舍裏飄起菜籽油味，遇熱逸出好聞的香，五月收的油菜籽，是七月夜飯的餌，釣出一層又一層的疲倦，也催發了一個好胃口。瓦舍上空的煙囪，造型一律，口徑大同小異，什麼時候冒煙，一日三餐說了算。黃昏時分灶台哼着「熟了、熟了」，裊裊升起的炊煙，連續而匆匆，慢慢地擴展，像一方灰白的用舊的絲巾，再往後是一朵朵棉絮狀的雲，像跑不動也無心再跟的孩子。

　　煮開的稻米湯 —— 鲅鲅鲅鲅 —— 從大灶上竹製蒸屜和柴鍋搭界縫隙潛出來，好似趴了一隊十幾隻調皮的河蟹，一齊抬腿朝外吐泡泡。窗外傳來兒童縱進浦水沉而大的撲通聲，扳着橋埠石板平臥在浦上雙腳使勁的打水聲，戲耍時手掌抽打飛濺的落水聲。耕地的小型手扶拖拉機，像蹣跚的老人，慢吞吞地從浦沿挪移過去，發動機帶動皮帶引起的噔噔聲，增加了空氣的熱度。

　　瓦舍柴鍋木蓋的每一次揭起，總免不了灑下一陣蒸氣凝結的水。滴在柴鍋燙熱的沿上的熱水，像一個耍賴的孩子，躺地上打滾，迅速跳躍旋轉，騰起一窩窩白煙，增加了黃昏的厚度；沿斜靠灶牆的木蓋淌下的熱水，像一塊稠而亮的油，繃緊臉靜靜地趴在鍋台邊。蒸熟的長茄子、絲瓜湯、雞蛋羹，灰白的、青白的、乳白的，與一大盆白米飯，用灰白的毛巾裹着，端端正正地擺上八仙桌。

三

　　天邊還有些微光，黃昏的使者烏蠓子戴了遮光鏡，從藏身的各個據點集合隊伍，早早地降臨袁浦。號子田上空的烏蠓子絮堆組團

追着人飛，種田人司空見慣，忙活手中農事，偶爾騰手撩撥眼面前的灰影，好看清莊稼和田地。烏蠓子在人頭頂腦後亂舞，倒也沒有相撞的，像是種田人戴了一頂靈動的水墨紗帽。

路過的候鳥在袁浦暫歇，趁田間收割前的寧靜，吃得飽飽的，要麼收拾羽翼，找僻靜地方安頓，要麼惦念遠方奮力騰起，撲棱幾下翅膀，盤旋而上，一個接一個黑影，像披了斗篷的俠客，到天邊追雲逐月。聲聲飽滿的長鳴，坐了柔滑的月光船，像錢塘江上漁家的長篙，一下一下點到江床，擊中種田人篤實的心。

四野的蛙鳴，在別離的鳥聲裏抱團嗆月，一陣陣孤獨的哽咽，像村頭古井口的汲水聲，總還有不少未說的話又吞回了。蛙鳴間隙，風拂動田間搭起的草舍，彷彿陣陣失重的雨，輕輕滲進經年的雀白稻草，有限的幾分涼意，又為烤了一日燥熱的稻草收走。蛙鳴蛙息裏吐出一團團吹涼的火，草舍像爆米花的黑鐵肚子，在火焰裏一圈圈烤着，希望就像稻米一樣，在起風的田野上堆積，就等候地一下入夢裏去。

四

七月的天空，只剩太陽落山前西山的那片晚霞，彷彿連綿雨天後，一家一家曬箱子，箱底翻出珍藏的舊日嫁衣，那種亞光的大紅，經住時光之鏡拷問，天好時在廊竿上晾一晾，令人忍不住多看兩眼。嫁衣慢慢收起，樟木箱蓋沉悶地合上的一瞬，黃昏的中間點，那一箱喜紅，迅速將人甩進盲點。在抹擦眼睛適應暗夜的一刻，太陽半推半就，把天穹慢慢地騰空，預備交給時隱時現不安的月亮。

明晃晃的月亮飽經滄桑，卻也心地澄澈，臉孔純淨，不慌不忙，掩上柴扉，慢慢出了蟾宮，約了人升上錢塘來。月亮一路從從容容，一點一點往上蹭，似也不急着見，見卻一定要見，來便來了。天空的雲彩看透了想開了，也一樣的不急不躁，還和月亮捉迷藏，一會跑上前拉起雲幅，一會轉過身打開雲窗，一會繞過去甘作雲襯，好似約會的不是月和人，而是雲和月，人是紅娘。

天邊層層堆積的雲絮，等不來心頭惦念的人，好似草舍竹榻上去了被罩的棉花胎，剝了鮮妍的被套，又錯過春紅，到了七月，便是美人遲暮，枯寂而落寞地在天邊一角，一邊嗟歎時光，一邊虛擲歲月。

七月黃昏，匆匆的夜飯開了又收了，乘涼的鄉民，多了起來，坐到一起，閒聊的，喝茶的，也都一個不少地被籠在迷離的漸濃的月色裏。

大蒲扇的風，一點點颳淨黃昏，鄉民拖動竹椅，抬了竹榻，扇起又吹滅一村的青燈和黃燈，打開入夜的深的門，也把田野一片片地掛起來，拖着月色的乳白長裙，用清涼做劍，一下穿過黃昏，刺中黑夜的心，撥亮滿天的星星。

二〇一六年六月十一日

錢塘八景

母親說，杭州城裏，一個西湖，就有八景。錢塘江、浦陽江、富春江流過袁浦，大江三條，那多風景，沒人來「弄」（袁浦方言：理會），年紀輕的，都勿曉得。

一時語塞，忘了答對。母親的話，不敢忘記，快一年了，還未破題。

丙申中秋，客居北方，仰望星空，豁然開朗：袁浦的美，美在樸素，不花哨，美在純真，不世故，美在大派，不小樣。

大塘觀潮

小鬼頭們跑過瓦舍，一路喊：潮水來啦，木佬佬大！

鄰近幾個一齊從屋裏蹦出，我從草包架上撥轉身，推腳踏車出門，往北塘騎，一路之上摩肩接踵喜相隨，好似趕集。

走到內塘，已聞潮聲，踏上外塘，白花花的潮頭剛到，它以萬鈞之勢，激昂慷慨地向東滾過。潮頭陡起，似一道水壩，壩後跟了坡起的水，浩蕩奔湧向前。潮頭最大時，要數農曆八月十八，有一人多高，蔚為壯觀。潮過之處，水位陡漲，岸邊蘆葦，沒入潮水，灘勢高處的幾蓬，露出梢頭漂浮着。

江上飛鳥盤桓驚叫，小鬼頭們的江塘飛騎一路狂奔，塘路坑窪上下忽悠，彷彿騎的是馬，奔馳草原，躍動欲飛。站車後坐上的小鬼頭解下紅領巾，繫竹竿上，一抹醒目的豔紅隨風飄揚。

熱心的趕潮人，每年早早地到九溪守候，潮抵六和塔轉身向東流，三五撥人沿着袁浦北塘，往老渡埠跑不動了，坐塘路上目送大潮滾滾東去。

浦舍人家

新農村新在園田化，削平土墩，退地還田，挖浦造房，拽線通電，搬到一起住。

六號浦挖通，紅星大隊社員在浦沿種水杉、蓋瓦舍。從散居的錢塘土墩往浦沿搬遷時，不少家焚香撒米，把菜花蛇逐一請出，一起遷入浦邊瓦舍。

瓦舍木結構，有的砌磚牆，有的夯土牆，瓦片淺灰或橘紅，同草舍的雀白與淡黃大不一樣。廚房安兩口柴鍋，供了灶君菩薩。大水缸的水，一部分接的天露水，一部分擔的浦水。瓦舍前院有階沿、道地和菜園，後院有天井、豬欄、茅房。

一排瓦舍一個橋埠，伸進浦裏。沿浦兩行香杉，杉間插綠蓧護坡，春天長出嫩葉，綠蓧一枝枝一蓬蓬簇簇新，小夥伴截根一米長的綠蓧，用小刀隔一指節長剝一段皮，綠白相間，送給老師當教鞭。

浦沿上走的車，多為鋼絲車，腳踏車也稀罕，偶爾有拖拉機歡快地走過，機頭上頂一鍋開水，水煙陣陣，看着像炊煙。

三江夕照

黃昏，從蕭山義橋鎮民豐村口古塘路往西看，天邊點起一隻熾熱的氣燈，近處雲彩，好似瓦舍大灶鍋肚燒的稻草魚，紅彤彤黃燦

燦的。

　　錢塘江、浦陽江、富春江三江交匯，形如婀娜飛天，夕陽西下，好似丟下一個紅色的大餅，江浪濯洗，慢慢染紅水面，和晚霞相連，水天一色。夕陽穿江而下，照見龍宮，龍子龍孫排排坐享太陽，默誦錢塘沙上風調雨順。

　　飛鳥盤旋江上，聲調激越，和聲雄壯，排演一齣日落的輝煌。不時躥出江面的飛魚，搖頭擺尾，作自由頌，追逐日色。

　　袁浦一帶，古時稱「漁浦」。千百年間，先民肩擔手提，建磬頭、修塘路、疏水道，聚沙成洲，連為一體，耕水田、種五穀、養六畜，安居樂業，繁衍生息。

錢塘月印

　　錢塘乃小江村三片地之一，一眾田間土墩，墩上多為草舍，也有殷實人家，夯泥築牆，頂鋪灰瓦。土墩前一畝方塘，長了水管草，草底多魚蝦。月兒升起，一池清水，把穹頂攬入懷中。

　　吾家土墩屋後有竹林，風吹過，一片抖衣聲。屋前有菜園，西南角一棵枇杷樹。月上樹梢，祥和靜謐，偶爾幾聲犬吠，還有咳嗽聲，襯出夜的清朗。

　　站在土墩，月圓時，一棵桂樹，一條狗，一個斫樹人，無日無夜，在眾星睒睒裏砍樹；月缺時，大半個，半個，小半個，彎彎角；捧月的眾星，閃亮，變暗，位置稍有游移，年年也都相似。

　　錢塘月印，最是留戀時。一輪明月高懸錢塘，夜已深濃，曾問父親，我是天上哪一顆，父親抬手對天一指，我從未弄清在哪兒。天上星多如池塘螺螄，有吾一顆已很好，天天掛着，離月鈎又遠，

也有小小擔心，怕它被碰掉。

禪安晚鐘

一方土地一個神，知天知地，知來知去。神有住所，叫土地廟，是吾鄉最地道的神明的家。

土地廟在浦塘村，隔壁的王安寺，相傳救過康王。王安寺，又叫王禪安寺，原名泗鄉禪寺，與靈隱寺同齡。靈隱隱於市，香火甚旺。王安安於野，香火枯寂，青燈一盞。

兒時聽人說起，隱隱約約，總覺天空有鐘聲響徹。起初以為五雲山鐘，夾雜六和塔角風鈴。中年讀地方志，知曉王安寺已歷千年，且有兩棵元末明初栽的香樟。

幾番尋袁浦發源地船肚畈，地方沒問到，卻在黃昏的浦塘村，聽到風鈴搖響，循鈴而去，才知是懸在王安寺大殿簷角的鈴兒。

王安寺旁有土地廟，大抵當年也不小，神明也不少，而今只一間瓦房，一眼看去，與香杉瓦舍一般無二。屋裏挨牆供桌上擺滿神明佛身，上百尊個個傳神，從幽暗光線裏顯出不同凡響的洞察力。

屋裏擺長方凳和八仙桌，像是神明決斷大事的廳堂。靜坐片刻，凝神注目，思接千載，神明笑語盈盈，瓦隙間垂下幾束光，彷彿時光車，載着禪安鐘聲，徘徊於日色，一聲又一聲，悠遠地流逝。

浮山春早

浮山是錢塘的「歸道山」。每年冬雪驟停，山上的蒼松翠柏茂

竹灌木，連濕雪帶冰錐兒，撲騰墜落。麥田銀裝，田渠白裙，開春初陽，化雪揚綠，吹到臉上的風有些癢癢，忍不住摩挲一番。河浦田溝的冰還未化透，薄薄一層，旭日東昇裏閃閃發亮，白濛濛的將浮山托起，霧騰騰飄飄然如人間仙境。

天色蒼茫，麻雀已醒，成群飛起跳落，覓食嘮嗑，不知家有喜事，還是逢了老友，歡喜個不停，叨不完的心裏話。

山腳鄉民扛着鐵耙、鋤頭，挑着糞桶、泥埭，三三兩兩走過，近處田野零落的幾個忙着疏通溝渠，不忘在田塍路低窪處補耙土。沿田壟有的扦瓜秧，有的點蠶豆，不忘撒些草木灰。

紅冠公雞報完早，籠住雞群，在雪地裏跑來跳去啄個不停。黃狗看家護院，不論生熟嚷嚷一陣，只是顯擺，也不咬人。

瓦舍上空，條條炊煙，斜着曳掛出去，將一家家連起來，把溫存拖上雲間。

花浪逐蜂

十里袁浦油菜花開，天青色的枝莖綴滿黃花，面向天空，把陽春三月扮作黃金窠，不知何年，忘了在哪兒，生產隊的界線也模糊，好在不出袁浦。花莖長得老高，花兒積得忒厚，鋪滿天青床，像活水般流淌的一池春金，似奶奶新蒸的柴鍋麥糕。

風起處，黃花似浪，濺起的花之水，脫浪而去，化身蜜蜂，飄逐花浪，舞姿秀美，神思貫注。

花開季節，走到哪裏，都可見一層花一層蜂。蜂兒似花浪不忍卒別的飛動的一部分，十里油菜傾田蕩花，縱身欲躍起，想要捉回脫浪而去的淘氣蜂。

蜂兒忙不迭地採蜜，曼妙悅耳的嗡嗡叫，是討好嗎？又似職司所在，得意忘言，無暇他顧地應答 —— 嗯嗯嗯 —— 催着油菜結籽，爭個好收成。

油菜花黃，也是風箏揚天時，用新劈的早園細竹和練習簿紙糊的風箏，戰慄着一升一升躥上天，俯瞰金黃田園，在雲彩不多的瓦藍穹頂，便是吾鄉高貴的國王。蜂兒是王的子民，花地是王的錦繡山河。

稻海飄香

十里袁浦的號子田，盛時一塊接一塊，千兒八百塊，連起兩萬畝。站在田畈中，東南西北不論往哪看，都是看不到頭的田野。

紅廟教室，語文老師在黑板上寫，希望的田野。我們知道，生活在窗外呢！

蒼茫雲天下，鄉民耘田去草，秧苗扎根泛青，忘情地鋪陳，水稻的每一片葉都在放聲吟唱，遍野輕訴，待字閨中，好似萬畝大草原。

十里稻田，袒胸吐穗開花，是一床大花被；稻穀飽綻黃熟，推開門窗，是深情遼闊的海。海裏的每一枝稻都不失本色，不忘初形，不丟原味，帶一粒穀來，留一堆穀去。

萬畝稻田，垂下稻頭，是一個金河谷，七月裏、十月裏，黃稻熟時，香飄三江。

人說江南好風光，我說好看不過袁浦。

二〇一六年九月十五日

九溪觀潮

杭州六和塔附近的九溪，是袁浦的入口處。每年月球和地球的心動，都會化作一江大潮，從東海起步，跑上小半天，在九溪這個地方跳起來，彈回去，沿着北塘路緩緩走過。

人類認知的觸角，近而又近地抵達宇宙深處，我仍要説，世界的中心在袁浦，要不兩個星球的一點感情波動，小小的，何至於興師動眾，發這麼大的水，年年歲歲，潮起潮落，推拉提揚，潮嚷不休？

少年時節，我家門前的錢江潮，起得任性，大的小的，來了去了，沒人説得清楚來了幾回，也沒人説得清楚，怎麼算一回，潮也無定所，北塘上到處都可看到。

尋常日子，見得多了，也不在意，江潮柔順，好似煮水泡茶起的沫子。

唯有每年農曆八月十八日，錢江潮像早早預約了住店的客人，急急慌慌地跑進九溪大堂，從不曾爽約誤時。

紅廟小學靈光的少年，攛掇着看潮，等待着下課，等待着放學。

看潮嘍！最憶十歲那年，下午沒有課，我們趕去看潮，有撒開腿急匆匆地跑去的，有斜踏了腳踏車一抽一抽騎去的，有背了弟弟妹妹跟去的。

袁浦北塘的潮，最壯觀的要數九溪，從前豎一牌，上書「觀潮處」，紅字醒目，獨此一處。

站在九溪，極目遠眺，錢江潮有王的氣度，動身時排場甚闊，斫巨浪做輪，借狂風助勢，捲起千重潮雪，後浪洶洶湧進，前浪層層拍起，一個比一個彪悍，慢慢地抬起一條白堤，橫着往前推過來。若非潮聲澎湃，還以為平川趕過「無千無萬」（袁浦方言：成千上萬）隻綿羊，一派草原牧場風光。

　　看潮的人們騷動起來，張望的、探頭的、歡叫的，一眾人的注意力隨江浪隆起湧進，潮頭越來越近，眾人越來越靜，心兒越跳越快。

　　錢江潮千萬次席捲，踏浪踩波到九溪，英姿煥發，不負眾望，水聲趨急趨亮，縱身一躍而起，不為鬼神為看客。

　　看潮人急煞煞地往後退，哪知江潮拔勢向上向前，引頸咆哮，迸裂驚天濤聲，撲天而起，蓋地澆下。一眾人等情急不及掩臉，撲在一地的泥漿湯水裏，哭的哭、喊的喊、叫的叫……

　　江潮滾滾，蓄勢沖到九溪，莫不抬頭仰望六和塔，與千年岸基猛撞橫衝，瞬間形成折角的力，在深情一瞥裏，返身往袁浦去處，沿江一瀉奔湧而去。

　　看潮的人們落得一身潮淋淋，仍不依不饒，沿江岸塘路跟了潮頭跑。潮通人性，不緊不慢，向東南推進。小鬼頭們步行跟跑一陣便止了，坐塘路上氣喘吁吁，騎車的一路趕潮，漸漸遠去，消失在塘路轉彎處。

　　錢塘氣象，只為這一眼，這一瞬，掇轉身，便是年去歲來。

　　月球和地球的距離不短，又是一年動情時，想必已經心動，在通過袁浦的路上。

　　很多年未看潮，九溪可好，潮頭可高？

二〇一五年十一月十六日

十里稻花香

一

芒種。母親告，袁浦種一季稻了，穀子剛拋落。

我說，早年穀子「坐起」（袁浦方言：扎下根去，長出秧苗）時，該下田割稻了。母親說，還有一個月呢。

袁浦的種田人已不多了。地球村年代，如今一家一戶種承包田的，大抵連本都撈不回。袁浦境內，也還有一些田塊零星地種了早稻。看到稻田，孩子的表情分外驚喜。

我懷了不可遏止的念，想看袁浦的水稻，每天等待收割，盼今年的早稻熟了。小暑日中午，靠在椅背上，風從南邊的窗子吹進屋，又從北邊的門溜出去，聽着風聲，我進了夢鄉。

二

袁浦的早稻熟了。我在夢裏，坐着火車，回家去看稻。

三十年前，袁浦有萬畝稻田。一塊接一塊的號子田，滿載黃稻，奔湧向前，遇見土墩草舍、浦沿瓦舍，水稻像液體一樣柔軟，自然拐彎，繞過農舍，幾可說是揚長而去。農舍落在田中央，水稻團團圍住，顯得過分單薄，也不得動彈。

風起時，水稻像滔滔巨浪，向西流過農舍，直撲浮山腳下，吻遍山林，先着湖青，再染金黃，一股準備爬上樹去的勢頭。奔南奔

　　　　　　　　　　　　　　　袁浦記

北的稻浪，衝向北塘和南塘的高坡，起初泛青，再披金甲，和大黃狗一般高，陽氣十足地奔突在美麗的斑痕大地。迫臨雙搶大忙，十里袁浦，若不阻攔，勢將跳進錢塘江裏。

三

北京的動車開往杭州鄉下的號子田頭。打開車門，稻花香撲鼻而至，我變成一隻童年的蜻蜓。

我見過無數這樣的蜻蜓，乘了雨後涼爽的風，追逐在清朗的田野上。

遠處是蔚藍的天空，失重的鳥懸在空中，眼神像凝固的大理石波紋，雲彩飄過，一無所動。袁浦萬畝青花稻，一望無際地鋪開去，蜻蜓破空而起，隨風飛舞。我從蜻蜓的眼裏，見到了七月袁浦的號子田。

四

盛夏的稻海，稻株青如緞子，是紮染的，從「錢塘缸」裏抽出來。一群光屁股、青肚兜的孩子，安上風煙的翅膀，拉起緞子一角，平貼着稻海，撲飛開去，晾在廣闊田野上。

飛下去近了看，風起處，稻海受了力，或陷彈下去，或鼓拋上來，此起彼伏，無休無止。穗子和葉尖纏綿相依，一個葉尖一面酒旗，一個穗子一把拂塵。袁浦青花稻海，裝得下人間千年的豪情與體面。

飛起來遠了瞰，斑痕大地似一面球形的青花鏡。田間勞作奔走

的種田人，是萬畝稻田的鏡中人。

一個稻頭豎起旌節，三個五個，一群一群，成片成片，漫田遍野，千萬億個稻頭驕傲地挺起胸膛，把杭州鄉下的每一顆心都點亮了。

旌節每日吸收陽光雨露，汲取大地精華，每一粒翠青的穀秕子綻漿、凝脂、成膏，豐滿堅挺起來，戴上兩頭鋒利、棱見利刃的頭盔，色澤在光照下由淺綠轉金黃，向陽而立，謙恭地頷首致意。

一頭一垂、一陣一片、一簾一行、一塊一面的萬畝稻海，浮起黃金穀，葉尖青裏見黃，上了素金妝，像護守寶貝的軍士手中的長槍，不教那天上、地下、外頭的入侵者搶了去。

五

我鑽進稻海，翻飛穿行在海底世界。

海底世界馥郁的稻頭香，稻株濃烈的土氣，田泥行將失水、裂土碎地的芬芳，透露出豐收袁浦的忐忑。

陽光灑在海上，乘風逐浪，穿梭稻天堂。均勻的、透亮的、燥暖的、不規則的光線，青蔥的、雀白的、抱緊的、鬆開的枝枝葉葉，水漸退去、失水板結、抽水裂開、涼而略濕的泥地，被蜻蜓翅膀捲起的陣風擾動，重新編程光亮和陰影的世界。

蜻蜓是這稻海深處一條游弋的魚，魚游了前去，不斷變換光影的比例，穿鑿開一個影，又拼接起一個影。

稻頭、稻葉、稻株的麗影，掛到蜻蜓身上，旋即滑掉下去。蜻蜓遇植株豐茂處，轉彎繞行，或低空滑翔，或穿破海滔，在稻浪上貼穀近尖飛過，見寬敞開闊處，再縱身滑翔而去。

袁浦的美麗稻海是萬類的自由地。盤旋起來打盹的，箭一樣躥出去捕食的，舉着頭縮着脖埋伏的，紅點錦蛇、火赤鏈、烏梢蛇，各佔一處舒服的地方，從了生物的本性，競這天擇。金黃的稻海深處，有紡織娘、天牛、椿象、螳螂、蟋蟀、豆娘、蚊子、螞蟻、蜈蚣，有青蛙、蟾蜍、螃蟹、泥鰍、黃鱔，一些低窪水汪塘，還有老闊鯽魚、肉托步魚。

這些生物，伏在爬塘上山、舒捲而去的深深的海裏。鄉民養的雞、鴨、鵝和兔、貓、狗，常不忍好奇，跑進去鬧一通，啄咬一通，或捉些生物來玩，餓急了也挑一點吃吃看，提心吊膽地發出恐怖的嗚嗚聲⋯⋯

六

夢裏驚醒，後背和頭頸滿是汗。我的眼前，也還是夢裏袁浦稻熟時，那些掠過身去的，熟悉的驚訝的稻頭。

那些熱烘烘的稻蓬，慢慢地涼了、淡了、遠了，那些蒙昧而純真的顏色，夢裏的黃稻香，卻還在眼前。

那些年，袁浦陷落在稻海裏。七成新的永久牌腳踏車在我胯下飛奔，好似一匹奔馳的駿馬，從東江嘴到夏家橋，從老塘到新浦沿，冒着土煙的乾枯的泥路，還有遍地的稻子。

看不到頭，也看不過來的水稻，一年兩季，時令輪轉，色塊切換，一日之內，色調遞變。晴天一色，雨天一色，陰天一色。花開一色，飽綻一色，堅殼一色。抽葉一色，成熟一色，收割一色。這一色，那一色，就長這高，就長這多。

面向十里袁浦，忍不住改了古詩，還要大聲讀出來：安得稻田

一萬畝，大庇錢塘鄉民俱歡顏。

七

十里袁浦，最喜秧苗從秧版裏起出，從秧田裏慢慢長起慢慢拔長時。

清明過後，鄉民們翻好地，碎了土，蓄足水，把線拉得筆直。拋好秧，真正的種田人赤腳落田，把秧子插下去。袁浦的秧苗永遠在種田人身前，左去右來，倒着往後插，從沒見往前走的。

種田人用的是工筆，捏着一手好秧，插畫出密密層層的青苗帶，且必定走出兩條直線。直與不直，走過田頭的鄉民，看在眼裏。種得好的，還沒起身，身前身後喊：「該個老倌」（袁浦方言：這個人，多指阿哥或老頭）田種得好，筆直！

到了耘田時節，十里袁浦，能下田的種田人，時度一到，都給稻田跪下了。這不是求婚，也不是單膝下跪，而是實誠的雙腿下跪，徒弟拜師學藝，最虔誠的那一等。

天下一等一的種田人，膝下有黃金。袁浦種田人默默地從田頭跪下，拖着腿前行，順勢提臀，一直跪到田尾。左右手各管三列，橫來三箝，豎去三抓，遇到爛稻草、稗草、水管草，扯出拔掉，揉捻成團，塞進苗根軟泥下。

插秧時，秧子落根，每一行秧子就位，種田人往後退一小步。

耘田時，清苗去草，每一行稻株落腳，種田人往前跪進半步。

袁浦每年種兩季稻，退兩回，跪兩回，鄉民莫不懷了恭敬。

八

母親說，那些年起早摸黑在地裏做生活，插秧，耘田，還是吃不飽，也穿不好。吃飽穿好，是從分田到戶開始的，那年我十二歲。

領到田塊的第一個夏天，十里稻香袁浦笑。

太平洋的風從杭州灣爬上陸地，海風一路長跑，吹到袁浦，稻葉嘩嘩，招枝引穗，先是嫩青帶亮，轉眼稻花飄香。起初一點，接二連三，老三老四，吆五喝六，七七八八，出來一長串。號子田羞澀裏帶些傲，慢慢地泛起青乳白，湧出沉穩海浪，一波又一波稻香的漣漪蕩起來，香杉瓦舍半露半隱地落在稻海上，似一條不沉的船。

這樣的稻海，已是錢塘的故紙片了。

斑痕大地的鄉民，把「稻」字刻心上，「稻教」掛嘴邊。母親常說，「稻穗越飽頭越低」「要同人家比種田，莫同人家比過年」「自稱好，爛稻草」「好人要好娘，好稻要好秧」「一根稻草絆死人」「腳踏『耬穀耙』(聚攏和散開穀物的農具，有長柄，一端有木齒)，自己打自己」。稻言稻語，教我難忘。

袁浦境內，水稻也還在種，若非定睛去尋，一時還不得見。袁浦萬畝稻田，是我見過的最美的一片海，靠田吃田，鄉民有了生活的本錢。

十里袁浦，曾有稻田萬畝，風吹過，稻浪打出去很高很遠，香飄錢塘江上。

二〇一五年十一月三十日

十里稻花香

大江流過我的家

家住袁浦，大江流過我的家。

錢塘江從北門流，號子田頭稻熟時，坐船上聞得見穀香。

富春江從南門流，油菜花開時，坐船上看得見金色。

浦陽江從東門流，麥浪滾滾，坐船上聽得見席捲聲。

這還不夠，每年月球和地球心動，給袁浦獻花，用一江錢塘大潮做它的絲條。潮過九溪，華麗轉身，沿着袁浦邊緣，從北塘到南塘，頑皮地一瀉數里，縱身躍入深山老林。

潮起的時候，小鬼頭們站在高高的塘路上，跟着潮水跑，跑着跑着鞋掉了，潮也就跟丟了。

美哉袁浦，春日之清晨，霧鎖大江。袁浦的春天，遍吐新綠，寒意仍重，坐江沿上，披件單衣，遮不住料峭春寒，更有春風冷澀。近處江邊一蓬蓬蘆葦，灰濛濛的，像圖畫課粗鉛筆塗的連綴的圈。

霧輕輕地籠在江上懸浮着，稍稍接近江面，一不小心教飛身躍起的魚兒，撞出一個洞，一簾霧水墜落，碾作水塵，一絲不掛地跳進江裏。

離岸稍遠，霧氣更濃，水雲相承，天幕俯身，貼着江水。長天沉醉，彷彿要睡了一般，軟軟地伏在窗台，倦眼蒙矓，垂下一床白紗帳子，兩下裏搭上的瞬間，笑語盈盈地嚼一句：能飲一杯無？

美哉袁浦，夏日之黃昏，漁浦夕照。袁浦的夏天，一江碧瀾，像黃花貓深邃的眼。太陽回家，西去的背影，紅彤彤的，天邊的雲

彩，近陽者燦，沾了光，喜氣洋洋。落日牽了一穹晚霞，鋪開紅地毯，從三江接口，挨着袁浦，拖進浦陽江，一直到千年漁浦古碑。

袁浦來風，滿是稻草香，彌漫而來，乘着夕照，鑽入江去，水更清洌。一縷縷燒稻草的煙，熏起成群的雀鳥，嘰嘰喳喳響成一片。煙飄過江上，馱着夕陽，水煙相融，共晚霞一色。聲掠江面，弄碎霞影，撩起淩波，慢慢漾開去。袁浦的香、煙、聲，一點點在江裏浣洗乾淨，擰去水，晾在廊竿上，慢慢風乾了。

太陽從長安沙上一徑回去，天空也還明亮，西邊的雲彩還有些緋紅，江對岸樹林影影綽綽，像長長的睫毛，透着一抹湖藍的眼影，深邃而又神秘。這一幅深色的蠟筆畫，在袁浦南邊上，在童年畫本。

美哉袁浦，秋日之良夜，三江映月。袁浦的秋天，瓜果熟了，斑斕世界掉進夜頭，在黑白之間，深一腳淺一腳，月影為伴，隨風而舞。江邊人家，燈火點點，撞進秋波，濕了心頭。

月光從袁浦升起，玉盤裏的樹、人和狗一動不動，三江上漂浮着銀色的油，在波起浪湧裏扯開接上，把圓月亮攤成一片奶油餅。

木船輕輕搖曳，顫顫悠悠地前行，船頭一盞汽燈，朦朦朧朧，照出船的一角，又拖出一角船，槳影點點，水聲潺潺。

船，靠了岸，人，走上岸，古塘路上，青石板一塊接一塊，凹凸不平，錯落有致，在月影裏，一腳一腳踩實了，影子也短了。

二〇一六年九月十三日

望故鄉

什麼是故鄉？童年生長的地方。

我的童年在袁浦，我的故鄉在袁浦。

十里袁浦，

如果用一樣水果來形容，是紅皮甘蔗。

如果用一種穀物來形容，是水稻。

如果用一樣色彩來形容，是金黃。

如果用一棵草來形容，是馬蘭頭。

如果用一棵樹來形容，是枇杷樹。

如果用一片林來形容，是水杉林。

如果用一棵菜來形容，是青菜。

如果用一粒豆來形容，是蠶豆。

如果用一塊糕來形容，是年糕。

如果用一朵花來形容，是油菜花。

如果用一個瓜來形容，是黃南瓜。

如果用一條魚來形容，是老闆鯽魚。

如果用一隻鳥來形容，是長腳鷺鷥。

如果用一場風來形容，是颱風。

如果用一場雨來形容，是梅雨。

如果用一場雪來形容，是雨夾雪。

如果用一間屋來形容，是草舍。

如果用一張床來形容，是棕綳眠床。

如果用一張桌來形容，是八仙桌。

如果用一隻缸來形容，是醃菜缸。

如果用一隻鉢來形容，是肉鉢頭。

如果用一個鐘來形容，是自鳴鐘。

如果用一塊田來形容，是號子田。

如果用一塊地來形容，是菜園地。

如果用一座塔來形容，是六和塔。

如果用一座寺來形容，是王安寺。

如果用一座廟來形容，是紅廟。

如果用一個島來形容，是長安沙。

如果用一座山來形容，是浮山。

如果用一條江來形容，是錢塘江。

如果用一條河來形容，是六號浦。

如果用一個湖來形容，是白茅湖。

如果用一座橋來形容，是黃沙橋。

如果用一條街來形容，是袁家浦老街。

如果用一條路來形容，是北塘路。

如果用一輛車來形容，是鋼絲車。

如果用一種農具來形容，是鐵耙。

如果用一所學堂來形容，是袁浦中學。

如果用一雙鞋來形容，是布鞋。

如果用一頂帽來形容，是箬帽。

如果用一件衣來形容，是蓑衣。

如果用一把傘來形容，是油紙傘。

如果用一本書來形容，是《説岳全傳》。

如果用一個詞來形容，是囡囡耶。

如果用一句話來形容，是儂着個嘍。

如果用一個人來形容，是母親。

如是，故鄉看得見。

如是，故鄉想得起。

如是，故鄉説不完。

如是，故鄉離不開。

如是，故鄉放不下。

因為這一切，故鄉裏有，童年裏有，幾十年夢裏有。

二〇一六年九月十一日

袁浦記

後 記

一

乙未年冬，一位袁浦中學的老師參評杭州「十佳教師」，我一時起興，寫了《我的老師》。

二〇一五年十一月三日，《杭州日報‧西湖副刊》從中摘發三節文字，題名《有個地方叫袁浦》。由此一發，拾得《袁浦記》。

二

緣於三十年間的感念，我寫《袁浦記》四十一篇。從二〇一五年十月二十日至十二月十一日近五十天裏，我利用早五時起至出門、晚九時至睡前時間，陸續以手機備忘錄「指畫」十九篇。二〇一六年一月二十九日至十月二十八日，又於早起散步、週末休閒「補畫」二十二篇。

這些篇目，講的是我在袁浦生活的二十年，即一九七二年到一九九二年。

三

《袁浦記》第一讀者，是鐵儒。每篇寫出初稿，鐵儒在手機上看，看後交流，我很振奮。

這幾年，對於鐵儒，疏於陪伴，我做的遠不如我父親當年。

丙申年來臨前，鐵儒寫道：

　　我們喜歡散步，只要沒有霾，傍晚和週末，就興沖沖地往最熟悉的明城牆遺址公園走。我的話多，經常是我一路說，爸爸一路聽。這一路，近處有參天古木、百草千花、鳥聲婉轉，遠處有巍峨的箭樓、參差的城牆，還有熟悉的火車開動的聲音和遠方回蕩的鐘聲。

　　爸爸喜歡讀書，手裏總有一卷書，沉浸其中，我也忍不住從書架上找一本，翻開讀上幾頁，慢慢地，我便和書中的故事「合為一體」，與故事裏的人同悲同喜。

　　有時爸爸會輕輕地拍拍身邊的沙發說，來，坐這兒，這段特別好，你看看，看完說說。我如實說。爸爸會說，嗯，有想法，這一點挺好！

如果說《袁浦記》結集是果，陪伴則是因。

四

　　我第一次用微信同鐵儒的語文老師杜美鸞交流，談的是三十年前我的語文老師。我發了《故鄉紀事》給杜老師看，杜老師給了鼓勵，也添了我的信心。

　　乙未年我聽《西遊記》公開課。起先跟在鐵儒後頭，略感不安，到了教室門口，躑躅不前。鐵儒一拍後背，喊進進進！

　　杜老師講《西遊記》，我想到杭州鄉下紅廟、白茅湖的語文課。

杜老師給的《西遊記》，我看得入神，第十二回末，太宗將御指拾一撮塵土，彈入酒中。太宗道：日久年深，山遙路遠，御弟可進此酒，寧戀本鄉一捻土，莫愛他鄉萬兩金。

袁浦一捻土，何止萬兩金？

五

拾掇《袁浦記》，打開塵封往事，想起少年生活。這個過程，是流露書寫，也是相互喚醒。

我的一個少年同學，過去三十年了，仍記得我初中第一學期期中考試成績的名次，問為什麼？答：排名表上你在我前面。同學父親看到《杭州日報》袁浦一文，問是不是家長會時排你前面的同學寫的？

稻花香裏，回味久遠。時間之河沖刷一切，唯餘萬年寂靜，好在時間不長，我們也還記得。

我們的少年時代，有一種東西叫記得，多美呵！

六

《袁浦記》記的是一個鄉土社會。這一筆、那一筆，此一鈎、彼一撇，略具了我生活其間的形態。

這多一句、少一句，非關親疏、輕重、遠近，實乃一時一地激發，形諸文字罷了。

這回結集，亦是三思此生此行，聊敘悲歡短長。

六號浦一號橋頭明月夜，城牆根心如止水等天明。這夜漫長，

月東升，月中圓，月西沉，數更守月，更添思鄉情懷。

六號浦上，水杉樹下，悲歡離合，生老病死，紅白喜事，風聲雨聲，笑聲哭聲，都在心裏記得，同伴一帶浦水、兩行浦杉，直裏來直裏去。

這浦上，我印象尤深者，四十幾年，或偶遇，或久違，一面的、兩面的、三面的、五面的，緣不分見不見，情不論見多見少，終也是一場人生一段情緣，同是一代人，生在一地、長在一起，聊相廝守，浦水長流，香杉明鑒。

七

《藏北十二年》的作者吳雨初先生說，不為寫作的寫作是愉快的。

一個人在外旅行，帶個袋子，一路走，一路裝，終於走不動，慢下來。友人說，等一等吧！我聽從勸告，挨一塊平坦的山石坐下，把背包卸下，一樣樣往外掏，歸整齊了往裏擱，最珍貴的，放袋子底的，便是袁浦二十年。

寫作期間，母親講，親友說，我記錄，這是母親和親友的回憶與我少年印象的一次疊加，放草舍後門泥坯的灶台上煮，放瓦舍西北角的大鑊子上蒸，一掀蓋子，就這樣子，開了一桌，也沒有酒。

酒在那個漫長的冬夜，父親的小弟兄家喝光了，鄰居都睡了，小店也歇了。

人到中年，給童年和少年畫像，形態略具，則能事已畢。

八

一去三十年，作《袁浦記》，也是續一個夢。

一九八七年，讀汪曾祺先生小説《雞毛》。這一天袁浦下着雨，道地裏起些密匝匝的水泡泡。屋前菜園裏，竹子搭的豆架上，掛些初長的四季豆，園子柵欄是絡麻稈。經了風吹，起些涼意。透過木條的窗子，我萌生一種「也來寫一寫」的衝動，甚至也開了個頭。這是少年時的夢。

這個夢，到了中年，才實現。也終於寫了，愉快地寫。

九

我的老師孫昌建，教了十二年書，搭了二十年台，不時喚醒我寫作的熱忱。

我常將這「建」字前加個人字旁，老師提醒幾回，寫着寫着出來「健」字，大概「昌」字和「健」字是繁華暖色一系的，「建」字是辛苦冷色一系的，我總不肯將老師的「建」同我的勞碌、漂泊的「建」混作一談。

客觀而言，若非杭州微信選「十佳教師」，便無寫作《袁浦記》之機緣，若非孫老師鼓勵，便無寫作《袁浦記》之激情。

十

上海的蒯大申老師審閱乙未年寫的十九篇稿。覆信説：

就像一個日出而作的勤勞農夫。寫作的動力來自對家鄉的深情，對親人師友的真情，其次來自對兒子的摯愛，通過文字讓他認識父親的根，瞭解父親為什麼會成為這樣的人。應該說，這也是最大意義所在。你的文字表現力很強，對草木魚蟲的描摹極為靈動，可以感受到你對天地萬物觀察非常細緻，都傾注了自己的感情。看了你的《袁浦記》，更加深了對你的瞭解。一個有真性情的人！

　　讀完全稿，也有兩點不滿足。一是對人着墨太少，無論是親人還是老師，即使是專門寫人的篇章，真正落到人的身上，筆墨也還是太少，以至筆下人物難以寫活。二是你寫了自己的童年少年，但是看不到那個時代，那個急劇轉型的時代。其實你的鄉村生活和學校生活都與那個時代密不可分。

若非蒯老師的直言提醒，便無完整的遊子筆記《袁浦記》。
從年三十起，便陸續修訂，又補記二十二篇。
八月十一日蒯老師看了《浮山歸兮》一文說：

　　浮山已成為你生命中一個重要坐標，也成為一個生命意象。親人們生於斯，歸於斯。在你筆下，在你心裏，親人們的離去，哀婉動人，卻又哀而不傷，讀來是滿滿的深情。從文中也可以看到那個時代。

　　確如你所說，浮山「雖未有雕欄玉砌精美氣派的門庭，未有名人賢達題字刻石的牌坊，未有長長青石甬道連起的台階，卻有尋常百姓歸去後托身的一寸土，有晚輩後世拜謁的一片山，有世代相傳的精神的一點光」。

　　　　　　　　　　　　　　　　　　　　　　袁浦記

在中國文化裏，「天地之大德曰生」，而對死卻很少議論，「不知生，焉知死」。「遽歸道山」「駕鶴西去」，是關於死亡的幾個意象。你詮釋了「歸道山」的深厚意涵。

蒯老師建議將題目改為《歸兮浮山》。文章刊於《滇池》二○一六年第十二期。

童年和少年是一座富礦，不去開採，不知有多深。匆匆回望，擷取一些果實，帶的筐兒不大，塞得滿滿，都是舊時印象，一份實錄。

十一

《北京文學》主編楊曉升先生，鼓勵我說：

《草舍雀白》《田野父親》兩篇散文，分別從母親和父親的角度，飽含深情地寫父母親的辛勤勞作，寫特定時期江浙農村的風貌與歷史，文字簡潔生動，畫面感強，江浙農村特有的生活氣息撲面而來。

又說：可繼續寫散文。

十二

我的全部作文，請阿哥華赴雲審讀。按照阿哥建議，一些文稿撤掉，一些做了結構調整，一些整節刪改，一些題目重擬，還挑了

不少不夠規範的野詞蠻句。

我的阿哥，在我最需要的時候，給了我力所能及的幫助，少年時如此，中年亦如此。

十三

臨結集時，讀到席星荃先生對《草舍雀白》的評論《泥土氣息與古典情調》。評論刊於湖北《文學教育》雜誌，給予我鼓舞。

湖北，一個讓人溫暖的地方。一九九六年冬，我第一次出差，去的是武漢。那時，火車開得穩當，我趕到時，正好會散。武漢的老師不知我名，說：你是北京來的，就叫「小北京」啊！費用自理，參加後半程吧。我爬上黃鶴樓，穿過三峽，又爬上青城山和峨眉山。

同行的老師，不知現在可好？

十四

編發我第一篇散文《有個地方叫袁浦》的是黃穎老師。她說，這是在孫昌建老師的微信公眾號「一個人的影展」上看到的。後又編發《故鄉紀事》（二〇一六年三月六日、三月二十二日、三月二十四日、四月十一日），《糶米路上》（又名《袁浦的早晨》，二〇一六年六月十四日），《四月蜂》（二〇一六年十月十三日）。

黃老師鼓勵我寫北京。二〇一六年十二月十二日，《杭州日報·西湖副刊》「散客」頭條刊發《爺的院子》，我寫北京開了好頭。

《袁浦記》篇目，已發表二十一篇。

《昆明日報·文藝副刊》刊發《四餐頭搶陣雨》（二〇一六年十二月八日）；《福州日報·閩江潮》刊發《最喜是袁浦》（又名《大江流過我的家》，二〇一七年一月十五日），《錢塘的風》（二〇一七年一月二十二日），《九溪觀潮》（二〇一七年一月二十九日），《醃缸菜》（二〇一七年一月三十一日）。

《北京文學》刊發《草舍雀白》《田野父親》（二〇一六年第五期），《年去歲來》（二〇一七年第四期）；《滇池》刊發《歸兮浮山》（二〇一六年第十二期）；《十月》刊發《香杉瓦舍六號浦》（二〇一六年第六期）；《雨花》刊發《四畝八分號子田》（二〇一七年第二期）；《廣州文藝》刊發《桂花妮娘》（原名《天可憐見》，二〇一七年第五期）；《芒種》刊發《袁家浦老街》《菜花蛇》《草舍飛雪》（二〇一七年第九期）；《莽原》刊發《六號浦東二十九號》《社舍散了》（二〇一七年第五期）。

十五

二〇一六年十二月二十三日，見到三聯書店王海燕老師。王老師說，打動她的不僅是書稿的內容，還有信中的一句話：從標點到文字，希望沒有一個錯誤。

我們在韜奮圖書館面談。冬日陽光從南面的落地玻璃窗投射進來，雖掛了半截簾子，依然有些眩光。王老師列九條，又補三條，十二條意見。我照單收下。

三聯書店院子的南側，有兩棵棗樹。進院見到棗樹，心有所動，出院見樹，下定決心，在棗樹發芽前，把定稿送到王老師手裏。

二〇一七年三月二十七日，簽署出版協議。謝謝三聯書店路英勇總經理、張健老師。還要謝謝高書生老師的引薦。

謝謝三聯書店的美編劉洋老師。美編給《袁浦記》穿上合身的衣服，見了世面。

十六

《袁浦記》，十萬方塊字，一顆少年心。

王國維《人間詞話》說，一切景語，皆情語也。又說，閱世愈淺，性情愈真。《袁浦記》，記的是童年的一醉、少年的一驚。這一醉一驚，情在景裏，景中有情，是謂情景。

我這少年，臨近四十五歲，才算完。因為不完也不行了。

又一少年，長起來了。

是故，以袁浦生活二十年，寫作文四十餘篇，致不得不放手的少年。

取名袁浦，因為少年時的家鄉叫袁浦，我有地八分，是個種田人。

《袁浦記》，記的是種田者言，也是我所見的世界最美麗的部分。

人到中年，我幸運地用屬於我的筆，把它寫下來了。致逝去的青春，誠誠懇懇，有一句說一句，紀念美好少年時光。

即便漸行漸遠，鄉下少年，初心未改。人到中年，三十年沒變，我想，也就不變了。

我把《袁浦記》送給少年鐵儒。

二〇一七年三月五日

袁浦記

孔建華　著

□ 責任編輯：熊玉霜
□ 裝幀設計：高　林
□ 校　　對：羅佩琪
□ 排　　版：賴艷萍
□ 印　　務：林佳年

出版　　中華書局（香港）有限公司
　　　　　香港北角英皇道 499 號北角工業大廈一樓 B
　　　　　電話：（852）2137 2338　　傳真：（852）2713 8202
　　　　　電子郵件：info@chunghwabook.com.hk
　　　　　網址：http://www.chunghwabook.com.hk

發行　　香港聯合書刊物流有限公司
　　　　　香港新界荃灣德士古道 220-248 號
　　　　　荃灣工業中心 16 樓
　　　　　電話：（852）2150 2100　　傳真：（852）2407 3062
　　　　　電子郵件：info@suplogistics.com.hk

版次　　2020 年 11 月初版
　　　　　© 2020 中華書局（香港）有限公司

規格　　16 開（230mm×152mm）

ISBN　　978-988-8676-40-8